中公文庫

ワルキューレ

巡査長 真行寺弘道

榎本憲男

中央公論新社

目次

登場人物

真行寺弘道……………警視庁刑事部捜査第一課　巡査長
水野玲子……………警視庁刑事部捜査第一課　課長　警視
黒木（ボビー）………ハッカー
森園みのる……………高校中退のミュージシャン
白石サラン……………森園のガールフレンド
デボラ・ヨハンソン……評論家
麻倉瞳……………モデル
麻倉希……………瞳の母　デボラ・ヨハンソン事務所所長
四竈……………杉並署　警部補
加藤……………杉並署　巡査長
山口剛……………相模湖バイオテック・メディカルセンター　医師
南原義久……………早稲田大学学生
和久井……………右派系市民グループ代表
横町れいら……………小説家　元ＡＶ女優
塚谷翔……………相模湖バイオテック・メディカルセンター　総務課職員
尾関幸恵……………衆院議員

ワルキューレ

巡査長 真行寺弘道

最もすぐれた男たちは最もすぐれた女たちと、できるだけしばしば交わらなければならないし、最も劣った男たちと最も劣った女たちは、その逆でなければならない。また一方から生まれた子供たちは育て、他方の子供たちは育ててはならない。

プラトン　『国家』より

0　最下段の男

　警視庁刑事部捜査第一課長は、デスクに着くと捜査員のリストを見た。所轄からの報告を受けた時、これは面倒な事件になるかもと予感して、こちらからもだれか送りますと告げると、電話を切った。さて、どの駒を動かすべきだろうか。ＰＣのディスプレイ上で、上から下へと視線をゆっくり下ろしながら、警部、警部補、巡査部長、と階級順に並ぶ捜査員の名前を見ていった。

　この件なら、女性捜査員を出したほうがいいのかもしれない。しかし、数少ない手持ちの駒ではみな経験が浅すぎるように思われた。

　視線はさらに下降した。そしてついには最下段に到達してしまった。――巡査長。

　課長は視線を上げて、フロアを見渡した。

　そこに彼の姿はなかった。勤怠管理ソフトに名前を打ち込むと〝公休〟という文字が現れた。

　ボールペンをもてあそびながらしばし考えた。確かに鋭い嗅覚《きゅうかく》を持つ腕のいい刑事である。しかし独特のひねくれた、いやある意味ではまっすぐな彼の倫理観が、余計なことをしでかし、ことをややこしくしてしまう恐れもあった。余計なこと？　それはいったいなんだろう。しかし、そのイメージはあまりにも茫洋《ぼうよう》としていた。

結局、課長は受話器に手を伸ばした。

1　家出としか思えないのだが

寝起きにベッドの中で電話を二本もらった。

殺された政治家の自宅に上がり、贅《ぜい》を尽くしたオーディオシステムで数曲聴かせてもらったことがある。一年ほど前の話だ。一本はその未亡人からだった。

「リビングのレイアウトを変更したんだけど」と尾関幸恵《おぜきゆきえ》は言った。「そうすると音も変わるかしら」

変わりますね、と言うしかなかった。レイアウトはどう変更するんですかと尋ねると、長方形のリビングの、短辺に置いてあるシステムを長辺のほうに移動したいのだと言う。音が悪くなったりするかな、と幸恵は訊《き》いてきた。やってみないとわかりませんね、と真行寺《しんぎょうじ》弘道《ひろみち》は答えた。

「となるとスピーカーコードの長さが足りないのよ。いまはギリギリでつないでるみたい」

「ギリギリでつなぐほうが音がいいんですよ」

自身はそう感じたことはあまりないが、雑誌などでよく目にする説を披露した。

「あの人、そんなちがいがわかるほど耳がいいとは思えなかったけど」

「まあ、私もそうですが」

「でね、長くしたいんだけど、近くの電気屋で適当なものを買ってきてつないでも大丈夫かしら」

難しい質問である。音は問題なく鳴る。そういう意味では大丈夫だ。しかし、問題なく鳴る程度では……。

「よせとおっしゃるんじゃないかと、亡くなったご主人なら」

尾関一郎《いちろう》元衆院議員に対して、ご主人、という言葉を真行寺は未亡人にはじめて使った。これまでは、議員と呼んでいたのだが、この呼称はもう使えなくなっていた。未亡人の幸恵が夫の後を継いで立候補し、大差で当選して、いまは彼女が尾関議員だからである。

「なら、頼まれてほしいんだけど」と尾関議員は言った。

「議員のためなら」と真行寺は応じた。

「同じ種類で三メートル、それを二本買ってきてもらえない？」

「メーカー名や型番は当然わからないんですよね」

尾関議員が呆《あき》れたように笑って、それが返答になった。

「スマホで写真を撮って送ってもらえますか」

すぐに送ってきた。布団の中でスマホでそれを見て、大丈夫だろうかと思っていると、またスマホが鳴った。

元気？　と元妻は言った。その声が快活だったので、そっちは元気そうだなと言うと、そうなのよと言って、その理由《わけ》を話しだした。やっかいな遺伝病を患った息子を中国に連れていき施術してもらったのだが、遺伝子工学を用いた最先端の治療のおかげで、回復しつつあるのだそうだ。それはよかったな、と真行寺は言った。遺伝子を切ったり貼ったりして無理矢理治すってのが、本当にいいのか悪いのかはよくわからなかったが。すると元妻は、急なんだけど今晩、夕飯でも一緒にどう？　と言ってきた。正直言ってあまり気乗りしなかった。別れた妻との間にできた子供であることは確かだが、まだ腹の中にいるときに離婚したので、息子《むすこ》と言われても実感はまるでない。

「隼雄《はやお》も会いたがっているし」

　と言われたときには、なぜだ、とさえ思った。会ったこともないむさ苦しいオヤジに、これが俺の父親なのかと思いながら顔を合わせるなんて気持ち悪いだろう。俺だって気持ち悪いぞ。それでも元妻は、生物学的にはやっぱり父親なんだからと搦手《からめて》で真行寺を説き伏せ、暮れ頃に青山《あおやま》のマンションに寄ることを承諾させた。

　やれやれと思いながら、ベッドを抜け出し寝室を出た。リビングのソファーで眠りこけている同居人の若いミュージシャンの肩を小突いて、コーヒーを淹《い》れさせてる間に、自分はふたつのボウルにシリアルを流し込んでパックから牛乳を注いだ。

「今日は仕事は午後からなんですか？」

　テーブルに着いた森園《もりぞの》がシリアルを匙《さじ》ですくいながら訊いた。まだあどけなさが残るこの青年とは、昨年秋に真行寺の母校で起きた事件をきっかけに出会い、高等部を中退した彼をいまはここに住まわせている。

「休みをとった。そっちは徹夜したのか？」

真行寺はマグカップに手をやった。その胴には〈自由〉という黒文字がやたらに大きく染め抜かれている。

「なんとか完成させて、明け方に、アイスランドに送りました」

森園は、ノイズのコラージュや音響操作が得意なミュージシャンである。ちょっと聴くと時代遅れの現代音楽みたいだが、ロックのリズムは手放さないという不思議な楽曲を作っている。真行寺の耳では、こんなものだれが聴くんだと思うようなシロモノなのだが、不思議な魅力が備わっていることも確かで、ときどき海外から依頼がくる。それがなかなか知名度のあるミュージシャンからなので、ロックファンの真行寺はその時だけは森園を尊敬してしまう。森園はインターネット経由で音源を受け取ると、これを聴いて、付加する音を作って再び戻すという手順で曲作りに参加しているのだそうだ。

「ならこれから寝るんだな」と真行寺は言った。

「いや、なんか目が覚めちゃいました。でかけるんですか?」

「ああ」

「花見?」

「ちがうな」

「花見したくないですか。昼寝するなら花の下が最高ですよね、いまは」

「いや、今日は秋葉原《あきはばら》に行って買い物をしなきゃならないんだ。そのあとは青山に行く」

「秋葉《あきば》。秋葉なら俺も連れてってくださいよ」

「俺が行くのはオーディオ屋だぞ」

「わかってます。秋葉の専門店ってなんかおっかないんですよ」

「なら行かなきゃいいだろ」

「でも、見てみたいじゃないですか。俺も一応ミュージシャンなので」

じゃあ荷物でも持たせてやるかと思い、連れて行くことにした。

森園とふたりで裏の軒下からクロスバイクをひっぱり出してまたがった。真行寺に倣《なら》って、駅との往復は森園も自転車を使っている。自宅近くのバス停は本数が少ないし、雨の日はよく遅れる、運賃も高い。部屋にこもって音をいじっていると運動不足にもなるだろうから自転車を使え、と真行寺が命令したからである。その成り行きで、それなりに値《ね》の張る台湾製を買わされた。

森園は最初、このあたりは坂ばかりでつらいとこぼしていたが、だんだん自転車に乗るのが好きになって、時々、奥多摩《おくたま》のほうまで出かけていくこともあるようだ。いちど休日に連れ出され、八王子《はちおうじ》のほうから藤野《ふじの》に抜ける峠道を一緒に登ったが、この時はあまりの急坂に胸が破れそうになり、ふたりとも何度か足をついた。

高尾山口《たかおさんぐち》駅に向かって、山道の桜が乱れ散る中、坂道を軽快に下った。高尾山口の駐輪場にバイクを停めて、京王《けいおう》線に乗った。窓から見ると、山間《やまあい》に桜がひっきりなしに花びらを散らしている。隣の森園は背もたれに頭を預け、口を薄く開けて寝ていた。うららかな春である。

秋葉原の狭い路地を歩いている時、森園が「俺、ときどきここに来ますよ」と指さしたのは細々《こまごま》とした電子部品を扱う店だった。その先の角を曲がり、大通りに向かって店を構える高級ブランド専門店に入って、ノードストの赤いやつはありますか、と訊いた。ございますよ、と言われて、財布からクレジットカードを取り出したが、ちょっと待てよ、念の為、といったん店の外へ出てからスマホを耳に当てた。

「お忙しいところすみません。確認なんですが、本当に同じもので揃《そろ》えたほうがいいんですか？」

——そのつもりでお願いしたわけだけど、ないの？

尾関幸恵は言った。

「ありました。ただ使われていたのは相当な高級ブランドでして、三メートルを左右で揃えると十三万以上しますけど、買っちゃっていいですか」

——待って。あの、値札読みまちがえてない？

予想していた質問がきた。

「これアメリカの超高級ブランドなんですよ」

——あんな赤いきしめんみたいな線がどうしてそんな値段になるのよ。そんなにありがたいものなの？

「さあ、俺は使ったことないからわかりません。とにかく元議員が使っていたのはそいつです。三メートルだとその値段になります。買っていいですか？」

――駄目。

即刻の否定のあとはしばし無言だった。

――あいつ、そんな高いものこっそり買ってたってわけね。

これにはどう答えていいのかわからなかったので、

「では、とにかくここは撤退します」と言って、いったん切らせてもらった。

店の中に戻ると、森園はイタリア製の高級スピーカーの前で腕組みして頭《こうべ》を垂れていた。甘ったるいジャズボーカルが流れている。ほどなく曲が終わり、森園が「ちょっとこれかけてもらっていいですか」と言って白い盤を店員に差し出した。店員は明らかに怪訝《けげん》な顔で森園を見た。腕を摑《つか》んで、行くぞ、と外へ連れ出した。

「買わないんですか？」

陽光に目を細め、森園は訊いてきた。

「なにかけようとしてたんだ」

「俺の曲です。CD-Rに焼いてきたんで」

そんなキテレツな曲をかけられたら店員は、アンプかスピーカーが故障したのではと肝を冷やすだろう。

買わないんですか、と森園がもういちど訊いた。予定変更だよ、と言って真行寺はスマホを取り出し、とあるGmailアカウントのページを開いた。家を出る前に真行寺が書いたメールが、下書きフォルダにまだ残っていた。

このアカウントをある人物と共有し、真行寺は奇妙な方法で彼と連絡を取り合っている。下書きフォルダにメールが残っているということは、相手はまだそのメールを読んでいないということを意味する。

メールを書いたらそのまま下書きフォルダに残す。決して送信はしない。そもそも送信先欄にアドレスを打ち込まない。相手は下書きフォルダに残されたメールを読んだら、それを削除する。こちらが書いた下書きが消えていれば既読のサインだ。相手が書いて下書きに保存したメールに対しても同じことを行う。伝言板のようなこの方法を取る理由は、いわゆる通信の秘密を確保するためである。

ネット上では、送ったメールはバケツリレーで受け渡しされて目的地まで届けられる。つまり、受け渡しする時に〝漏れる〟可能性がある。裏返すと、送るから漏れるのであって、保存したままならその心配はないということになる。だったら、同じアカウントにログインして、下書きフォルダに保存したメールをたがいに読めばいい、このような解説を彼にしてもらった時、なるほどと真行寺は思った。では、なぜそこまでして用心する必要があるのか。それは彼が日本の警察に追われている身の上だからだ。本名さえわからずに〝黒木《くろき》〟と便宜的に呼んでいる青年の行方を、公安警察は必死で追っている。そんな男と捜査一課の刑事がのんきにオーディオ談義をしているなんてのはもちろんいけない。言語道断である。

そう、オーディオが黒木との最初の接点だった。彼は電気回路や音響工学にめっぽう強い。価格を知れば尾関幸恵が騒ぎ出すことは予想できたから、家を出る前に、「クラシック向きの、さほど値段が張らないケーブルを推薦してほしい」と書いて、下書きトレイに放り込んできたのだった。

共通のアカウント meandbobbymacgeetakao@gmail.com の下書きフォルダには真行寺が保存したメールがそのまま残っていた。真行寺は駅へと来た道を引き返した。

角を曲がった道の途中に、古ぼけた雑居ビルがある。このビルの二階で真空管を探しているときに店員とまちがえて黒木に声をかけた。去年の今頃だった。その時はもう桜はほとんど散っていた。ということはまだ一年にも満たないことになる。懐かしいという気持ちが呼び起こされるには近すぎる過去であった。しかし、それでも、薄暗い雑居ビルの中に黒木がいるような気がして、ボロいエスカレーターに乗って二階に上がってみたい気がした。しかしいま足を向けなければならないのは、そのはす向かいにある電線や電源の専門店である。

若い店員に声をかけて、適当なものを二、三推薦してもらい、その中から真行寺が勘で選んで三メートルを二本注文し、袋詰めする前に、両端の皮膜をむいて銅線をむき出しにしておいてもらった。こうすれば、尾関邸に持ち込んだとき、工具を借りなくてすむ。現金で払い領収書をもらった。価格は十分の一以下で落ち着いたので尾関幸恵も文句はないだろう。

「腹が減ってないか?」と真行寺が訊いた。

「減りました」森園の返事は簡潔である。

中華でも食おう、と近くの店に入った。黒木と雑居ビルで出会った後、一緒に昼飯を食った店である。

その時、職業を尋ねたら、コンピュータ技術者《ハッカー》だという返事だった。ほどなく真行寺は、黒木のハッキング技術にバックアップされながら、ふたつの事件を追うことになる。事件の真相は摑めたものの、解決には至らなかった。事件の背後にあるプロジェクトはいったん歩みを緩やかにはしたものの、いまなお前進中だ。

「どうだった」と蓮華《れんげ》で麻婆豆腐《マーボーどうふ》をすくいながら真行寺が森園に尋ねた。「お前が試聴したあれ」

「入っているすべての音が再生されるみたいでびっくりしたなあ。ただ、写真でいうと毛穴まで見せられているみたいで気持ち悪い気もしました」

なるほどな、と真行寺がうなずいた時、スマホが鳴った。

——休みのところ悪いんだけど。

水野玲子《みずのれいこ》の声は固かった。

「何かありましたか、課長」

「杉並《すぎなみ》署に行方不明の届け出が」

「未成年ですか」

「十七歳。女子」

「家出じゃ俺のところにかけてきませんよね」

「ええ、誘拐の可能性が」

「そう考える理由は？」

「家に何度か無言電話があったみたい」

「それは家電《いえでん》にかかってきたんですか」

「そう」

「取ったのは？」

「母親」

「家出したものの家が恋しくなって、けれどいまさら帰りたいとも切り出せず、母親の声を聞いただけで電話を切った」

真行寺はその場で思いついた物語《ストーリー》を口にした。

「無言電話だけなら、そう考えて様子を見てもいいんだけど」

「ほかにもあるんですか」

「その子がしてた髪どめが家のポストに投げ入れられていた」

娘は俺が預かっている、というメッセージとして置かれた可能性がある、そう言いたいのだ。しかし、娘が自分でポストに投げ入れていった可能性もまたある。いやむしろ、そちらのほうが高いのではないか。しかし、真行寺はこの予想を口には出さなかった。そして家に戻らない娘について、自分はなぜ、母親に甘えているだけだと解釈したがっているのか、と自問した。それは元妻からかかってきた電話のせいにちがいなかった。法的に親子関係にあったことは一度もなく、顔を合わせたことさえないものの、生物学的には紛れもなく自分の遺伝子を受け継いでいる男が、中国での治療でなんとか小康を得たいま真行寺との面会を求めていると聞かされたことが、頭の片隅に残っていたからだ。つまり、ホームシックになった家出娘のイメージは、プライベートな事情で歪《ゆが》んだレンズ越しに見た像なのである。

「杉並署での捜査主任官はだれですか」と真行寺は訊いた。

「四竈《しかま》警部補」

それか、と真行寺は思った。四竈は水野課長とすこぶる折り合いの悪い刑事である。

「いいじゃないですか、四竈警部補なら」

本心から真行寺はそう言った。四竈は腕が立つ刑事である。

「単なる家出なら。ただ、事件に巻き込まれたとしたら話がちがう」と水野は言った。

なぜですかとは訊かなかった。目の前の麺《めん》が伸びるくらい長い話になりそうだったから。それに、たとえ四竈じゃ不適任だと判断するもっともな理由があったとしても、本庁の課長が署の担当者を替えろと指示を出すのは穏やかではない。つまり、水野はとりあえず真行寺に様子を見に行かせたいのだろう。しかし、そこまで気にする理由がわからない。まあいい。これはある意味、渡りに船だ。了解しました、と真行寺は切った。そして雲呑麺《ワンタンめん》を食い終わってから、スマホを取り出した。

「ああ、悪い。今日は休みのはずだったんだが、これから現場に駆けつけなきゃならなくなった」

――あら、残念。何かあったの。

元妻は言った。

「あったんだ」

——それならしょうがないわね。

「よろしく伝えてくれ」

なにをよろしくなんだかよくわからなかったが、そう言って切った。

「杏仁豆腐《あんにんどうふ》でも食うか」

真行寺は向かいに声をかけた。

「食います。何かあったんですか」

「まあな。お前このあとはどうするんだ」

「レコ屋に行こうと思ってるんですが」

「なら今日行かなくてもいいよな」

「え、行くつもりですよ」

「行くな。お使い頼まれてくれ」

「……わかりました」

居候の森園は、家主がねじ込んできた無理を受け入れた。

悪いなと一応言って、真行寺は杏仁豆腐を注文したあと、もういちどスマホを耳に当てた。

——ごめんなさい、面倒なこと頼んで。

出るなり尾関幸恵はそう言った。いえいえ、と真行寺は返した。

「とりあえず確かなものを入手しました。ただ私は仕事で呼び出しを食らったのでお届けできません。使いの者に持たせますので。代金はそいつに渡してください。本日はご在宅ですか」

都合が良いことに、尾関幸恵は今日はこれから家で仕事をするらしかった。

「届けたらさっさと帰ってこいよ」

車両が四ツ谷《よつや》駅ホームに滑り込んだ時、スピーカーコードが入ったビニール袋と領収書を森園に手渡し、真行寺は降りた。丸ノ内《まるのうち》線に乗り換えて、南阿佐ケ谷《みなみあさがや》で降り、駅からすぐの杉並署に入った。受付に来てはたと困った。公休を取っていたのでバッヂを持っていない。本庁の巡査長だと名乗ったが、巡査長という最下層の階級と年かさがいった風貌《ふうぼう》との落差がまた不審に思われたらしく、確認を取らせていただきますと言って受付が受話器を取り上げたその時、「あー、通してやってくれ」という太い声が聞こえた。

「本庁の刑事さんだ」そう言ってネクタイをだらしなく緩めた男が扇子《せんす》で襟元に風を送りながらやって来て、「なんて格好してるんだ。そりゃ怪しまれるぜ」と笑った。

ウィーザーというロックバンドのTシャツにデニムのジャケット、足下はスニーカーという身仕舞いの真行寺は「非番なんです」と言い訳した。

四竈は、非番の日になんの用だとは言わず、

「また公休とったのか。やるね、あいかわらず。——ちょっと待ってくれ」

そう断って、フロアの隅に置かれた長椅子《ながいす》に座っている中年女性に、「おう」と手を挙げ、

歩み寄った。女は立ち上がり、小さな鞄《かばん》を手渡すと、すぐに署を出て行った。細君だろう。

「届け出が出ている娘の件で？」と真行寺は訊いた。

「ああ」

「着替えがいるほどに深刻なんですか」

「まだわからない。かみさん今晩は同窓会だからいまのうちに持ってこさせた。お前だってこの件で呼び出されてここに来たんだろ」

「まあそうなります」

にやっと笑って背を向けると四竈は階段に向かった。そのあとを真行寺が追った。

「誘拐の可能性はどうみてるんです」

階段を上りながら真行寺が訊いた。

「ないとは思うけどなあ」

「この時点では生安《せいあん》が担当してるんですか」

「いちおうな。ただ、どちらかって言えばうちの事件にされかかってる。——それより、同期なんだからその変な敬語やめろよ」

「まあ、ほかの捜査員たちの手前が」

「関係ないさ、刑事は年季と実績だから」

刑事組織犯罪対策課のフロアはすいていた。四竈は手にした鞄を自分の椅子の上に載せると、フロアの隅の応接セットを指さした。

「誘拐の線だったな」

巨体を投げるようにソファーに沈めると、四竈が言った。

「ほとんどないと思ってるんですか？」

真行寺は、あくまで敬語で通した。四竈はちょっと顔をしかめ、ボサボサの髪に指を入れながら、うーんと唸《うな》った。何日か家に帰れなくなる可能性が高いと思わなければ、着替えなんか届けさせないだろう。

「母親が言うには、ストーカーみたいなのはいたそうなんだ」と四竈は言った。

「それはどの程度の」

「まだわからん」

「ということは、ストーカーの件では署はこれまでに相談を受けてたわけではないんですね」

「ない。それは生安に確認した」

「つきまとわれていたというのはだれからの情報ですか」

「母親だ。家の周りをウロウロされたり、プレゼントが一方的に贈られたりしていたそうだ」

「そいつの身元は？」

「知らないと言っている。本人は知ってたかもしれないが、いまは確かめようがない」

「別れたボーイフレンドとかでは」

親しかった異性がなにかを境に異常者に豹変《ひょうへん》するのはよくあることだ。

「いや、なんかファンらしいぜ」

「ファン？」

「そうか、お前はなにも聞かされてないままここに来たんだよな。行方不明の届け出が出てるのは麻倉瞳《あさくらひとみ》ってモデルだ」

四竈はふんぞり返っていた身体《からだ》を起こし前屈《まえかが》みになると、よっこらしょと立ち上がり、自分の机の上の雑誌を取るとまた戻ってきて、付箋《ふせん》がついたページをめくって、この子だよと差し出した。

緑深い森を背に建つコテージの椅子に座って脚を組み、ウクレレをつま弾きながら微笑《ほほえ》む写真が載っていた。

「モデルなのに案外と小柄ですね」

「モデルったってパリコレとかのじゃないからな。雑誌のモデルならそのくらいが普通なんじゃないの」

そのあたりの知識がない真行寺はそうなのかと受け止めた。それにしても、グラビアページの娘からはあどけない印象を受けた。

「確かにストーカーされそうだよな」と四竈が言った。

「そんなことわかるんですか」

「なんとなくな。守ってやりたいというか、俺の言うこと聞いてりゃいいんだって言いたくなるような、わかるだろ」

わからないので無視し、

「家に戻らない原因がストーカーだとしたら」と真行寺は訊いた。

「それは大変にやっかいなことになるだろうよ」

「どうやっかいなんですか」

「あいつらはなにを考えどう動くのか見当がつかないだろ。ヤクザのほうが扱いやすいくらいだ。それに誘拐までするなんてのはもうストーカーの域を超えている。完全な凶悪犯だ」

「しかし、ストーカーが誘拐しますかね」

「するだろう」

「そうですか。あいつらは、思いあまって刺すとか、そんな行動を取る気がしますが」

「どうしてそういうふうに決め付けられるんだ」

確かにそうだ。真行寺は質問の方向を変えた。

「モデルってのは事務所に所属してるんですよね。そういう性質《たち》の悪いファンは事務所の怖いお兄さんが腕ずくで排除するんじゃないんですか」

「そうするべきだよな。ただ困ったことに、事務所はやめたんだそうだ」

「それはまたどうして」

「母親がそうしろと」

「なぜ」

「それはこれから訊く」

「母親との折り合いはどうだったんですか」

「ほかの捜査員が母親に訊いたところによると、親子関係はよかったそうだ。ただ母親が言ってることなんで、どこまで信用していいかわからないな。——俺はこれから現場に行くがお前どうする」

同行すると言った。

麻倉家の住所を尋ねると、荻窪《おぎくぼ》だと言う。荻窪なら尾関幸恵議員の家の近くだ。森園は例のケーブルを届けただろうか。

「しかし、なんで課長はこんな段階であんたを寄越したんだ。うちはまだ要請してないぞ」

シートベルトをしながら四竈が訊いた。確かに早すぎる気もする。さあ。真行寺はとりあえずそう言うしかなかった。

「俺がまたへんなことすると思ってるんじゃねーのか」

「へんなことって」

「知らねえよ。しかし、本当に頭にくるな、あの女、あの程度のことで本庁からトバしやがって」

真行寺は黙った。

すこし前、刑事たちの酒席で四竈がやらかしたあることについて、水野は激怒し、咎《とが》めたてた。水野警視は四竈警部補の上司であるから、彼女が部下の不心得を叱《しか》るのは当然である。とはいえ、四竈が言うように、刑事は年季と実績がものを言う。どちらもそれなりにある四竈は水野にたてつくような態度を取った。しかし、この件については水野も引かなかった。ほどなくして四竈は杉並署に異動になった。この人事について四竈は、しおらしく下手《したて》に出なかったことに対する報復だ、と解釈した。刑事仲間から人気があった四竈の異動によって、水野はほかの刑事たちからも反感を買うことになった。

「あのアマの泣きっ面《つら》見るまで気が収まらねえよ」

「アマはよしてください。俺の上司ですから」

「忘れてた。お前は水野派だったな」

「え、別に俺はどこ派でもないですよ」

「だったら、俺の左遷についてはどう思ってんだよ」

「本庁から署への異動は左遷じゃないでしょう」

「一般論を言うな。俺の中では、左遷以外のなにものでもないぜ。お前の意見を聞かせろ」

「さあ、俺はその場にいなかったのでわかりませんね」

真行寺は課の宴会には出席しないことにしている。忘年会も新年会も出ない。

「けれど、課長とはちょくちょく飲んでるんだろ」

真行寺が水野とさしで飲食することはある。ただ、それは親睦《しんぼく》を深めるためのものではない。すこしばかり打ちとけた雰囲気の中で業務上の意見交換をするためだ。実際、それは捜査によい結果をおよぼしてきたという自信はある。とはいえ、真行寺はやはり自分は水野派であることを否定できないのではないか、という自覚もあった。

「お前を見習って適当にあのねーちゃんのご機嫌取ったほうがいいのかもしれないが、ちょっと腹に据えかねるところがある。――この先だ」

四竈が「ここだよ」と通りの角にある平屋造りの一軒家を指さしたその時、

「停めてくれ」と真行寺は叫ぶように言って、シートベルトを外し、ドアハンドルに手をかけた。

四竈があわてて停車するやいなや真行寺は飛び出して、小走りに角を曲がり、「すみません」と前を行く若い男の背中に声を張った。

男は立ち止まり、神経質そうな細い目がこちらを向いた。

「すみません」

もういちど言って真行寺は男に近づいた。男は黙って立っていた。

「さっき麻倉さんの屋敷を見てましたよね」

男はまだ黙っている。

「なにか御用でも」と真行寺は言った。

「だれ」とようやくひと言あった。その顔も声もまだ若かった。

これは失礼しました、とジャケットのポケットに手を突っ込んだ時、真行寺はバッヂを持ってないことを思い出した。そこへ、「どうしたどうした」と四竈が駆けつけて来たので、

「職質《しょくしつ》です。こちらの身分を尋ねられたので、バッヂを見せてあげてください」と説明した。

その格好じゃあなと苦笑しながら、四竈は青年の目と鼻の先にそいつを突きつけ「警察でございます」といやみったらしく丁寧な口調で言った。

「で、いったいなんなんです」

青年は膨れっ面をしている。

「ポケットと鞄の中を見せてもらえませんか」

「どうしてです」

「見たいからですよ」と言ったのは四竈だった。その口ぶりには大いに威圧的な調子が含まれていた。

「見せたくないんですか」と真行寺は確認した。

「どうして見せなきゃいけないんです」

「あの屋敷を見ていたでしょう。なぜですか」

「勝手でしょう、そんなもの」

「かもしれませんが。理由を教えて欲しいと言っているだけです」

青年はまた黙った。

「なぜ警察がそれを気にするんですか」

「その理由を知りたいんですか」

青年は黙った。

「あの家のだれかとお知り合いですか」

黙ったままだ。

「これからどちらへ？」

「別に」

「お仕事は」

「学生です」

「どちらの」

この間に四竈が少し離れて屋敷の中にいる刑事に携帯で連絡を取ったので、中から四名ほど出てきて青年を取り囲み、いかめしいフォーメーションが出来上がった。

「言いたくありません。これ任意ですよね」と青年はあくまでも逆らう姿勢である。

「そうです」と真行寺は言った。

「じゃあ、行かせてもらいますよ」

「そうですか。お気を付けて」

真行寺は青年を解放した。四竈らは驚いている。

青年はなんどか後ろを振り向きながら歩いて行き、角を曲がって見えなくなった。

「だれか面《めん》が割れてないのに尾行《つ》けさせてください」と真行寺が言った。

「そういうことかよ。おい島崎《しまざき》、とりあえずお前が追え。——中に加藤《かとう》がいたな、あれを行かせよう」

若手の刑事が携帯を使うと、スーツ姿の若い女が出てきた。

「対象はこの先の角を曲がってたぶん駅のほうに向かった。身長百七十三センチくらい。ベージュのジャケットに黒のジーンズ。ちょっと太り気味でガニ股《また》の気がある。いまは島崎が追っているから、入れ替わって身元を突き止めろ」と四竈が言った。

「わかりました」

女は軽快に駆けだした。そのかろやかな跳躍に若さが息づいていた。

「おい、なんで泳がしたんだ」四竈が言った。

「任意と言われりゃ任意ですからね」

「なんだよ、なんか考えてるのかと思ったぜ。粘って吐かせるべきだろーが」

「家出じゃなくて誘拐だったとしたら、泳がせたほうが解決につながりやすいでしょう」

「あれが誘拐犯だって言うのかよ」

「いや、それはないでしょうが」

「じゃあなんで職質なんかしたんだ」

「なんとなく家を見る目つきが不自然だったので。たぶん、ストーカーってのはあいつですよ」

「なんだって。なら怪しいじゃねーか」

「誘拐しておいて家の周りをウロウロするやつはいないでしょう。あいつはなにも知らずにストーキングを続行中だったってわけです」

「だったらついでにシメとくべきだろ」

「とはいえ、別件ですからね、少なくともこの時点では。でも身元確認はしておくべきかなと思って」

そんな会話を続けているうちに最初に追尾していた島崎が戻ってきた。

「うまくバトンタッチしたか」

「ええ、駅付近で入れ替わりました」

「よっしゃ。んでもって紹介しとこう。こちらは警視庁刑事部捜査一課の真行寺さんだ。同期のよしみでお休みのところお越し願った、ってのはもちろん冗談だぞ。――どうだ、母親に話は聞けたか」

「いま出てます」と若い刑事が答えた。

「どこへ」

「仕事で人に会ってすぐに戻るそうです」

「勤め先はどちらですか」と真行寺は訊いた。

「評論家の秘書をやっているようです」

どうもこの一家のイメージが摑みにくいなと真行寺が思っていると、車を駐車場に入れてくるから先に中に入っていてくれ、と四竈に促《うなが》された。

塀《へい》に切り込まれたステンレスの郵便受け口の横に、「麻倉」と黒く彫られた茶褐色の御影《みかげ》石《いし》、その下には、こちらは白い石に黒く「デボラ・ヨハンソン」とカタカナが彫られ、さらにその下に英字でもその名が刻まれていた。

「だれでしょう？」と真行寺は訊いた。

「同居人だそうだ」

「ああ、母親が秘書を務める評論家だとさ」

「西洋人ですか」

「有名人？」

「有名らしいんだが、周りにいる刑事に訊いても、知ってるやつはだれもいない。刑事に教養がないのか、大して有名じゃないのかよくわからないんだが。で、この自宅は事務所も兼ねているそうだ」

「事務所って、なんの？」

「デボラ・ヨハンソン事務所。なのでヨハンソン宛ての郵便も当然届く。表札があるのはそういうことなんだろうよ」

上下にふたつ並んだ表札を眺めていた真行寺の胸の内を察して四竈は、

「で、事務所の所長が麻倉希《のぞみ》。母親だよ、行方をくらましてる娘の」と解説を加えた。

真行寺はやはり妙な気がした。スニーカーを脱いでリビングにあがると違和感はさらに増した。これまでの訪問先では味わったことのない、家具がとびきり上等だとかそういうものともまたちがう、家主の重い存在感のようなものが部屋に居座っている気がした。庭に向いた掃き出し窓を背にして真行寺は部屋を見渡した。

すべての壁が天井まで届く高い本棚に覆われ、そこに書物が隙間《すきま》なく押し込まれていた。やたらにぶ厚い本が多く、しかもその背表紙のほとんどに横文字が並んでいる。日本語のものを見つけ出しても、近代とか、再帰性とか、流動化とか、硬い単語が並ぶ学術書がほとんどだった。とにかく、あたり一面本だらけで、残念ながらオーディオシステムはない。真行寺は、この棚のここらへんにブックシェルフ型の小型スピーカーを突っ込めば、本が巨大なバッフル板がわりになっていい音がするんじゃないか、などと余計なことを考えた。

玄関のドアが開く音がして、やがて、化粧気のない地味な顔立ちの女が現れた。ビジネス用のトートバッグのハンドルを肩にかけていたが、それを外してバッグを床に下ろすと、いったん居間から出て、茶色い液体で満たしたグラスを手に戻り、なにも言わずにソファーに浅く腰かけた。真行寺は立ったまま、その女が座って麦茶を飲むのを見ていた。この女が麻倉希、つまりあの雑誌に出ていた少女の母親なんだろうか？　それにしては垢抜《あかぬ》けないなと思った。女は真行寺のほうを見やりもしない。やがて刑事たちがリビングに集まってきた。彼らが台所で待機していたのは固定電話の親機がそっちにあるからだろう。

「こちらは一度も鳴りませんでしたが、携帯のほうに不審な着信などはなかったでしょうか」と若い刑事が訊いた。

女は首を振って、残りの麦茶を飲み干した。

「捜索の状況は？」

空になったグラスを目の前のテーブルに置いて逆に希が訊いた。この時点で、捜索の状況もなにもないのだが、「あの、少しいいですか」ととりあえず四竈が希の前に座った。

するとさっき質問した若い刑事がその横に腰かけた。彼がおそらく四竈の相棒なんだろう。

ほかの刑事は立ったままである。

「所属していた事務所を瞳さんがやめられたのは、お母様がご意見なさったからだと聞きましたが」と四竈は言った。

「親ですから」

「ええ、口を出されるのはそれはもう当然だとは思いますが」

希はため息をついて少し考え、

「ああいう事務所にとっては娘は商品なんです」と一気に言った。

「それはそうでしょうが」と四竈が口ごもった。

希は無表情に四竈に視線を投げると、

「それはそうでしょうが、ですか」と反問のような抗議のようなひと言を発した。

いやいや、と四竈はとりとめのない相槌《あいづち》を打ってごまかした。そこで、そばに立っていた真行寺が、

「では、なぜそういう仕事をさせたのですか」と訊いた。

「それは今回の事件と関係がありますか？」

「わかりませんが」と真行寺は言った。「われわれ刑事にとってはなにが手がかりになるのかわからないものですから」

「本人の個性を伸ばすのにはいいかも、と当初は判断したんですけどね」

またつまらないことをしたものだと述懐するような口調だった。

個性という言葉に真行寺はなぜか引っかかった。個性。個の性質。個としての自分の特性、つまり、自分が自分であること。俺は俺だってことをあらわすなにか。元妻は離婚話を切り出した時、「自分らしく生きたい」と言った。その妻の〝自分らしさ〟を受け継いだ息子は遺伝病に苦しんでいる。麻倉瞳の個性、それはなんだ。麻倉瞳は親から美しい容貌と肉体をもらった。目の前にいる母親は、雑誌で見た麻倉瞳とは似ていないが、それを授けたことは確かだ。そしてそれはモデルとして立派に通用するものだった。母親は考えた。この個性を伸ばしてやろう、と。――こういう解釈でいいのか。なんか変だ。しかしなにが変なのかはわからない。

「事務所をやめることについて、ご主人は？」と四竈が言った。

これがまたよくなかった。

「うちは母子家庭です」

秘書の給料で杉並に家が建つだろうか、それともこの土地と邸宅は親が残してくれたんだろうか、または借家？　と真行寺はいぶかしく思いながら、

「元の旦那様はいまどちらに」

いえ、とだけ言って希は黙った。イエスかノーかで答える質問ではないぞと思いながら真行寺は、

「ご存知ない？」と確認した。

「私は結婚したことはないんです」と麻倉希は言った。

それは決然とした、どこか怒りを含んだ調子だった。

ということは、麻倉瞳は婚外子ということになる。なるほど、と四竈がうなずいた。真行寺はうなずかなかった。

この家はどこかおかしい。真行寺はそう思った。もちろんそんなことは口には出せない。捜査に関係がないからであり、未婚の母子の家庭をおかしいなどと指摘するのは失礼であり、まちがっている。そもそも、いまの真行寺の家だってまともとは言えない。離婚してひとり身の住処《すみか》に、担当した事件の当事者だった青年を住まわせている。高校を中退した森園は、立川《たちかわ》の映画館でときどきバイトをする以外は、勤めに出ることもなく、朝から晩まで奇妙な音をいじくっている。そのガールフレンドが遊びに来る。来るとたいてい泊まっていく。真行寺が帰宅すると、ふたりで飯を作っていることがある。それを真行寺も一緒に食べる。若夫婦と同居しているようでもある。三人でソファーに並んで、オーディオで音楽を聴いたり、ブルーレイで映画を見たりもする。これは五十代の男の標準的なライフスタイルではない。普通の範囲から逸脱している。

だから、他人の家にあがって「普通じゃない」などと言える資格はないという自覚はあった。それでも、家族にはいろんな形態がある、色々あっていいじゃないか、というおおらかな気分に収まらない不吉な匂いを嗅《か》ぎつけて、やはりどことなく気になるのである。

それから四竈が、帰宅しない娘についてあれこれ質問した。交友関係とか、よく出かける遊び場とか、行きつけの店とか。母親は首を振るだけでほとんどまともな返事を寄こさなかった。知らないのだろう。しかし、警察に届けを出しているにしてはあまりに消極的な態度のように思われた。

「親類縁者のほうには行ってませんか」と四竈の隣に座っていた若い刑事が訊いた。

母親はこれにも黙って首を振った。そして、ため息をついた。

「父親のところに行ってる可能性はありませんかね」

横に立っていた真行寺が出し抜けに言った。

麻倉希は真行寺を見た。その視線が不必要に鋭いと真行寺には感じられた。

「ありえません」

「ありえませんか」と真行寺は同じ言葉を重ねた。

「ええ、ありえないですね。瞳には何も話しておりませんから」

「たとえば自分で調べたということは？」

「どういう意味ですか」

「どういう意味というか、そのまんまなんですが」

麻倉希は黙ったまま真行寺を見た。

「いや、映画なんかでよくあるでしょう。娘が顔も見たことのない父親を恋しく思って、内緒で会いに行ったりするのが」

ああ、なんか見たことあるなそういうの、と四竈が調子を合わせてくれた。

麻倉希はただ黙って首を振った。真行寺は捨て身の作戦をとった。

「いや、実は私にも顔を見たことのない子供がいるんですが、本当は、今日会うはずだったんですよ」

「へえ、そりゃ初耳だな」驚いたように四竈が言った。「しかし、いちども会ったことがないってのはどういうことだよ」

「妊娠中に離婚したんです」

麻倉希の視線がますます険しくなったので、ただし、離婚を申し出たのは妻のほうからで、生まれた男児は再婚相手の息子として成人しました、とつけ加えた。しかし、息子に遺伝病が発覚し、それが原因で妻は離縁されるに至った、ということは言わないでおいた。

「それに」と四竈が言った。「父のほうが娘に会いたくなって、こっそり連絡を取ったということもないとは限りません」

「ありえない」希はボソリとつぶやいた。まるで独り言のようだった。

「というのは」と真行寺が言った。「父親はいまも自分に娘もしくは息子がいることを知らないということですかね」

真行寺がそう訊いたのは、かつての彼自身がそうだったからだ。

「いや」

とだけ言って希はまた黙った。真行寺たちは黙るにまかせていた。

「あの」とやがて希は口を開いた。

「いま警察はどのような動きをしているのですか？」

それがこちらの質問に対する答えではなかったので、刑事たちはすこしばかり面食らった。

「申しわけありませんが、現時点ではまだ事件として扱えるかどうか検証中です」と四竈が言った。

「でしたら、こんな大人数がうちにいる必要があるのでしょうか」

四竈がうなずいて、では、いったん引き上げます。署もすぐそこなのでなにかあれば駆けつけますのでと腰を上げ、これを合図にみな麻倉邸を出て、近くの駐車場に向かった。

「なんだありゃ」四竈がシートベルトをしながら言った。「捜索願を出しておいて」

「どこかで俺たちは嫌な質問をしたんですね」と助手席の真行寺が言った。

「訊くべきことを訊いたまでだよ。しかしあれじゃあやりようがないぞ」

「どれだろう」

「なにが」

「いや、だから、どの質問が気に入らなかったんだろうと思って」

「そりゃお前が、あんたは娘の父親がだれだかわかってるのかなんて訊いたからだろ」

「そんな質問はしてませんよ」

「え、そうだっけ」

「その質問になら怒るのはわかります」

「ああ、だれの子かわからないくらい奔放《ほんぽう》にやりまくってたんですかって訊いてるわけだからな」

「そうです。でも、そういうことを訊いたわけじゃない。俺の質問は娘さんについてのものではなかったんです」

「そうか。なんだったっけ、お前の質問」

「自分に娘がいることを父親は知っているのですか、って訊いたんです」

「ああ、孕《はら》ませた自覚もないまま、女のほうが出産して育ててるパターンだよな。これも映画でよく見るよ。で、知らないうちに自分の娘とデキちゃったりして」

「そこまでは言ってません」

「そうだな、言ってなかったな。だったら怒って答えないほどのものじゃない気がするよな」

「いや、麻倉さんは答えはしたんです」

「答えなかっただろ」

「いや、って言いましたよ」

「それかよ。そのいやは、否定的な相槌だろ。いいえ、その質問には答えられませんって意味の」

「そうとも取れますが」

「俺はそう取ったぞ」

「俺も半分はそう解釈しました」

「たとえそのいやがNOという返事だったとしてだ、それでも大した意味にはならないだろ。いや、父親は自分に娘がいることを知っている。――ただそれだけじゃないか」

「そうなんですが……」

「引っ掛かるのか」

「すこし」

「俺はお前が引っ掛かるってのが引っ掛かるな」


署に着くと、四竈は会議室に刑事を集めた。

「ちょっとお前らの意見を聞かせてくれ。なんでもいいぞ」と四竈が言った。

「何について？」と進行を整理するため真行寺が訊いた。

「そうだな。えーっと、麻倉家から出された捜索願について、事件性があると思うか、率直な意見を聞かせてくれ」

やはりだれも何も言わなかった。こういう時にうかつなことを言ってハズれるとあとあとビミョーに響いてくることを懸念しているのだろう。

「どう思う貝山《かいやま》」

そう言って視線を送った先には、麻倉邸のソファーに四竈と並んで腰かけた若い刑事がいた。

「事件性らしきものはあまり見えてこないんですが」貝山はそう言った。

「俺もそう思う。あの母親が娘のことをきちんと理解してるとは思えない。こりゃ家出だよ、たぶん」とすぐに四竈も同意した。

「郵便ポストの髪どめは」と真行寺が問《と》い質《ただ》した。

「自分で入れた」と四竈が言った。「そう考えるのが自然じゃないか」

「なんのために」

「つまりその、ちょっとは心配してくれっていう、まあ甘えだよ」

四竈が言外に匂わせた〝年頃の娘の屈折した愛情表現〟という解釈は真行寺もすぐに思いついたものだった。

「あのあたりに監視カメラは」と真行寺が訊いた。

「住宅街だからな」と四竈が答えた。

ない、という意味《い》である。あったとしても、監視カメラの映像を洗い出すには、大変な手間と労力が要る。

ノックの音がして扉が開いた。ストーカーと思《おぼ》しきあの青年を追いかけた女刑事が戻ってきた。確か加藤という名だった。

「対象の身元はわかりました」ドアを閉めたあと加藤が言った。

まあ座れ、と四竈に言われ、はい、と加藤は椅子を引いて腰を下ろし、手帳を取り出した。

「対象の住所は武蔵野市《むさしのし》吉祥寺東町《きちじょうじひがしちょう》3の30の1です」

「なんだこの近くじゃないか。よし、すぐに個人名と職業を割り出そう」

「それはすでにわかっています。氏名は南原義久《なんばらよしひさ》。東西南北の南に原っぱの原、義理人情の義に久しい。二十三歳。早稲田《わせだ》大学教育学部の三年生です」

「素早いな」四竈は驚いたように言った。「どうやって照会したんだ」

「実は途中で尾行がばれたので、話を聞かせてくださいと言ったんです」

「なんだって。そりゃまた思い切った作戦だな。で、どうしたんだ」

「家にあげてもらいました」

　まわりの刑事たちは呆れた。

「危ないな。そういう時は応援を呼ばなきゃ駄目だろ」

「そうなんですが、そうすると対象も身構えるような気がして」

　自分が職質した時とは大したちがいである。女性だから相手の警戒心が解けて、功を奏したのだろう。性別を理由に上司が命令すれば問題かもしれないが、本人が女性の強みだと判断して行動した場合はどうなんだろうか。上司の水野玲子ならどう言うだろうか。

「一軒家ですね、アパートやマンションではなく」

　端末のアプリで確認した貝山が言ったので、この疑問はあまり発展しなかった。

「実家暮らしか」と四竈が加藤を見た。

「はい。親は国分寺《こくぶんじ》にある公立中学の校長です」

　一座からほんの少し安堵《あんど》の空気が流れた。

「なんだまともな家じゃないか」と四竈が言った。「よかったよ。住んでるのが木造モルタルのアパートで、そこからアニソンなんか流れてきたら危ねーからな」

もちろんこれは偏見である。

「それで、麻倉邸を覗《のぞ》いていた件について、本人に訊きました」と加藤が言った。

ずいぶんと単刀直入に切り込んだな、と真行寺は感心した。

「南原義久と麻倉瞳とは知り合いであることが判明しました」

「知り合いとは」と四竈が訊いた。

「はい、そこなんですが」と加藤は言った。上司の質問を予期していたかのような口ぶりである。

「ふたりが知り合ったのは、井《い》の頭《かしら》公園で麻倉瞳をモデルにした撮影が行われているところに、南原が通りかかったのがきっかけです」

「はあ」と四竈は言った。「通行人と撮影してるモデルがなぜそう簡単に知り合えるんだ」

「それは南原がちょっとした通訳を買って出たからです」

「通訳？」どういう意味だ。「麻倉瞳は日本人じゃないのか。確かにそう言われても驚かないぞ。ひょっとしてあれは養女なのか。まったく母親とは似てないからな」

「いえ、麻倉瞳はロウシャなのです」

一座が一瞬静まりかえった。

「つまり耳と口があれなんだな」

四竈が妙な言い方をした。

「聾者《ろうしゃ》。聾唖《ろうあ》とも言いますが」

「つまり、南原がした通訳ってのは——」

「手話によるものです」

「南原が手話ができるのはなぜだ」

「彼は大学の手話サークルに入っているんです」

手話サークルに所属する学生。それは被災地へボランティアに出かける若者のイメージに近い。ストーカーという不謹慎なものとはかけ離れていた。

「で、どういう状況だったんだ、その井の頭公園では」

「南原は足を止めて撮影を見ていたそうです」

「なぜ」

「きれいな若い女がいたからじゃないですか」と加藤は言った。「男は若くてきれいな女が好きですからね」

なんの感情も込めずに加藤はそう言おうとしている、と真行寺の目には映った。

「続けてよろしいですか」

続けてくれ、と四竈が言った。

「それで、撮影の合間に麻倉瞳がトイレの場所をスタッフに身振り手振りで尋ねているのを目撃した南原は、彼女が聾者だと知って手話で教えてあげたらしいんです。そのあと、戻ってきた瞳と次の撮影の準備が整うまで手話で話をした。これがきっかけですね」

「なるほど。親が教育者で、息子は一流大学で手話サークルか。あんまり危ない感じはしないな」

「しないですね」と加藤は言った。

「で、ふたりはつきあっていたのか。つまりその男は麻倉瞳の元カレか」

「たしかにカジュアルなつきあいはあったようです。ただし、恋人どうしではなかった」

「それは本人の口から確認したのか」

「南原が言うには、いま振り返って思えば、片思いだった、と」

ずいぶんと素直だな、と真行寺は思った。それで？　と四竈が訊いた。

「ふた月ほど前から急によそよそしくなったので、つい家を訪ねてしまったと言ってました」

「それだけか」と四竈は言った。

「はい」と加藤は答えた。

「どう思う？」と言って四竈が真行寺のほうを見た。

「警察にあとを尾行《つ》けられたと知って本人はどんな感じでしたか」真行寺は加藤に訊いた。

「驚いてました」と加藤は言った。「私を家にあげたのも、自分からありのままを話したほうが賢明だと判断したように、私の目には見えました」

「じゃあなぜ職質された時に素直に応じなかったんだ」

「後ろめたかったそうです」

「後ろめたい、か」

「ええ、フラれた異性の家の周りをウロウロするのはよくないと、自分でも思っていたみたいで」

「職質を拒んだのは羞恥心《しゅうちしん》からか。まあ、理解できないこともないな」と四竈が言った。

「それと、南原にはそれなりの自信があったみたいで、それが未練がましい行動につながったと自己分析していました」

「自信ってなんだ」

「彼を恋人に選ぶのが麻倉瞳にとってベストチョイスだということです。南原が言いたいことをわかりやすく言い換えれば」

鼻を鳴らし、嘲笑《せせらわら》う者がいた。

「あいつと麻倉瞳が並んでいてもお似合いだとはだれも言わないだろ」と四竈が言った。

「容姿のことですか」と加藤が問い質した。

どことなく抗議の色に染まったその語気に、四竈は腕組みをしてうなずいた。すると隣の貝山が口を開いた。

「まあしかし、早稲田行ってるくらいだから頭もいいんだろうし、手話を学んでいるってのはハンディキャップのある人にも思いやりがあるってことにつながるでしょう。見てくればかりいい薄っぺらい奴《やつ》よりも俺のほうがいいと自惚《うぬぼ》れるのは、不自然ではない気がしますね」

そううまく解説した貝山も、容姿は十人並み以下である。

「それはまともな考え方だ」と四竈が言った。「けれど、人間ってのはまともな考えで動くとは限らないからな」

「どういう意味ですか」と加藤が訊いた。

「刑事やってるとつまらん男に依存したがる女って腐るほど見なきゃなんないんだよ。なあ」

いきなり四竈から視線を浴びせかけられたので、真行寺は面食らった。確かに、DV男のところに戻る女、そんな男を渡り歩く女がいることは確かだ。けれど、男は見てくれだけでつまらん女を選んでないのか、というとそっちはもっと怪しい。

「南原が自分がベストチョイスなんだと主張するのは」真行寺は四竈の視線を切って加藤に向き直った。「それは他《ほか》の選択肢を想定して言ってるのか。つまり、あんな奴とつきあうんだったら俺のほうがいいぞという、具体的なライバルがいるのか」

「それは私も気になって訊いてみたんですが、はっきりとはわかりません」

「わからないってのはどういうことだ」と四竈が訊いた。

「ファンかどうかはわかりませんが、若くてきれいな女を見たり、可能だったら話したり、握手したり、あわよくばもっと親密な関係になろうと虎視眈々《こしたんたん》とねらっている男はいるだろう、とは言ってました」

「てことは母親が話していたストーカーは別にいるって可能性もあるわけだな」

「近くに住んでいる、性犯罪で前科のある人間を当たりますか」と貝山が言った。

だれもなにも言わなかった。いまこの段階で、これだけの情報でそこまでやる必要があるのかどうかわからなかった。大騒ぎしたあとでひょっこり麻倉瞳が帰って来る確率のほうが高い、とみなが思っていた。しかし、

「やろう」と四竈は言った。

「本来なら、学校の交友関係を当たるべきところだが、瞳は高校に行っていない。母親に訊いても交友関係についてはよく知らないという。こうなったらやるしかないだろ」

やはりだれもなにも言わなかった。

「俺は瞳が聾者だってことが気になるんだ。後ろから変なやつが近づいてきても気がつかないだろうし、そのまま抱きつかれてバンに引きずり込まれても悲鳴も上げられないってことだ」

この一言は刑事たちの想像力を刺激し、一瞬にして部屋の空気を変えた。一同は立ち上がった。四竈が加藤を呼び止め、よくやったぞポンポンと肩を叩《たた》いているのを横目に、真行寺も会議室を出た。褒めるのはいいがボディタッチはよしたほうがいいでしょう、とあとで言おうと思って刑事部屋に戻り、貝山に声をかけ、捜査車両を貸してくれと言った。すぐに一台回してくれた。どちらに、と訊かれたので、麻倉邸だと言って階段を下りていった。

デボラ・ヨハンソン／Deborah Johansson という横長の表札を見ながらインターホンを押した。相手より先に、警視庁の真行寺です、と名乗り、どうぞと言われる前に門の閂《かんぬき》を外

して中に入った。

玄関のドアの前に立つと、シリンダーの回る音がした。ノブを回して開けると麻倉希が立っていて、「なにか」と言った。

「見せていただきたいものがありましてね」

よろしいですか、と言いながら真行寺はもうスニーカーを脱いでいた。それを見て希は諦《あきら》めたように、背中を向けた。その背中を追うように真行寺はリビングに入った。

本棚を見上げ、上段右端からSの字型に視線をめぐらして、デボラ・ヨハンソンという文字を探した。あった。真行寺は声に出してつぶやくと、一冊手に取った。

『すべてを解体せよ！』

表紙にはそうあった。真行寺はページをめくって、目次を見た。

女という呪縛　ジェンダー・アイデンティティ・パラダイム
男と戦うな　男／女の間の境界線の解体を目指せ
ＬＧＢＴとハンディキャップ
新しい相互扶助と子育て　だれが産んでもだれが育ててもいい世界
すべてを解体せよ！
時代は変わる

目次を読むと、さらにわからない。ページを開けば、免疫系だとか性別役割分業論とか目が痛くなるような単語のオンパレードだ。お手上げだと思ってパタンと閉じて、いまいちど表紙を見た。

――デボラ・ヨハンソン著　麻倉希訳

希は秘書であり、さらにデボラ・ヨハンソン事務所の所長であり、おまけに翻訳までやっているとなると、彼女と評論家の関係は単なる仕事上のつきあいには収まらないものだろう。

ふと、気になる背表紙が真行寺の目に留まった。まさかとは思いつつ、『サイボーグは電気猫の夢を見るか』というソフトカバーの単行本に手を伸ばした。

折り返しにある著者近影を見て、まちがいないと確信した。いちど収監したことのある女だった。横町《よこまち》れいら。元AV女優、当時はそれを売りにした高級デリヘル嬢だった。呼ばれて出向いたホテルの部屋で、彼女は前もって持たされたコンドームを客に渡した。実は、そこに猛毒が仕込まれていて、彼女を部屋に呼んだその政治家は容態が急変し、意識を失い、死んだ。その政治家こそ、森園を使いにやらせた尾関幸恵の夫、尾関一郎であった。そのデリヘル嬢については、ハメられて刺客に仕立て上げられたことは明白だったので、水野課長は不起訴処分に向けて動き、なかば強引に横町れいらを釈放させた。その後、小説を書くに至ったらしい。

「これはどうしてここに」

麻倉希が盆を持ってリビングに現れたので、彼女に見えるように表紙を向けて、そう訊いた。希はテーブルに麦茶を置こうとしていた身体をちょっとひねるようにしてこれを覗くと、デボラが読んでいたやつ、と独り言のように言って、ソファーの前のテーブルにグラスを置いた。これは恐縮です、と真行寺は頭を下げた。

「ということは、ヨハンソンさんは日本語がおできになるんですね」

「ええ、ほぼ完璧《かんぺき》です」

「それでも麻倉様が翻訳を担当してるというのは？」

「英語で書いて日本語に訳してもらうほうが彼女にとってやりやすいというだけの話です。出版されてるものはほとんど英語で書かれたのをまとめたものだし」

「では日本語もおできになるんですね」

「読み書きならば」と麻倉希は言った。

読み書きならば、と注釈を入れるということは、ヒアリングやスピーチには多少難があるのだろうか、と真行寺は思った。ソファーに腰を下ろしてから、グラスに手を伸ばし、

「デボラ・ヨハンソンさんはフェミニストでしょうか」と訊いた。

「そうですね」と麻倉希が言った。

真行寺はうなずいた。先程、パラパラと著書をめくった時、フェミニズムという言葉があちこちに散乱していたからそう訊いたまでである。とはいっても、フェミニズムとはなにかという点についてはあまり合点がいってなかった。そして、ぼんやりとおっかない印象（下《へ》手《た》なこと言うとどやされそうな）を抱えていた。

「この本はフェミニズムと関係がありますか」と真行寺は横町れいらの『サイボーグは電気猫の夢を見るか』を希に見せながら言った。

「私は読んでいないのでわからないけれど、タイトルに惹《ひ》かれて買ったんじゃないかしら」

「どうしてそうわかるんですか」

「それを説明すると長くなります」

そうですか、と真行寺は言った。

「では、ここで読ませていただいてもよろしいでしょうか」

麻倉希は怪訝な顔つきになった。引き上げたはずの刑事がひとり、それもロックバンドのTシャツにデニムのジャケットを羽織ってスニーカーをつっかけた変なのが戻ってきて、蔵書から勝手に抜いてそれを読ませろなんて言うのだから、無理もない。

「署では被疑者の割り出しを行っています。ただ、ひとりくらいはこちらに待機していたほうがいいと思いまして。これ使ってもよろしいですか」

真行寺はソファーの横に置かれたフロアランプに手を伸ばした。麻倉希はそうですかと言って出て行った。センサーに触れると、やわらかい光がふわりと膝《ひざ》の上に落ちてきた。おそらく家主もここに座って読書に耽《ふけ》るのだろう。真行寺はページを開いた。短編小説集らしい。どれを読もうかと迷ったが、とりあえず表題作を選んで読み始めた。

――サイボーグは電気猫の夢を見るか
近未来の話である。貧困家庭に生まれ、両親から愛されることなく育ったれいらは、成人しても貧困から脱することができない。極貧にあえぎ、家賃が払えずアパートを追い出されたれいらは、街でスカウトされ特別職国家公務員採用の面接を受けて合格。特別挺身隊《ていしんたい》に入隊し、新界《ニューテリトリー》に移住する。

　特別挺身隊の活動内容は性サービスの供給である。つまり特別挺身隊員は国家公務員としての娼婦のことだ。しかし、志願すればだれでも入隊できるわけではなく、健康な肉体を有していなければ自衛隊員になれないのと同様に、ＩＱテストに合格した上で、あるレベル以上の容姿（それは複数の監督官が面接の上で審査する）が備わっていなくてはならない。このように特別挺身隊員はれっきとした公務員ではあるものの、その活動内容から、彼女たちに向けられる世間の目には冷たいものがある。しかし、国家機構の強力な管理体制下で就業することができ、じゅうぶんな俸給が与えられ、挺身隊員用の宿舎に寝起きできるのはれいらにとって大変な魅力だった。

　特別挺身隊員となり、れいらは貧困から抜け出すことに成功する。週三日の休日、一週間おきの健康診断、宿舎で供給される栄養のバランスが取れた食事によって、身体は健康に保たれ、サービスの質を維持するために、体重の増減、肌荒れ、生理のスケジュールなどもしっかり管理《ケア》してもらえるようになる。さらに希望すればインターネットで高等教育を受講することもできた。こうしてれいらは健康で文化的な生活を手に入れた。

　特別挺身隊員は、相手が避妊を拒む場合はそれに応じなければならない。定期検診でれいらは妊娠していることを告げられる。れいらの受精卵は取り出され、国の管理下に置かれる。

新界では、里親制度が高度に設計されていて、受精卵は国家が管理する人工子宮に移され、育てられ、新生児として取り出されたあとは国が選抜した里親に送られて、そこで養育される。その里親がだれなのかは受精卵の提供者には知らされない。れいらの場合もその例に漏れなかった。

新界では中絶が禁じられている。一般女性でも、望まない妊娠をした場合では、生まれた子供は国家機関に引き取られ、しかるべき里親に預けられる。里親がすぐに見つからない場合は、いったん育児施設で育てられるシステムが完備している。もっとも里親にはじゅうぶんな助成金が与えられるので、志望者は多い。里親を職業にしている者までいるくらいだ。

このように、新界では育児と出産がほぼ完全に分離され、女性就業率は100%に達している。新界には専業主婦はいない。職場では男女の格差はなく、CEOや取締役会の男女比はほぼ50%ずつと拮抗《きっこう》している。出産休暇を取るのが難しい場合は、受精卵を人工子宮に移して産むことや、中絶は許されないが、子育てを望まない場合には、里親制度を利用することも奨励されている。新界に住む新しい世代のほとんどは、自分の生物学的な親がだれなのかを知らない。一方で、出生率は堅調に回復している。

新界に移住してれいらは生きることが楽になり、時に幸せさえ感じられるようになる。つらいこともあるけれど、少なくとも、二度と旧界《オールドテリトリー》（新界ではその外《そと》をこう呼ぶ）に戻りたいとは思わないのであった。

しかし、れいらは不慮の事故で下半身不随となり、特別挺身隊からの除隊を余儀なくされる。と同時に、特別国家公務員の資格も剥奪され、旧界へ差し戻されることに。それを見かねたれいらの顧客のひとりで国会議員の関が、ひとりの科学者《サイエンティスト》を紹介してくれる。博士は電気制御の性器《エレクトリック・セックス・オーガン》の開発者であった。れいらは電気猫《エレクトリック・プッシー》を装着する手術を受ける。さらにれいらは、特別国家公務員の退職金で目元と鼻筋にも整形手術を施す。より艶《あで》やかさを増した容姿となったれいらは、非公認の娼婦となって旧界で日銭を稼いで生きるようになる。

下半身が不自由ではあったものの、れいらにはそれなりに固定客がつく。博士が装着してくれた電気猫が顧客の官能を絶妙に刺激し、リピーターを獲得したからである。そのリピーターの中にとりわけ熱心な若い顧客がいた。顧客はれいらから受け取った官能を愛だと信じ、れいらに告白する。れいらも彼の愛を受け入れようとする。しかし、れいらの〝器官〟が作り物であることを知って、顧客は激怒し、れいらを殴りつけ、電気猫を破壊し、動けなくなったれいらをホテルの部屋に残したまま、立ち去ってしまう。

翌日、チェックアウト時間になっても退室しないのを不審に思ったホテルマンが部屋に入り、発見されたれいらは病院に搬送される。国会議員の関が見舞いに来る。彼はれいらに、博士が新しい、もっと性能のいい電気猫を作ったよ、と知らせる。それを聞いて、れいらは生きる希望をほんのすこし取り戻す。

なんじゃこりゃ。

よくも女がこんな品のない話を書いたものだ。電気猫ってなんだと思ったら、機械じかけの性器《プッシー》じゃないか。ストーリー展開だってかなり強引なところが目立つ気がした。そう思いつつも、突拍子もない設定に引き込まれ、読まされてしまったことは事実である。ということは読み物としては力があるということなのだろうか。尾関議員との思い出を、多少の脚色を交じえてフィクションの体裁で出せば、確実に話題になっただろう。しかし横町れいらが書いたのはそういう類《たぐい》のものではなかった。奇っ怪なムードと迫力とをあわせもった異色作となっているのは確かな気がした。それとも、作者のことを個人的に知っているので、つい加点してしまっているのだろうか。

横町れいらが収監を解かれた後、連絡をもらって喫茶店で落ち合ったことがある。そこで彼女はある相談を真行寺に持ちかけた。

もう、悪辣《あくらつ》な組織に使われる形でこの商売を続けたくはない。個人で客を取るほうがピンハネもなくて実入りがいい。しかし、女ひとりではリスクが高すぎる。そこで相談なのだが、自分のバックに刑事、つまり真行寺が控えているということにしたい。もちろんペイバックはする。取り分は20％ではどうだろうか。素行の悪い客とトラブルになったら、私には刑事の知り合いがいるんだ、下手なことをすると彼が黙っちゃいないよ、と相手に告げ、さらに必要となれば真行寺から客のほうに電話を一本入れてほしい。それでも無茶をやめないのならば、現場に来てもらうことにはなるけれど、その場合は、40％を支払う。仕事で来られない場合は諦める。こういう条件で引き受けてくれるならば、非常に心強いのだけれど……。

もちろん断った。

「とにかく、その商売はもうやめて、真面目《まじめ》に働け」と真行寺は横町れいらの顔を見つめて言った。

「駄目ですか」

「後ろに刑事がいるとわかれば、ヤクザはむしろそこを突《つ》いて俺をゆすりにくるぞ」

「でも、個人的に友人というだけなら問題ない気がするんですけど。マージン取ってるなんて言いませんから」

「当たり前だ。そんなことやってバレたら退職金も年金もパーだ」

「だから、個人的に友人だったことにするんです」

「その設定はあまりにも不自然だろ」

「こういう商売している女と刑事が友達だっていうのはそんなに不自然ですか」

「不自然だな」

「じゃあ、友人じゃなくて愛人ならどうでしょう。あ、奥さんにバラすぞってゆすられちゃいますか」

「俺は独身だ」

「独身？　バツイチですか」

「そんなもんだ」

「じゃあいいじゃないですか。いっそ刑事さんの女だってことにしてもらえれば」

「よくない」

「どうしてですか」

「……ほかにやれることはないのか」

「なにかありますか。高校中退なんですけど」

「俺に訊かれても困る。とにかく、自分の体を金で買われる商売に固執しなくてもいいだろう」

「でも、コンビニ店員だって、介護ヘルパーだって自分の体をお金にしてるんじゃないんですか」

「どういう理屈だよ」

「だって、お金をもらって働くというのは、自分の体を売り物にしているわけでしょう。同じじゃないですか。私はね、売ってるんじゃなくて貸してるんだと思って気を紛らわしているんです。私の体を貸して使わせてあげてるんだと。お客さんに使わせた身体は、私が部屋を出てドアを閉めたら私に戻ってくる。だったら貸す時間は短いほうがいいじゃないですか。お客さんは私を自分のものにしていると思ってるのかもしれないけれど、そう思えるのはお金を払ってる間だけなんです」

　子供の頃にデパートの屋上に置いてあったコイン投入式の電動遊具を思い出した。硬貨が落ちてから、一定の時間が経《た》つと急に愛想がなくなり、動かなくなってしまう。なるほど。面白いことを言うなと思った。意外だった。

「小説でも書いてみたらどうだ」と真行寺は言った。

「え」

「美人だしな、あんたのキャリアを併せて考えると、出してくれる出版社がどこかあるかもしれない」

「書けますかね、私」

「書けるだろう」

「どうしてそう思うんですか」

「勘だ。これでも文学部を出てるからな」

真行寺はほとんど根拠のない出鱈目《でたらめ》を言ったつもりだったが、横町れいらは目を輝かせた。

「実は私、書きたいなと思っているんです」

この答にもびっくりしたが、彼女の申し出を退ける手がかりを摑んだ真行寺は、そのままそいつをぐいと引き寄せた。

「書けばいい。きっと書けるよ。保証する」

そう言って真行寺は伝票を摑んで立ち上がった。ここは私がと横町れいらが手を伸ばしてきたが、渡さずにさっさと会計を済ませて店を出て、

「とにかく頑張れ。頑張ればなんとかなるもんだぞ」と言って別れた。

新宿《しんじゅく》駅に向かう途中で、あまりにも無責任な提案をしたかな、と心配になった。けれど、原稿用紙十枚ほど書けば、書けるか書けないかはおのずとわかるだろう。書けない場合はまたほかの道を探すだろうし、書けたらこれは儲《もう》けものだ。

横町れいらは書いた。そのことにまず驚いた。そして書き上げたものが、「私の一日は、ルーシーに朝ご飯をあげたあと、たっぷり一時間かけての入浴とお化粧からはじまります」なんてものとはまったくちがって、できの善し悪《よあ》しはよくわからないが、とにかくギロリとしたものを突きつけてきたことに感銘さえ覚えた。

真行寺は本を閉じた。いつの間にか部屋は翳《かげ》っていた。立ち上がり、『サイボーグは電気猫の夢を見るか』を棚に戻した時、天井の隅に取り付けられていたちいさなランプが激しく点滅した。すると奥から麻倉希が出てきた。と同時に、玄関のほうでドアが開く音がして、長身の西洋人女性が現れた。黒灰色の短い髪が小さな輪郭を強調し、青みがかった瞳は涼しげで、その間《あいだ》を鼻梁《びりょう》がおごそかに通っていた。ハリウッド映画でやり手の弁護士などを演じている女優に似ている気がした。デボラ・ヨハンソンにちがいなかった。

二人の女はリビングの出入口のあたりで出会うとなにも言わず抱きあってひとつになった。そしてしばらくそのままじっとしていた。互いに相手と自分が溶け合うのを待っているかのようだった。やがてデボラが、自分の胸に顔を埋《うず》めていた希の肩を摑んでその背中をまっすぐにさせると、相手の目を直視した。すると、希が激しく両手を使い出した。手と指は、縦に横に斜めに時には弧を描き、踊るように動いて何かを訴え始めた。

手話だった。デボラ・ヨハンソンは聴覚障害者であった。家を出たまま戻らない麻倉瞳は聾啞。その母親の希の耳は健常。妙な不整合が真行寺を惑わせた。向かい合い見つめ合っていたふたりは、ふとその顔を真行寺に向けた。

「ありました、たったいま」と希が言った。

「あった。……なにが」と真行寺が訊き返した。

「犯人から」

なんだって。

「無言電話ですか」

これまで無言電話は、ダイニングキッチンの固定電話にかかってきていたと聞いている。しかし、この家にあがってから真行寺はベルが鳴るのを聞いていない。もっとも、聴覚障害者と暮らすこの家では、電話機の着信音はミュートして、先程のインターホンのように、光の明滅などで受電を知るのかもしれないが。

「いえ、これです」

希はスマホを真行寺のほうに突き出した。LinQというSNSのアプリの画面が出ていた。その緑色を見たとたんに真行寺は緊張した。女性タレントとミュージシャンのチャットのやりとりが漏洩《ろうえい》し、ふたりの不倫がバレた件などはどうでもいい。しかし、中学生がグループチャットでいじめにあって不登校になった末に自殺したり、家出した女子高生が宿を提供してもらった男に殺害されるという事件でも使われたので、警察はLinQをかなり問題視していた。

〈娘は預かっている〉

横に長いフキダシにはそう書かれていた。フキダシの横には瞳のアイコンがある。つまり、娘は預かっていると言ってきたのは当の娘だってことだ。

「これは瞳さんのアカウントですか」と真行寺は希に確認した。

「そうです」

もしこれが誘拐だとしたら、犯人は瞳からスマホを取り上げ、母親のアカウントにこれを送ったと思われる。もうひとつの可能性はなりすましである。LinQのアカウントは乗っ取られやすいと聞いていた。ただ、なりすましかどうかは、オレオレ詐欺《さぎ》と同じで、本人に連絡をとってみれば一発でわかるはずだ。

そう思ったのだろう、デボラは希が手にしていたスマホを取り上げて、人さし指でパネルをタッチし始めた。もし誘拐だとしたら、まずは警察の指示に従い、独断での行動は慎んでもらいたいところである。とはいえ、この時点では誘拐の可能性はまだ低い。しかし、その判断は真行寺の勘によるものだ。本来なら四竈に相談するのが真っ当である。だがデボラは、送信してからその画面を真行寺に見せた。

〈ママの誕生石はなに？〉

なるほど。なりすましならばこれには当てずっぽうで答えるしかない。一方、瞳のスマホを取り上げて先のメールを送信した誘拐犯ならば、瞳に聞いてこれに返答することは簡単だ。チン。メッセージの着信音が鳴った。すぐにデボラがこれに返信しようとしたので、

「まずそれを見せてください」と真行寺は手を伸ばした。真行寺の意図を察したデボラはスマホの画面を真行寺に向けた。

〈どっちのママ？〉

　ということはママはふたりいるってことか。一瞬にして、いくつかの謎が氷解した。真行寺はデボラに向かってうなずいた。デボラはスマホの画面の上でまた指を使い、送信した後でまたそれを真行寺に向けた。

〈希〉

　ほどなくまたチンと鳴って、

〈ダイヤモンド〉と返ってきた。

　希は口に手を当てておののいた。当たっているのだろう。真行寺はデボラを見て指さした。デボラは人さし指で数回タップしてから送信し、また画面をこちらに向けて、〈デボラは〉と書かれた画面を見せた。

〈パール〉と返ってくるまでほとんど間はなかった。

　真行寺はふたりをソファーに誘った。隣にはデボラが、向かいには希が腰を下ろした。

「瞳さんとのやりとりには日頃からLinQを使っているんですか？」

　真行寺は希に言った。希は手話でそれをはす向かいに座るデボラに通訳しながら、

「そうです」と答えた。

「瞳さんと母親である麻倉様との間で最近何か変わったことはありませんでしたか」

「変わったこととは？」

「たとえば、激しい喧嘩《けんか》をしたとか、ひどく叱りつけたとか」

麻倉希は手話で通訳してから首を振った。真行寺の隣に座ったデボラの手が動き、希の口が開いた。

「刑事さんの考えではこれは瞳の自作自演ですか」

鋭いな、と真行寺は思った。

「その可能性はありますね」と真行寺はうなずいた。

希の通訳を待たずにデボラがまた話し出した。

「とにかく、これがどこから送られたのか、調べていただけませんか」と希が訳した。

それは真行寺も考えていたことだった。LinQ を使おうが、Skynet を使おうが、結局は契約している通信会社の基地局に接続しているはずである。そいつを調べればだいたいの位置情報が取れる。しかし――、

「それを通信会社に問い合わせるには、裁判所の令状が必要です。令状がないと通信会社は絶対に動いてくれません」

「なぜですか」と希が手話で自分の言葉を通訳しながらそう訊いた。

するとデボラが真行寺の返事を待たずに手で喋《しゃべ》った。その〝言葉〟を見て希が、

「〝通信の秘密〟ですか」と訊いた。

そうです、と真行寺はいつもより深くうなずいた。

日本国憲法第二十一条第二項にこうある。

――検閲は、これをしてはならない。通信の秘密は、これを侵してはならない。

隣でデボラのため息が聞こえた。

とりあえず、いったん外に出た。暮れなずむ残暉《ざんき》を浴びて長く延びた自分の影を見ながら、スマホを耳に当てた。相手はすぐに出た。真行寺はいまの状況をかいつまんで説明した。

――ビミョーだなあ。

四竈は悩ましげな声を上げた。

――娘を預かっている。それだけなんだろう。それじゃ託児所じゃないか。

「そう思います」

――しかし、よくわからんというのが本音だ。なんせ俺は誘拐事件を担当したことないんだから。

そうだろう。殺人はともかく、誘拐事件を扱うことになる刑事はそうはいない。もっとも、誘拐だということになれば帳場が立って、捜査方針が下され、それに則《のっと》って上司に指示を仰ぐことができる。しかし、いまのところは自分の経験に頼るしかない。にもかかわらず、誘拐事件の経験など皆無なのである。

――理屈的にはおかしいよな。普通だったら身代金なんかを要求してくるはずだ。

「そうです」

――ただ、少女を誘拐して監禁し、犬や猫みたいに飼育して喜んでる輩《やから》もいる。こういう手合いは身代金なんか求めないからな。身代金の要求がないことで、俺たちが初動を誤って、実は五年監禁されてましたなんてことがあとでわかってみろ。俺はもう一課で刑事はできないな。けれど、これはまだいいほうだぜ、さらわれて酷《ひど》い目に遭ったとしても、被害者は生きてるんだからな。

　確かに四竈の言う通りだった。

「でも、その場合なら、わざわざ母親に〝娘を預かってる〟なんてメールはよこさないでしょう」

――奈良の事件を思い出せよ。

　真行寺は電話を耳に当てたままうなずいた。

　小学一年生の女児を帰宅途中に誘拐して殺害した男は、少女の携帯電話から母親に「娘はもらった」とメールし、さらに「次は妹を狙う」と送りつけ、なじみのスナックで被害者の画像を見せびらかしていた。

――要するに相手がヘンタイだったら、理屈で推理したって意味ないってことだ。身柄を拘束していること自体に興奮し、そのことをだれかに伝えると興奮はさらに倍。そんなクソ野郎は現実にいる。こういうクソは余計なことするからいずれ捕まる。けれど、手錠をかけた時には被害者はもう殺されている。最悪の展開だ。

「性犯罪で受刑した者のリストの中から、怪しい奴は浮かんできていませんか」

――まだ絞り込んでる最中だ。

「母親は、メールを送ってきた携帯電話の発信元の絞り込みを希望しています。この時点で裁判所の令状は取れそうですかね」

——判事にもよるが、無理だと思うよ。最近はこのあたりにうるさいんだ。ただ課長にはいちおう訊いてみる。

「杉並署の課長っていまだれでしたっけ」

——それが茂木《もぎ》さんなんだよな。

ああ、と真行寺は同意した。とにかく決断しない、決済が遅いことで有名な人物である。その優柔不断な性格が功を奏したのか、これまで大きな失点を喫することなくやってこれたようだ。おそらく、シビアな大事件に当たってこなかったんだろう。ともあれ、茂木がここで果敢に動いてくれるとは想像しにくい。

——それに発信元の基地局がわかったところで、GPSみたいにピンポイントの位置情報をもらって、そこに踏み込むってわけでもないからな。教えてもらえるのは、渋谷《しぶや》のどのあたりとか、池袋《いけぶくろ》のここいらへんとか、せいぜいその程度だ。とにかく、そんな位置情報じゃあ、すぐアパートのドアを蹴飛《けと》ばすってわけにはいかない。そこからまたコツコツ地取りして絞り込んでいくことになるだろう。そうとうな増員が必要になるぞ。そんなことしてるうちに

……いや、やめよう、また同じ話のくり返しだ。

そう言って四竈はため息をついた。

——お前の勘ではどう見えている。

「ここは勘で語ってはいけないんじゃないですか」

——いいんだ。俺の中だけに留めておくし、あくまでも参考意見として聞かせてくれ。

真行寺は迷った末に言った。

「誘拐の確率は高い。そう考えて行動すべきだと思います」

そうか。四竈は力なくそうつぶやいた。

——じゃあ、俺は茂木さんを焚《た》きつけて、裁判所の許可をもらえるよう動くよ。帳場を立てる準備もしておく。そっちにはあの加藤って女を送るから使ってくれ。同じ巡査長だからお前も気が楽だろ。

わかりました、と言って真行寺は切った。

これは誘拐事件ではない、実は真行寺の勘はそう告げていた。しかし、自分の勘が捜査の方針に大きな影響を与えるのは危険だと思った。あくまで参考意見としてと断ったが、四竈が真行寺に頼っているのは明白だった。だから逆のことを言った。四竈自身が思っているようなことを口にした。四竈は意を決して茂木課長を脅《おど》してでも動かそうとするだろう。それでいい。しかし、はたしてこれは誘拐事件なのだろうか。その疑念は彼の胸にわだかまっていた。そして、たとえ誘拐事件ではなかったとしても、いま真行寺がかいま見ている事実の水面下で、不吉な、禍々《まがまが》しいなにかが蠢《うごめ》いている予感がした。

真行寺はスマホを取り出した。そして、Gmail の meandbobbymacgeetakao@gmail.com のアカウントにログインした。件名に「ちょっと相談あり」と打ち込み、「これを読んだらいちど連絡が欲しい」と本文欄に書いた。〝通信の秘密〟を無視し、かなり強引な手段を使って真行寺は犯人を暴き出したことがある。その違法捜査の片棒を担いでくれたのが黒木だった。ひょっとしたら今回も黒木のバックアップが必要になるかもしれない。そう思い、真行寺はこのメールを下書きトレイに残した。そこには、真行寺が前に書いたメールがまだ残っていた。以前ここを覗いたときから現在まで、黒木がこのアカウントにログインしていないという証拠である。ここひと月ほど黒木からはなんの反応もない。どうしているのだろうか。

真行寺は麻倉邸に戻り、リビングの手前で足を止めた。ソファーでは、向かい合った希とデボラが静かに激しくやりとりしていた。突っ立ったまま、真行寺がこの様子を窺《うかが》っていると、麻倉希が手を止めてこちらを向いた。デボラも希の視線を追って、そのまなざしを真行寺に向けた。

「なにか連絡がありましたか」

希はうなずいた。

「犯人から要求がきました」

外れた、と思った。そして、自分の勘が訴えるところをそのまま四竈に告げなくてよかったと安堵した。

希はスマホを突き出してきた。それを受け取るために真行寺は近づいた。見るとそこにはＵＲＬが一行あるだけだった。その文字列には www.youtube.com が交じっていた。YouTubeのこのアドレスにアクセスしろということである。

真行寺は希を見た。希はうなずいた。真行寺はＵＲＬをタップした。

動画の再生が始まった。黒い画面から像が浮かび上がり、カメラを見つめている瞳の上半身が現れた。血の気が引いた。まずい。ゆっくりと娘は手話を使い出した。真行寺はすぐにポーズをかけて、希にスマホを戻し、こんどは自分のスマホを取り出して、ボイスレコーダーを起動させた。

「通訳お願いできますか」

希は動画を頭に戻し、もういちど再生ボタンをタップした。と同時に真行寺も録音を開始した。

「娘を返して欲しければ。次の要求を吞《の》め」

希の声は震えていた。

「……デボラ・ヨハンソンは……これまで表明してきた自分の主張がすべてまちがいだったと認めて……謝りなさい」

横から動画を覗き込んでいるデボラの表情も硬直している。

「デボラ・ヨハンソンは今後、一切の活動を停止しろ」

デボラはため息をつくと首を横に振った。

「謝罪と活動停止を告知する動画を撮影し、二十四時間以内にデボラ・ヨハンソンのアカウントから YouTube にアップしろ。アップ後はそのアドレスを Twitter や Facebook で告知しろ」

思想犯だったのか。標的は娘ではなく、娘の母親が秘書を務める評論家のデボラ・ヨハンソンのようだ。

「デボラ・ヨハンソン本人が手話によって語らなければならない。さらに動画にはテロップを入れなければならない。デボラが語る言葉はこちらがテキストで指定する。これに基づいてテロップを作成し、テキストを翻訳したものを手話で語り、これを撮影しろ。これについての質問は受けない。質問をした途端に、お前たちは二度と娘の顔を見ることはできなくなると考えろ。テキストの送付を待て」

希が口を閉じた。終わりですか、と真行寺は訊いた。希はうなずいた。真行寺は録音を停めて、この動画のアカウントを確認した。アップロードしている動画はこれ一本だけで、さらに限定公開にしていた。これをアップするための急拵《きゅうごしら》えのアカウントだと思われた。アカウント名は「もうやめろ」。わかりやすすぎる。真行寺はこのURLを四竈の携帯にメールで送った。通訳した希の声はGoogle Driveに保存して、そのURLも四竈に送った。

「瞳さんにまちがいないですね」真行寺は一応そう訊いた。

希は力なくうなずいた。

「部屋を見せていただけますか」と真行寺は言った。

希はけだるそうに立ち上がると、リビングを出て廊下の奥にある部屋へと真行寺を案内した。

ベッドがあり学習机があるだけの、年頃の少女にしては地味な部屋だった。職業柄、衣装があふれているんじゃないかと思っていたが、そうでもないらしい。

「PCはノートですか」

なにも載っていない机の上を見て真行寺が訊いた。そうです、とちいさな声で希が言った。

机の引き出しを開けてもいいかと訊くと、いいと言うので一応タオルハンカチで把手《とって》をつまんで引き出した。PCらしきものはなかった。

「いつもノートは持って出るんですか」

「その時によると思いますが」

「Facebook とか Twitter などはやってませんか」

「いえ。やっていないと思います」

いちおうその場で Facebook を確認した。麻倉瞳では登録がなかった。Twitter は本名で登録してる可能性は低いが、モデルという職業柄、告知媒体として使っているかもしれないと思って、こちらも調べたがそれらしきアカウントはなかった。こうなると、Facebook の友達や Twitter で相互フォローしている人間に当たってみるという捜査方針は立てられない。落胆した時、スマホが鳴った。四竈からである。YouTube の動画を見、Google Drive の音声データを聞いて慌ててかけてきたのだろう。

――なんだこれは。

「犯人からの要求ですね」

――そりゃそうだ。で、なんなんだこれは。こんなことを要求してどうするんだ。

四竈は同じ内容をくり返した。

「同感です」

そう言うしかなかった。

「とりあえずこれからそちらに戻ります」

――そうだな、こっちですこし話そう。

希とリビングに戻った。いつの間にか日が翳り、部屋はずいぶん暗くなっていた。希は天井のライトをつけた。加藤が立っていた。真行寺と希が瞳の部屋にいる間に、到着したらしい。デボラはと訊くと、わかりませんと答えた。自分の部屋でしょうと希が言った。真行寺はふたつのURLを加藤に渡すと、見て聞いておけ、なにかあったらすぐ署に連絡しろ、と言って出た。

杉並署に顔を出すと、真行寺を見つけた四竈は、自分の席の隣の椅子を指さした。

「まったく、わけわかんねえ」と四竈はうんざりしたように言った。「思想犯にしては間が抜けてないか。脅迫してそんなこと言わせても意味ねえだろ。まあ、満座で恥をかかせたいってことならわかるが」

そこは真行寺も気になっていた。恥をかかせて終わりなら、思想犯としては大したことはない。

「で、このデボラっておばさんになにを撤回して欲しいのかって話なんだが」と四竈は続けた。「要するに左翼なんだろ、このおばさん」

おばさんってのはやめたほうがいいですよ、と注意した。

「それだよ」と四竈は言った。「なにが」と真行寺は訊き返した。

「おばさんって言われて怒るババア。フェミニスト。貝山が調べてそう教えてくれた。デボラはフェミニズムの論客だそうだ。フェミってのは左だ。俺たち刑事はざっくりそう思ってりゃいいんだ」

はあ、と真行寺は言った。フェミニズムはたしかに保守思想ではないだろう。しかし、それと瞳の誘拐とは関係あるのだろうか。

「で、彼女はなにを訴えてるんですか」

「そりゃ男女平等だよ。平等であるべきって話だ。左はそう考えるんだ」

いくらなんでもざっくりしすぎてるな、と思った。男女平等を訴える知識人なんていくらでもいるだろう。そんなことぐらいで娘を誘拐されちゃたまったもんじゃない。

「デボラはLGBTの活動はしてますか」

「してる。――なぜわかるんだ」

「本人には確認しなかったんですが」

「なにを」

「レズビアンですよ、デボラは」

「らしいな」

「当たってますか」

「これも貝山が調べて教えてくれた。カミングアウトしているらしい。なぜそう思ったんだ」

「勘です」

「俺はお前の勘を信じる。あのYouTubeの動画を見て俺はそう決めたんだ」

本当は自分の勘は逆を指していたのだ、ということは言わなかった。

「とにかく、デボラ・ヨハンソンはレズでフェミでLGBTだ。女に男と対等な権利を、ハンディキャップのある人間にも生きやすい社会を、LGBTの多様性を認めろ。これ左翼の思想だよな」

「そうなりますかね」

「そもそも左翼とはなんだとかそういうややこしい話を出すんじゃないぞ。時間がないんだからな。とにかく、一月二日の一般参賀に皇居にでかけるようなのは、ゲイパレードで踊ったりしない」

そうかなあと思ったが黙っていた。

「娘をさらって脅迫しているのは、右、もしくは右っぽい連中だ。ヘイトデモをやっているような集団があやしいな」

あれは右なのか、と思ったが話が逸《そ》れるとまた面倒なので、

「ヘイトスピーチデモの主催団体の監視は、警備の管轄ですね。情報取れますか」

「どうかな。あいつらはもらうのには熱心だけど、自分からは出したがらねえからな」

その通りである。公安は物腰は丁寧だが、彼らと腹を割って話すことは難しい。

「けど、まあ、動いてみる。仲のいい奴もいないわけじゃないんだ」と四竈は言った。

スマホが鳴った。四竈はそれを机の上に置いた。ディスプレイに加藤という字が浮かんでいた。四竈はスピーカーのアイコンをタップしてから出た。

――もしもし。先程、麻倉様とヨハンソン様から、犯人からの要求にどのように対処するべきか訊かれたんですが、なんて答えればいいですか。

ちいさなスピーカーから加藤の焦ったような声が聞こえた。

「いま検討中だ」

――要求に応じる可能性があるかどうかを訊かれています。

「それも検討中だ」

――場合によっては要求を呑む可能性はありますか。

「その覚悟もして欲しいんだが、できればいまそれを伝えたくない」

――ではどう話せばいいですか。

加藤は若者らしく具体的な指示を求めてきた。

四竈は机の上に置いたスマホを眺めながらしばらく考えていた。そして、ちょっと待てと言って、スマホの画面からマイクのアイコンを呼び出してタップした。アイコンに斜め線が入ってミュート状態になった。

「どうしたもんかな」と四竈は真行寺に訊いた。

「なぜ伝えたくないんですか」と真行寺は四竃に訊いた。「実際、その可能性があるのなら早めに覚悟してもらっておいたほうがいいと思うんですが」

「けどさ、デボラ・ヨハンソンってのは左だろ。犯人の要求にただ屈するのかとか、いろいろ議論をふっかけられるんじゃないかと思ってな。左ってのは基本的に警察が嫌いなんだからさ」

「動画を YouTube にアップするようなことになった場合は、動画上にテロップを入れろという犯人の要求にも応えなければならないから、いちおう準備だけでもと加藤に言わせれば、納得する気がしますが」

「お、いいな、その案」

「ただ、最終的にはだれが麻倉瞳を誘拐したかということについて見極めないと、正しい対応はできない」

「そうだ。この時点ではヘンタイがさらって監禁しているって線は消えたと考えていいと思うか」

おそらく、と真行寺は言った。

「じゃやっぱり犯人は右だな」

真行寺はすこしの間黙っていたが、

「それを見極めてる最中だということを加藤から麻倉家に言わせてやればどうでしょう」

そう言って、スマホの向こうに加藤が待機していることを四竃に思い出させた。おっといけない、と言って四竈はマイクのアイコンに触れてミュートを解除した。

「いいか加藤。相手しだいで対応が変わる。犯人の要求に正しい対応をするためには、向こうの正体を見極めなければならないからな。捜査当局は目下犯人の特定に全力を挙げているとまず伝えろ。それとともに、犯人の要求に応じたほうがむしろ早期の解決につながるような場合も考えなければならない。テロップなどの処理を考えれば、いまから準備しておくほうがよいと思われるから、その覚悟だけはしておいてくれと伝えてくれ」

了解しました、という声が聞こえて、切れた。

「けど、ちょっとホッとしたな」と言いながら四竈が立ち上がった。

「なにが」

「奈良の事件みたいなヘンタイじゃなくてさ。こんな要求を出してきてるのなら、もうすでに殺されてるなんてことはないだろう。これから公安に連絡を取って情報をもらってくる。あと、なる早で帳場を立ててもらうように茂木さんをせっつくよ」

そう言い残して四竈は出て行った。空になった四竈の机に頰杖《ほおづえ》をついて、しばし考えた。

犯人はロリコンのヘンタイではないという気はする。しかし、いわゆる右がこんな真似《まね》をするだろうか。家の前に街宣車をつけて、拡声器で罵倒《ばとう》するならわかる。デボラ・ヨハンソンの名を出して口汚く扱《こ》き下《お》ろすことはあるかもしれないが、もちろんこれだって大いに問題ぶくみの行為ではあるものの、娘を誘拐するなんてのは度が過ぎている上に、自分たちの組織を危うくするだけじゃないか。

宗教？　と真行寺は考えた。一九九五年、追い詰められた宗教団体がやけのやんぱちで度外れな暴挙に出た。通勤時間帯の地下鉄で猛毒を撒《ま》いた。リスク計算もなにもあったもんじゃない。新興の宗教団体は無茶をすることがある。

伝統のある宗教であっても、たとえばキリスト教は同性愛を認めないんだそうだ。いやイエスはそんなことは言っていないという意見もあるらしいが、アメリカでは福音派と呼ばれる人たちが同性愛や中絶に反対し、それが大統領選挙にも影響を与えている。これは紛れもない事実だ。ならば宗教組織からのアタックという可能性も考えておかなければならない。また、組織ではなくて個人からの攻撃も視野に入れるべきかもしれない。つまり論敵だ。

デボラがいったいどのような主張をしているのか、細かいところまではまだわからないが、聾唖の人も楽に生きられる社会にしようってことになると敵はゴロゴロいるだろう。人間は生まれつき平等ではない。不平等な存在だ。その事実を受け入れろ。身の程を知れ。そのほうがむしろ楽になれる。こういう説を唱える者はデボラと激しく対立することになる。ちょっと前までは、こんなことを公の場で口にすれば叩かれた。いまも叩かれるだろうが、よくぞ言ったと応援する者もあちこちから出てきて、そんな連中に励まされて斬りつけてくる、そういうご時世《じせい》だ、いまは。しかし、デボラ・ヨハンソンは絶対に討たなければならないほどの大物なんだろうか。そのへんは思想などに疎《うと》い真行寺にはわからない。

一方で、人はみな平等だというのも無理がある気がする。最近流行《はやり》のダイバーシティだって、果てしなく多様性を認めれば世界は混沌《こんとん》の靄《もや》の中に沈み、何も見えなくなってしまうのではないか、と不安を覚える。けれど、身の程を知れという考えは嫌いだ。

ところが、麻倉瞳もデボラも音が欠落した世界を生きている。そういう意味では身の程を知らされているわけだ。真行寺はときどき、自分がもし耳が聞こえないとしたら、と勝手に想像して恐くなることがある。オーディオセットと格闘しながら音楽を聴いていたあの時間《とき》が抜け落ちた人生、音楽から与えられる豊かな感情が欠けた人生、それはひからびたパンを食って生きるようなものだ。

いや、もとから音のない世界に生きる人はそんなことは気にしようがなく、むしろ彼らを不幸と決めつける偏見が彼らを苦しめるのだ、そんな意見をどこかで耳にしたこともあった。これは身の程を知った方が楽になれるという考え方とどうちがうのだろうか。

とにかくややこしすぎてよくわからない。けれど、健常者と障害者、男と女、同性愛者と異性愛者にはやはりちがいはあるのだろう。けれど、そのちがいはなるべく小さく見積もることにする、かえってそのほうが面倒くさくなくていいじゃないか、それが真行寺が出したとりあえずの結論だった。

着信音がして思索は断ち切られ、杉並署の刑事部屋に引き戻された真行寺は、スマホを耳に当てて、もしもしと言った。

――どうですか。

「困惑してます。課長のほうに連絡はきてますか」

――だいたいのところは。

「どうにもよくわからないんですよねえ」と真行寺は言い、

なにが、という水野の声にそそのかしてもらって、

「こんな誘拐して意味があるのかって気がするんですよ。なにもかもがちぐはぐだって感じがしてしょうがない」とすっきりしない気持ちを吐き出した。「家出娘が親の愛情を確認するために、あんなことまでやらかすというのも考えにくいんですよね」

――確かに、ちょっと度が過ぎてるわね。

「課長はデボラ・ヨハンソンって評論家はご存知ですか」

――知ってます。

「フェミニストらしいんですが。それ以上のこともご存知ですか」

――知ってると言ってもいいんじゃないかな。

その控え目な言いかたがかえって頼もしかった。真行寺は黙って上司の出方を待った。すると出し抜けに水野が言った。

――ファンだったんだ実は私。

「課長がデボラのですか」

――そうよ。逆はあるはずないでしょ。

「それはいつ頃の話です」

――若い頃。

真行寺からすればこの女性の上司はまだじゅうぶん若いと言えた。

「学生の頃ですか」

――聞きたい？

「聞くべきでしょう」

――じゃあ会いましょう。荻窪の北口あたりで待ってる。

2　マシな男

「近くまで来てから電話をくれたんですね」と真行寺が言った。

「うん、ちょっと気になって」

「話す前に注文してもいいですか。それから俺はここで飯も食っちゃいますが、課長はどうします」

「私も食べる。任せていい？」

「飲みますか」

「まさか。ダイエットコークがあれば」

「そんな気の利いたものありませんよ」

「じゃあアイスコーヒー」

　壁に掛かった電話の受話器を取って、ピザとシーザーサラダとピラフとフライドチキン、それにアイスコーヒーとコーラを注文し、真行寺はソファーに座った。

「カラオケボックスってのはありだね」と水野は言った。

　話が漏れることが万が一にもないようにと水野が言うので、個室のある喫茶店を探したものの見つからず、真行寺の提案でここに入ることになったのである。

「四竈警部補はどう」と水野が訊いた。

「ちゃんとやってますよ」

「それならいい」

「心配ですか」

「基本的には信頼してます」

その言い方に刺《とげ》があった。

「どうして四竈を気にするんです」

「気にしてませんよ」

「さっきちょっと気になってと言いましたよ」

「それは四竈警部補のことじゃない。でもまあ、ちょっと気になるかな」

「四竈を左遷《トバ》したのはあの件でですか」

「左遷《トバ》したってだれが」

真行寺は返答に窮した。腹を割って向かい合ったつもりだったのに、建前を持ってこられちゃかなわない、と真行寺は当惑した。

「確かにあの件は四竈に問題はあったでしょう」

「あの件で私が四竈さんを左遷《トバ》したと思ってるわけね」

「ええ、たしかに四竈が悪いとは思うので」

「悪い。でも、それと人事は関係ない」

「じゃあなぜ出したんです」

「杉並署がくれと言ったから」

「四竃を」

「ええ」

それは考えられる、と真行寺は思った。

「確かに私は例の件で警部補を叱りました。叱るべきだと思ったから。でも、そのことと人事は関係ない」

「警部補はそこに因果関係をくみ取ってますが」

「わかってないな、まったく」

「なら、わからせたほうがいいんじゃないですか」

「なにを」

「だから、そこに因果関係がないことをです。飲みの場で彼がしでかしたことと、署への転勤は関係ないことを」

「それより先にわかって欲しいことがある」

「と言いますと」

「自分がやったことの愚かさについて」

はあ、と真行寺は言った。水野の目が真剣だったので、真行寺は自分の口元に薄笑いが浮かんでいないか心配した。

「酒の上ですこし羽目を外しただけだと言うかもしれないけれど」

言ってます、と真行寺は心の中でつぶやいた。

「きちんと反省していないようなら、この捜査に悪影響を及ぼす可能性がある」

そこまで言うか、と真行寺は思った。公平さという点で水野を信頼していただけに意外の感に打たれた。

昨年末の忘年会で、最近プロレスファンになった女性警察官が四竈の隣に座ったのがことの発端である。美男子レスラーを追いかけているにわかプロレスファンの彼女に、アントニオ猪木《いのき》の信奉者だった四竈は「真のプロレス」や「燃える闘魂」について薀蓄《うんちく》を語りはじめ、「えー、コブラツイストって効くんですか」と言った彼女を立たせて、背後から抱きつくように絡みつき、その技をかけた。女性警官は、肩をひねりながら、四肢の自由を奪われたまま身体を開き、なかば磔《はりつけ》状態となった。結果、その大きな胸が突き出され、男だらけの座は大いに盛り上がった。歓声に応えて四竈はそのままグランドコブラに持ち込んでこんどは吊《つ》り天井固めという、女性がかけられた場合、かなり卑猥《ひわい》なポーズになる技を決めた。座はますます盛り上がり、若い刑事がそいつをスマホで撮った。そこにトイレに立っていた水野が戻ってきた。とたんに水野は激昂《げっこう》し、宴会は通夜のように沈鬱《ちんうつ》なものになって、二十分後にはお開きとなった。

翌日、水野はまず技をかけられた女性警察官を呼び、事情を聞いた。彼女はあまりことを荒立てたくないと言ったが、水野はそのことについても厳しく注意したようである。そして、四竈を呼んでさらに容赦のない注意を与えた。四竈はその時はふてくされながらも一応「わかりました。以後気をつけます」と頭を下げたらしい。ただ、ほどなく告げられた人事異動には怒りを露《あらわ》にした。酒の上での話であり、さらに技をかけられた当人に被害者意識が希薄で、四竈に対して処罰感情がないにもかかわらず、このような措置に出るのは不当である。人事が発表された後、ランチタイムに同僚と食後のコーヒーを飲みながら、また、就業後に居酒屋で焼き鳥を頰張りながら、四竈が吐いた毒っ気のある言葉を冷静なものに手直しすると、以上のようなものになる。

ドアが開いて店員が料理と飲み物をテーブルの上に並べた。このままずっと四竈の話をしているわけにもいかないので、ドアが閉まると、

「それで麻倉邸のことなんですが」と真行寺は切り出した。「課長はどこまで把握してますか」

「さっき送ってくれたYouTubeの動画と通訳の音声はチェックしました」

「デボラ・ヨハンソンが同性愛者であるということはご存知ですか」

「有名な話だからね」

どこで有名なんだよ、と思ったが、

「では、麻倉希、誘拐された麻倉瞳の母親ですが、彼女はデボラの秘書を務めていて、デボラ・ヨハンソン事務所の所長です。そして俺の見立てでは、彼女はデボラと事実婚の関係にあります」

水野はフライドチキンを両手でつかんで頰張ると、ふんふんとうなずいて、

「ありうるね」と言った。

「でも、これはどう解釈すればいいんですかね。麻倉希には聴覚障害はない。その娘の瞳は聴覚障害者である。そして、デボラも聴覚障害者である」

「なにが疑問なの」

「聴覚障害には遺伝性がありますよね」

「あるのかな。でも、ないという証拠を持ってないから、ここはあるということで話を進めていいよ」

「聴覚障害は遺伝するという観点から見れば、瞳はデボラの娘であるほうが自然です」

「でも希の娘なんだよね。――それで？」

「だから、どことなく不自然だと思いませんか」

「不自然かな」

「デボラと希はどういう風に出会い、一緒に事務所を構えるに至ったのかって考えたんです。まず、麻倉希はとある男と性的関係を持って妊娠し、聴覚障害を持つ瞳を出産した。そして瞳のために手話を学んだ。さらに聴覚障害者のデボラと出会い、デボラは自分の秘書として手話ができる希を雇用した。その後ふたりは愛し合うようになる」

「ということは、その仮説では瞳を産んだ希はバイセクシャルになるのか」

「そういうことです。そして、ふたりは仕事上で対等な関係になり、希はデボラ・ヨハンソン事務所の代表を務めるまでになる」

「それ、とりあえず納得できる推論だけど」

「しかし、自分で組み立てておいてこんなこと言うのはなんですが、どこか不自然なんですよ」

「どのへんが」

「瞳の顔立ちからして、おそらく父親は外国人なんでしょう。つまり西洋人の子を希が身ごもったんだとしたら納得できないこともない。けれど、やっぱり瞳はデボラ似なんですよ。簡単に言うと、デボラと瞳は美女だけど、希はえーっと……まあわかりますよね」

フェミニストのファンだった水野の前で、ブスなんて言葉は控えたほうが安全である。

「ひょっとして瞳はデボラの子じゃないかと疑っているわけね」

「いちおう疑ってみるべきかな、と」

「デボラと希は事実婚の関係にある。けれど、日本の法律では、法的には夫婦になれない。だから、デボラが産んだ瞳を、戸籍上は希の娘にしているのかもしれない」

「それはなぜですか」

「デボラは日本国籍を持っていないから。日本で生まれて育つ瞳には日本国籍をあげたいとふたりが思ったとしてもおかしくはない」

「となると、デボラはだれの子を産んだんです」

水野玲子は骨だけになったフライドチキンを両手でハモニカのように持ったまま、考えていた。その間に真行寺はピラフをすくって食べた。

「そこに無理があるかな」

「といいますと？」

「人間の性愛にはいろんなバリエーションがあるから、一概に決めつけることはできないけれど、私の見立てではデボラが男性とセックスするのは不可能だと思う」

「レズビアンだからですか」

イエスと水野はうなずいて、「無理だと思う、彼女が男と肉体関係を持つのは」と言った。

真行寺はわずかに迷ったが、隙を突くことにした。

「レイプされたとしたら」

女の上司は険しい表情を真行寺に向けた。当然の疑問なので、これを咎められては困る。

真行寺は若い女の上司を見返した。

「これだと、瞳がデボラに似ていることにも説明がつきますよ」

「そうね」と水野はいったん開いた口をつぐんだあとで、「ありうるわね」と言った。

そりゃそうだろう。

「瞳は希が産んだと、決め付けるのは危険だな」水野は重ねて言った。

真行寺はスプーンでピラフをすくっては口に放り込んでいった。そして、また別のある仮説を立てた。その仮説を自分で眺め返し、ほとんど妄想のようだと、空になった皿の上にスプーンを投げるように置いて苦笑した。

「なにがおかしい」と水野は訊いた。

いやあ、まだまとまってないので、もう少し整理したら話します、と真行寺が言った時、スマホが鳴った。真行寺はテーブルの上にこれを置いてスピーカーモードにして出た。

——お前どこにいるんだ。

「荻窪の駅前です」

——なにしてんだよ。

四竈の声は尖っていた。

「鑑取りです、大きく言えば」とごまかし、「何かありましたか」逆に質問した。

——犯人のほうからYouTubeにアップする動画のセリフが届いた。いまそっちに送る。まあたいした発見はないけどな。

「読んでおきます。ところでいままだ加藤は麻倉邸に張り付いていますか」

——ああ。無茶を言われて悪戦苦闘してるみたいだ。

「ちょっと加藤に頼んで欲しいことがあるんですが」

——いま手が離せない。直接頼んでくれ。

「私の部下じゃないんで」

——何度も言ってるけどな、刑事は年季と実績だよ。俺から一本電話してお前の指示に従えと言っておく。その代わりあれだ、面倒見てやってくれ。

「面倒」

——加藤の相談には乗ってやってくれ。いまこっちに人手が取られていて、やっかいなババしい。

アふたりの相手をあいつに押しつけてるんだ。

どうやら、被害者宅で応対している加藤のフォローをこちらに押しつけようという魂胆らしい。

頼むよ。そうひと言あって、切れた。真行寺はスマホをポケットに戻した。

被害者宅の女性ふたりを四竈がババアと表現したのを水野に聞かれたのはまずかった。案の定、「こういうこと言ってると思わぬところでつい出ちゃうよ」と水野は呆れたように首を振った。そうですね、と真行寺は上司に調子を合わせた。助け船のように、スマホがチンと鳴った。

「動画のセリフが来ました」と真行寺はそれを水野に転送した。水野はバッグから薄いタブレット端末を取り出すと、それを開き、真行寺が読めるように、テーブルの上に置いて、自分の隣を指さした。真行寺は立ち上がってテーブルを回り、水野の横に腰を下ろした。ふたりは肩を寄せて、端末の画面を覗き込んだ。

「私、デボラ・ヨハンソンは自らの信じるところに従い、さまざまなメディアで、思想・信条・主張を表明し、それだけではなく公共の場で市民活動を実践的に展開し、また私的空間においても、自分が信じる思想・信条・主張を可能なかぎり実現すべく行動して参りました。

しかし、いま、自分の論理が身勝手でひとりよがりのものであるということを認めるときが来たと思うに至りました。さらにこれまで私が述べてきた思想・見解・主張がこの社会を破壊へと導く可能性が高いことを認め、これまでの私の公的かつ私的空間におけるすべての行動について深く反省していることを皆さんにお伝えします。と同時に、今後いっさいの評論活動を停止することをここに宣言いたします。

私が評論活動を停止した後、私の思想の追随者がこれまでの私のまちがった思想を発展させることを阻止したいと思い、これまでの著作物は早期に回収し、絶版とすることを出版社と交渉していきたいと思います。また講演会などを記録した映像もできるかぎり廃棄する方向で努力していきたいと存じます。

皆さん、私はすべてまちがっていました。心よりお詫《わ》び申し上げます」

真行寺は立ち上がってテーブルを回り、再び水野と向かい合った。

もらったテキストには拍子抜けした。娘を人質に取った上で、自分が悪かったと謝罪しろと脅迫しているだけである。中東で人質になった米兵が、アメリカの覇権は侵略だった、私は目が覚めました、などと声明させられる動画と同じだ。しかし、あんなミエミエのプロモーションがはたして効くんだろうか。まあそれをいま考えてもしょうがない。真行寺は本題に入ることにした。

「犯人が撤回しろと迫っているデボラ・ヨハンソンの思想っていったいなんですかね」

「そこね」と水野が言った。「なぜデボラなのかってことだけど」

「というのは」

「フェミニストといってもいろいろある」

真行寺は面倒くさいな、ひとつにまとめてくれよ、と思った。

「真行寺さんはフェミニズムって聞くとどういったものを連想する？」

正直言うと、真行寺の頭の中には、四竈が口にした〝男女平等を主張する思想〟程度のものしかなかった。しかし、それでは芸がないと思った彼は、ときおり小耳に挟む、女性を持ち上げ、応援し、媚《こび》を売るような言葉を継ぎ合わせて、適当なことを言った。

「女性らしさが世の中をよくしていくみたいな発想ですかね」

「女性らしさ。なにそれ」

「なんですかね。たとえば戦争を起こすのは男であるから、平和を志向する女性らしさこそいま必要なのだ、とか」

つまらんことを言ったものだなと思いながらふと前を見ると、若い女の上司はしらけた顔をしている。真行寺はとっさにひねりを加えて、

「まさかそんな話でもないでしょうが」と笑い、「やっぱりアレじゃないですか、男女は平等であるべしってことでしょう」とやはり無難なところに着地を決めようとした。

「男と同じ権利を獲得するという運動は確かにありました」と水野はアイスコーヒーをひとくち飲んだ。「でも、デボラの主張はもっともっと過激なものなんだな」

その思想が、男に対する憎悪と怨嗟《えんさ》で増強されたものなら、それを初老の男が若い女の上司から浴びせられるというのはかなりせつない状況である。

「さっきの女性らしさってやつなんだけど」と水野は言った。「その女性らしさってなんですかって話です」

「それを俺がまた答えるんですか」と真行寺はうんざりした表情を隠さなかった。

「それは、なんだろうなあ、すべてを寛容に包み込む慈悲にあふれたなにかじゃないんですかね」

「はい、教えてください。女性らしさってなんでしょう」

「まずそんなくだらない考えは捨てろ、そんな女らしさなんてトンカチで殴って粉々にしちまえ、ってのがデボラの考え方です」

了解しました、と真行寺は言った。ここは逆らわないに限ると思った。そんな真行寺の心中を見透かしたように、水野はふっと笑った。

「最初はね、フェミニズムも似たようなことを考えていた。女ってものをどのように表現すればいいのかってことにやっきになっていたわけ」

「はい」

「だけど、女らしさってものを足がかりにしてしまうと、その女らしさにぺちゃんこにされちゃう。これがデボラの考え方です」

「つまり、女らしさなんてものはないんだと考えるわけですね」

「そう」

「それはそういう戦略をとるほうが有利だからですか、それとも、女らしさなんてものはないと本気で考えているんですか」

「両方」

「はあ」

「この世の中、男がいて女がいるわけよね」

「はい」

「ほら、はいじゃないよ、そこ」

「え」

「男がいて女がいる。これって男がまずいて、女がそこにぶら下がる形でいるって聞こえない？」

「そんなこと言ってませんよ」

「半分言ってるようなものでしょう」

「引っかけですかいまの、勘弁してくださいよ」

「でも、やっぱり世の中ってのは男が回しているわけでしょう。警察なんて完全にそうよね」

「だからその不平等をなくしていこうっていう考え方はまちがいではないんじゃないですか。水野課長にだって、女性の視点からいろいろと指摘してもらいたいって期待がかけられているわけでしょう」

「そういう甘い言葉に乗っちゃうとひどい目にあうよというのがデボラの考え方です」

「なんでですか」

「この世の中は男たちが回している。それに対して女たちが、男たちの考え方はおかしい、もっと女の考え方を取り入れるべきだって大キャンペーンを張ったとします。どうなると思う？」

「どうなるかはわかりませんが、頑張るべきでしょう」

「頑張れなんて男に言われると腹立つわけ」

「え？　そうなんですか」

「真行寺さんはあまり自覚がないかもしれないけれど、強固な男たちの権力システムってのがある。これに対して女たちは戦わなければならないって言われたら、そんな巨大な権力システムには逆らっても無駄だ、むしろこれに媚《こ》びたほうが得策だと思う者が絶対にかなりの程度出てきます。あるいは女であることをやめて、名誉男性になることを選ぼうとする人だっているかもしれない。ていうか実際、女性の政治家にはこのタイプが多いと私は思う」

なるほど、と真行寺は思った。

「優勢な男 対《バーサス》 劣勢な女という構図を持ち出すとそういうことになっちゃう。それにこういう男対女って枠は、男と女の二分法にうまく収まらない人の行き場をなくしてしまうって言うわけ。これはレズビアンのデボラならではの指摘よね」

真行寺は唸った。男と女との間には差異はあるものの、なるべく小さくカウントしようぜという彼の方針は木っ葉微塵《こっぱみじん》に打ち砕かれたわけである。

「でも、男と女はちがうでしょう、やっぱり」と真行寺は言った。そして「ちがうからこそいいんじゃないですか」と付け加えて、水野の出方を窺った。

「どうちがうと思う？」と水野は訊き返してきた。

こうなったら、飾り気のないところを出していったほうが話が早いと思った真行寺は、

「いや、だから、出っ張ってる性器なのか、凹《へこ》んだやつなのか、棒か穴かのちがいは歴然としてあるわけですよね、男と女には。――ここはいいですか」

「よくない」

えっ、と真行寺は思わず声を上げた。

男と女は肉体的にはちがう。これだけは認めてもらえると思っていた彼は、いきなり前置きで転んで、途方に暮れた。ここを出発点として、肉体的には男だけれど、男が好きなゲイと呼ばれる人がいて、心は女であるのに肉体的には男であることに苦しんでいるトランスジェンダーと呼ばれる人もいるってことは知っておりますし、さらにもっと話をややこしくすれば、身体《からだ》は男だけど、心は女で、そして女が好き、だったらただの女好きの男じゃないかよと思うような、二回裏返して表になる複雑さを抱えている人だっていると聞いたことがありますから、いま流行の言葉で言えば、文化的な多様性？　それはどんどん認めていけばいいと思うんですよ。いいとは思うものの、やはり基本は、棒と穴の二種であり、ふたつの結

合が男女の基本的な関係であって、それ以外はまあ言ってみればプログラムのバグみたいなものだと思うんですよね、もちろんそういう人たちにも住みよい社会であって欲しいと俺は思ってます、とフォローしつつ進行していくつもりだったのだが……。

「ジェンダーとセックスという言葉は知ってますか」と水野は訊いてきた。

「えっと、ジェンダーってのは心に関するもので、セックスは肉体的なものをさして、ふたつを分けてるんじゃなかったかな」

「まあそう言ってもいいわね。生物学的な性がセックス、棒か穴かってやつね。それに対してジェンダーは文化的に構築された性って意味です」

「わかりますよ、そのくらいなら」

真行寺の口ぶりはやや不満そうだった。

「で、ジェンダーは個人の自由で選択することが可能だ、肉体は男だけど女として生きるという選択もあり得るかもしれないけれど、セックスは変更不可能だってことよね」

「そうです」

「だから、フェミニズムの政治的闘争はジェンダーをめぐって行われる」

「そりゃそうじゃないですか」

ブー。クイズ番組で不正解の時に鳴るブザーを水野が口真似した。

「マジですか」

「セックスの実体をつぶさに見ていけば、それもあやしいってデボラは言う。解剖学的にもあやしいし、染色体を取ってみてもビミョーなんだってことを、デボラはあげつらうわけ。XX染色体を持ってるけど〝男〟と判定された人もいるし、XY染色体を持っていても〝女〟だって判定された人もいる。じゃあ、その人たちが〝男〟だったり〝女〟だったりと判定した基準はいったいなんだってことになるんだけど、これがまた曖昧《あいまい》なんだな」

「曖昧というのは」

「性器の形を見たからなのか、その機能を確認してからそう判断したのかはっきりしない」

「でも、なんらかの理由によって男か女かを判断したわけでしょう」

「だからそれは、日頃からなじんでいる習慣で、はい〝男〟、こっちは〝女〟って分けた可能性が高い。つまり、揺るぎないセックスの上にジェンダーが築かれているわけじゃない。セックスもまた人間がひねり出した文化なんだってこと」

「マジですか」

「マジ。つまりデボラは、女というセックスは、さっき真行寺さんが言った、棒と穴の結合って男女関係のために付けられた印《しるし》にすぎないって言っている。生物学的にもあやしい棒と穴という二分法は、棒と穴の結合という男と女の制度を維持するために捏造《ねつぞう》された物語である。こういう物語は解体するべきだ。大ざっぱに言うとこれがデボラ・ヨハンソンの思想です」

　真行寺は黙ってコーラを飲みながら、水野の言葉を必死で追いかけ、自分の手元にたぐり寄せて吟味しようとしていた。

「ちょっといいですか」と真行寺は言った。「課長はデボラのファンだったとおっしゃってましたよね」

「そうね」

「それはいつのことです」

「学生の頃。そして卒業してしばらくの間も」

「いまはちがうんですか」

「魅力的だなとは思うけど、すこし距離を置くようになった」

「それはなぜです」

「教えない」

「え、どうしてですか」

「そんなに簡単に、デボラを否定する根拠をあげたくない」

なんなんだそれは。

「それもコミで考えて欲しい」

そんなことしている時間なんてないぞ、と真行寺は思った。

「じゃあ質問を変えます。なぜそんなヤバい考えに傾倒したんですか」と真行寺は尋ねた。

「かっこよかった。その頃の私の目にはそう映った」

「えーっとちょっと話を変えましょう。ボブ・ハートってミュージシャンは知ってますか」

「名前だけ。昔の人だよね」

「そいつは俺の目から見るとすごくかっこいい奴です。そいつの代表曲に『俺は俺だ、文句があるか』ってのがあるんですよ」

すると水野は、カラオケの端末を手にして「俺は俺だ、文句があるか」を選曲した。ギターのストロークのイントロが流れた時、「歌いませんよ」と真行寺は断った。水野は「歌詞を読ませて」と言ってワンコーラスだけ画面を見ていたが、停めると、

「聴いたことある。それで？」と向き直った。

「〝俺は俺だ〟ってのは〝俺ってなんだ〟って自問への応答ですよね。〝俺は俺だ〟って言う時には、いろんな俺が混ざり合っている俺なわけですよ」

「そうね」

「では質問です。課長が〝私を感じる時の私〟には〝女である私〟ってのは入っていないんですか」

「入っている」

「でしょ。水野玲子の私の中には、〝女である私〟が入っている。〝女である〟ということは〝男ではない〟ということも意味しているわけですから、男と女の二分法をチャラにしろってのは、私であることの大きな部分にぽっかり穴を空けてしまうんじゃないんですか」

スマホが鳴った。麻倉邸に張り付いている加藤からだった。これは出たほうがいいと思ったので、水野の返事を待たずに、スピーカーモードにして出た。

――あの、すみません。四竈警部補にかけたら、巡査長に相談しろと言われて。

いるんです。そう言ってきています。

──ヨハンソンさんが、動画の収録を拒否したいと言ってきています。

「人命に関わることだから協力してくれと押し込むしかない」と真行寺は言った。

──そう言ったんですが、これを発表することは自分の死を意味すると言って聞いてくれません。

「事件が解決したら、警察が事情を発表し、動画も取り下げるからと説得してくれ」

──動画をアップすることなく事件が解決されるよう、警察側に迅速な対応を望むと強く言われているんですけど。

「全力を挙げて捜査中だと答えろ」

──特別捜査本部はできたのかと訊かれまして。

「まもなくできるはずだ。そう答えていい」

──わかりました。

「まもなくそっちに行くからちょっと待ってろ。それと俺が行くまでに聞き取りして欲しいことがある」

──なんでしょう?

「瞳の出産時に麻倉希が入院した病院を知りたい」

──なぜですか?

「表むきの理由はなんでもいい。要は瞳は本当に希の子なのかを知りたいんだ」

――というのは？

「いまそばに麻倉希はいるのか」

――いえ、希さんは台所に。リビングにはヨハンソンさんだけがいます。

「なら会話の内容を感づかれることもないな。実は、瞳はひょっとしたらデボラの子じゃないかと思っている。だから確認したい」

――それが捜査の進展につながるんですか？

「わからない。そんな気もするって程度だ。デボラが産んだ瞳を希が養女にしたんじゃないかと思ったりもする。そのことを知っている者がこういう脅迫をやらかしているのかもしれない。なんせ攻撃の対象になっているのは希じゃなくてデボラなんだから」

――じゃあそう言って訊いてみます。嘘《うそ》言ってもバレそうなので。

おいちょっと待て、と言う前に音声がミュートされ、無音になった。水野を見ると、黙ってうなずいている。加藤の案に賛成しているようである。

――もしもし加藤です。希さんは相模原《さがみはら》にある病院で瞳さんを出産したようです。ちゃんと記録が残っているはずだともおっしゃってます。

そうか、と真行寺は言った。

「病院名とその時に施術した医師の名前を訊いてくれ」

――事実上、ふたりの子供として瞳さんを育てているので、どちらが出産したかということには意味がないとおっしゃっていますが。

「かもしれないが訊くんだ。俺たちがする質問のほとんどは意味がない。けれど、どれが意味がなくてどれがあるかはわからない。だったら思いついたことはすべて訊かなきゃならない。訊きかたは任せる」

——了解しました。

切れた。

ともあれ、デボラが麻倉瞳を産んだという仮説は無効となった。と同時に、レイプと望まぬ妊娠という忌まわしい設定もゴミ箱行きである。こちらはほっとした。なぜなら水野がそれを気に病むだろうから。真行寺は独り言のようにつぶやいた。

「どちらが出産したということには本当に意味はないんですかね」

「どういう意味?」と水野が訊いた。

「〝腹を痛めた子〟って表現があるでしょう。この場合、痛かったぶんだけ我が子という実感があるってことですよね」

「そうなんじゃない。でも私、産んだことないから」

「俺もなんですが」

「当たり前でしょ」

「ははは。でも産ませたことはあるんです」

「え、そうなの」

「あとで知ったんですが、離婚した時に相手が妊娠してましてね。再婚後に出産して、新しい旦那と育てたんです。ですから、生物学的には俺が父親になるわけです」

「なるほど。それで？」

「それで、なんだろな。――あっそうか、女の場合、知らないうちに自分に子供ができてた、なんてことはないわけですよね。すべての女は、多かれ少なかれ、腹を痛めて子供を産むわけです」

「まあそれはそうだけど」

「だけど男はいつの間にか父親にされちゃうってことがある。父親としての実感はまったくゼロなのに、父親だよと言われると正直気持ち悪い」

「それで」

「それで、デボラはどうなんだと思うわけですよ。デボラにとって麻倉瞳は言わば連れ子でしょう。あの家にはふたり母親がいると言ってもいいんでしょうが、デボラは腹を痛めていない。言ってみれば男みたいなものです」

　水野は首を傾《かし》げたが、真行寺は続けた。

「デボラは男も女もないって主張しているわけですし、男みたいだって言われるとフェミニストだから腹が立つかもしれません。けれど、いわゆる普通の女ではないでしょう、デボラは。こんなこと言うと、ちょっと待って普通の女ってなによ、と課長からツッコミが入るのはわかっています。でもあえて言いますが、いわゆる普通の女って腹を痛めた子がかわいいと思うような女です。もうちょっと言いましょうか。腹を痛めて子供を産むことが幸せだと感じる女のことです。簡単に言うと子宮を持っている幸せみたいなものを感じられる女です。デボラはそういう女ではない」

水野の顔が険しくなっている。まずいなあ、と思いながらも真行寺は続けた。

「そういう女が、瞳をかわいがれるだろうか。再婚相手の男が連れ子を虐待する話はよくあるじゃないですか。女のほうは男と別れたくなくて、その虐待を見て見ぬふりをしているというう、こういうケースは警察がどの段階で踏み込んでいけばいいのか非常に難しいんですが」

「ちょっと待って」と水野が遮った。「この話どこに向かっているの」

真行寺はちょっと考えて、

「そうですね。いったい俺はなにが言いたいんだろう」

「まったくもう。今の仮説を延長していけば、デボラは瞳に愛を感じられず、虐待し、瞳はそれを苦に家出したってことになるわよ」

「いやあ、それは不自然なんですよね。そういう状況で家出した娘なら、私はこんなひどい目に遭ってました、とダイレクトに告発するでしょうよ」

「だったら、女の幸せは子宮にあるなんて話はどこにつながるのよ」

「そうですよね、なんで俺そんなこと言ったんだろう」

「それ結構ひどい意見なんですが」

「なにがですか」

「子宮が女の幸せだなんて」

「ああ」と真行寺は言った。すいません、と付け足す前に水野が、

「ああ、じゃないよ」と鋭く斬りつけてきた。「男の人って月に五日くらい腰が重いんだろうな、くらいに考えてるでしょう」

「はあ」

正直言ってそんなことさえ考えてなかった。

「そんなもんじゃないんだよね」

そうですか、と真行寺は言った。

「こんなものなきゃいいのにと毎月思ってるわよ、ったく」

真行寺は、ため息をついて、課長、となるべく親愛の情がこもるように呼んで、

「この事件《ヤマ》から外してくれませんか」と哀れっぽく言った。「仕事でヘマをやらかして叱られるのはいいんですが、さっきみたいに、なんというか、どこにあるかわからない地雷を踏んで鞭打《むちう》ちの刑に処せられるのは、正直キビシいし、きっとまた踏む気がするんですよね」

この懇願に対して上司は、いままで前かがみにしていた身体《からだ》をソファーの背もたれに預けて息を吸い込むと、

「わかった」と言った。

「じゃあ、引き継ぎはだれにすればいいですか」

「そうじゃない」

「え」

「この事件からは外さない」

「なぜです」

「馬鹿なこと言ったとしても、真行寺さんはまだマシだから」

「マシですか」

「そう。とくにクズ男が多い警察機構の中ではかなりマシだと思うしかない。だから外せない。ただし、私も気をつけて、かっとなっても怒らないようにするから」

「できるんですか」

「わからないけど」

わからないのかよ、とげんなりした。しかし、上司の命令とあらば従うしかない、と真行寺は覚悟を決め、

「じゃあ、そろそろ麻倉邸に向かいます」と立ち上がった。

「すぐに行って。ここは払っとく」

いいですよ割り勘で、と一度だけ真行寺は言った。水野はいいと言って真行寺を追い出した。真行寺も、けっこう理不尽な叱られかたをしたわけだから、今日は奢《おご》られてもいいだろうと思った。

麻倉邸に向かっている途中でスマホが鳴った。

──公安のほうから情報提供してもらった。ＬＧＢＴ問題でもっとも派手に暴れているのは、美しい日本を取り戻す会ってとこらしい。これは右派系市民グループと呼ばれている連中で、名目上はデモなんだが、在日韓国・朝鮮人に対して罵詈雑言《ばりぞうごん》を浴びせかけていた団体が母体となっている。んでもってこいつらはＬＧＢＴも標的にしている。ちょっと前にＬＧＢＴについて、生産性のない彼らに税金を使うのはおかしいと言った宮腰美苗《みやこしみなえ》って議員がいただろ。この発言でバッシングを受けて「不適切な表現だった」と謝罪したんだが、宮腰に対して、なぜ謝るんだとバッシングしたような連中だ。

出るなり四竈は一気に喋った。

──市民グループってのは公安もなかなかコントロールが利かないらしい。ひと月ほど前に在日韓国・朝鮮人とＬＧＢＴの市民団体が共同でデモを主催した。これはヘイトスピーチが激化したことを受けてのカウンターデモだった。これにバンで突っ込んだ馬鹿がいただろう。こいつは美日会《びにちかい》主催のヘイトデモに参加していた。デボラはこのことについて強く非難する論調の文章を論壇誌に書いている。

「麻倉邸に向かってます。その団体からデボラに接触があったかどうか確認してみます」

──それはもう加藤に指示した。団体が直接自宅に押しかけたりはしていないみたいだ。──お前いまどこにいる？

「事務所への郵便物やメールに脅迫まがいのものが交じってませんか」

──確かにそっちも気になるな。ちょっと調査してくれないか。

「了解。──裁判所は」

――今日のところは時間切れだ。明日もういちどトライする。

了解しました、と言って切り、麻倉邸のインターホンを押すと同時に門の閂を外して、庭の敷石を踏んで玄関に向かった。加藤が出迎えた。「どうだ」と靴を脱ぎながら真行寺は訊いた。

「ぐずっています」若い女の刑事の顔には疲労がにじんでいた。

玄関を抜けてすぐのリビングでは、デボラがソファーに座ってノートパソコンを膝に載せてカタカタやっていた。耳が聞こえないので真行寺が入ってきたことに気がつかないのか、それとも無視しているのかはっきりしない。麻倉さんはと訊くと、入浴中だという。真行寺は加藤を連れて瞳の部屋に入った。

真行寺は、勉強机に向かう椅子を引いてかけた。加藤は瞳のベッドに腰を下ろした。

「デボラ個人か事務所のほうに、右派系の団体から脅迫メールが届いてないか確認したい。特に美しい日本を取り戻す会という団体からのものは要注意だ」

「わかりました。で、YouTube に挙げる動画の収録の説得はどうしましょう」

「いまはせっつかなくていい」

「大丈夫でしょうか」

「先に脅迫メールのほうを洗ってくれ。その作業を通じて、親しくなったらもういちど説得してみよう。その時は俺も手助けする。ただ俺が出て行かないほうがいいのかもしれない」

「どうしてですか」

真行寺は適切な言葉を探したのちに、こう切り出した。

「杉並署には何年いる」

「三年です」

「大変か」

「なにがです」

「女が強行犯係で刑事やってることが」

加藤は考えて、

「とにかく女は私だけなので」と言った。

警察は男社会である。そこには男の絆《きずな》がある。赤ちょうちんでおでんをつつきながら肩を寄せ合い愚痴をこぼす彼らは、このような社交を拒絶してきた真行寺の目には、ときどき同性愛者のように映った。しかし、彼らは大いに女好きで、仕事のこと以外で盛り上がるのは女の話と相場が決まっていた。四竈だって、吊り天井固め事件を起こす前までは、食堂に現れた水野を目で追いながら「確かにいい女だよな」と、箸《はし》を止めてニヤついていた。それだけでは物足りないのか、真行寺を肘《ひじ》でつついて、「お前もそう思うだろう、な」と同意まで求めてきた。似たような場面は、男に生まれてこの歳《とし》まで生きていると何度もある。女によって男どうしの連帯が生まれる。映画を見ていると、女をめぐる男のライバル関係が友情に昇華するシーンに時どき出くわす。真行寺はこの手の映画が苦手であった。ともあれ、男どうしの絆のために存在する美しい女は紅一点と呼ばれる。つまり、男の欲望のまなざしを集めてはじめて紅一点となれる。ただ、なってうれしいものかどうかはわからない。欲望に染められたまなざしは、それを受け取る側にとっては時に鬱陶《うっとう》しいだろうな、と真行寺は水野を見ながら思うことがあった。と同時に、自分のまなざしが同種の色に染まっていることを彼は自覚していた。あらためて、彼は目の前の女を見た。加藤は紅一点に足る風貌の持ち主ではなかった。こういう女は男社会ではほとんど存在価値がない。欲望をかき立てることによって男のサークルで崇《あが》められる女と、それができずに無視される女。女は二種類に分かれる、——どちらも男の都合によって。

「そうか大変だな」と真行寺は言った。

「産休の巡査部長が戻れば」

ふと横町れいらが書いた小説を思い出した。あれも国家公務員として娼婦をやっている女が妊娠する話だった。えーっとヒロインは妊娠してどうなるんだっけ、と考えたが、思い出せない。気になったが、そんなことを追及している時間もない。妊娠と出産といえば、忘れてはいけないことがあった。

「それで、麻倉さんが瞳を出産するときに世話になった病院と担当医は調べてくれたか」と真行寺は加藤に訊いた。

はいと言って加藤はスマホを取り出して操作し、真行寺のポケットの中がチンと鳴った。

「送りました」と加藤が言った。

ありがとう、と真行寺は礼を述べた。

「さっきの、真行寺巡査長が説得にかかわらないほうがいいとおっしゃったのは」と加藤が突如話題を元に戻した。「デボラ・ヨハンソンさんがフェミニストなので、女性からの説得のほうが功を奏しやすいと考えたからですか」

そういうことだ、と真行寺は言った。気に入らないのかなと思ったが、わかりましたと加藤は承知した。よし、この件はこれでいいなと安堵した時、机の上に妙なものが載っていることに気が付いた。

「これって」真行寺はベージュ色の四角く薄い平べったい箱がフォトスタンドのように立っているのを指さして言った。「ラジカセだよな」

すると、加藤が「CDラジオですね」と訂正した。たしかに、真行寺の世代にはなじみ深いラジカセという名称は、ラジオとカセットテープが聴けるアンプとスピーカーの一体型装置なので、CDとラジオだけが聴ける本機には不適切な名称である。しかし、そんなことはどうでもいい。

「どうして瞳の部屋にこいつがあるんだ」と真行寺は言った。

加藤もそうですねと首を傾げた。真行寺は電源を入れて再生ボタンを押した。ヴァイオリンの音色が流れた。こんどは停止ボタンを押して、CDを格納している蓋《ふた》を開けた。そこにはCD-Rが入っていて、盤面にはなにも書かれていなかった。

「家主に尋ねたほうがいいな」と真行寺は言った。

呼んできますと言って、加藤が出て行った。真行寺はもういちど蓋をして再生した。聴いたことはあるものの曲名まではわからなかった。ただ、クラシックに疎い真行寺が聞き覚えがあるのだから、有名曲なのだろう。三曲目が始まったあたりで、加藤が希を連れて戻ってきたので、真行寺は停止ボタンを押した。なにか？　と希が訊いた。

「これが瞳さんの部屋にある理由を伺いたいのですが」と真行寺は言った。

希はCDラジオを認めると、ああ、ここに来てたのねこれ、と言った。

「曲を聴かされて――」

「ヴァイオリンの曲ですか」

「ええ」

「それで？」

「どんな曲なのか教えて欲しいと言われたんです。曲名を訊かれたと思ったのでわからないと言ったら、曲名はわかっているから、曲を聴いた感想を教えてくれと言われて」

「感想というと」

「まあ、曲を聴いた感じというか」

「――で、なんとお答えになったんです」

「うーん、暗い、とか、シャキッとしてる、とかそんなことを言ったと思いますけど」

「それはこの部屋で」

「いいえ、料理やお皿を洗うときに私が時々ラジオをかけるので、普段は台所に置いてあります」

「――その時、何かおかしいなとは思いませんでしたか」

「瞳が音楽に興味を持ったことをですか」

「ええ、まあ」

「そんなにおかしいことでしょうか。聾者のなかには、クラブに踊りに行く人もいますよ」

そのぴしゃりとした言い方に気圧《けお》されて、そうですね、といったん退《しりぞ》いた。確かに、年頃の娘が自分の知覚が及ばない世界に、なにかのキッカケで、興味を抱くようになるのは自然かもしれない。けれど、そのきっかけは一体なんだ、とそこはやはり気になった。

「この音源について瞳さんはなにかおっしゃってましたか、作曲家とか曲名とか、演奏者とか」

希は首を振った。真行寺はありがとうございました、お手間を取らせました、と言って、希を解放した。

「証拠品袋あるか」

希が出て行くと、加藤に向かって真行寺は言った。取ってきます、と加藤は出て行った。ハンカチを使い、指紋がつかないように注意しながら盤を取り出し、加藤が持ってきてくれたビニールの証拠品袋に納めた。それをそのままジャケットのポケットに入れようとしたら、そこにスマホがあったので、場所を譲らせるためにそいつを取り出し、CD - Rをねじ込んだ。逆のポケットにスマホをしまう前に、加藤がさっき送ってくれたメールをチェックした。件名は「病院名と担当医」。本文欄にはその固有名詞があるだけだった。しかしそれは真行寺に違和感を与えた。

「ここでまちがいないんだな」と真行寺は訊いた。

「はい」

真行寺は手に持っていたスマホをそのまま耳に持っていった。コール音が五回聞こえて水野が出た。

「もう店を出てますか」

――ううん。むしゃくしゃするから歌ってた。

なにを？　と興味が湧いたがそれを訊いている余裕はない。

「もう少しそこにいてください。すこし話したいことが」

――事件に関すること？

「もちろんです」

――四竈警部補に先に話すのが筋では？

水野は急に筋を通してきた。

「さっき話していたことと関連がありますので」

そう言って真行寺は筋をねじ曲げることにした。だいたいさっきカラオケ屋で話した時点でもう曲がっているはずだ。

「ちょっと出る」切った後で加藤にそう言った。「美しい日本を取り戻す会からの気になるアクセスについては、四竈警部補に報告しておいてくれ」

「わかりました」と加藤は言った。

その口調にはどこかわだかまりがあった。男が全員引き上げて、女の自分がひとり残され、まだ本格的に事件化する前とはいえ、被害者の親の相手という面倒な任務を押しつけられているのだから当然だろう。しかし、そんな心情をくみ取りつつも、真行寺は加藤を置き去りにして、麻倉邸を出ることにした。

道すがら四竈に電話をした。

「ちょっと気になることがあって出ます」

――気になることってのは？

「ややこしい話で、まだはっきりとは摑めていません。それを検証しに行くんです」

――どこへ？

面倒なので、電波が悪くて聞こえませんと言って切った。水野とカラオケボックスで会うなどと言うと話がややこしくなるに決まっている。真行寺はさっき加藤からもらった病院名と担当医のメールを水野に転送した。

階段を上り、重いドアを押すと、カラオケが流れる中、水野はマイクを脇に置いてタブレットを見つめていた。さっき転送したメールを読んでいるのだろう。メールに気づくまで何を歌ってたんだろうと画面を見たら、ジョン・レノンの「女は世界の奴隷か！」だった。こんな時に意味深な曲を歌うなよ。

曲が終わって静かになった。水野が顔をあげて、

「どういうこと」と言った。

「そんなところで子供を産みますかね」

真行寺は自分のスマホを取り出して、見た。

相模湖バイオテック・メディカルセンター。担当医　小久保《こくぼ》さおり　山口剛《やまぐちつよし》とある。

「でも産んだんでしょ、ここで」

「そうです。ここで産む必要があったんです」

「なぜ」

「今日の昼に、娘の瞳は父親に会いに行ったのではないかと麻倉希に言ったところ、あり得ませんと激しく否定されました。母親に内緒で会いに行くということも考えられるんじゃないですか、と訊いても知らないはずだと相手にしてもらえません。次に父親のほうは自分に娘がいることを知らないのかと訊いたら、それもないと切って捨てられました。なんだかその調子が、叩き切るというか、激しすぎる気がしたんです」

「というと？」

「人工授精ですよ」

水野はタブレットを操作して相模湖バイオテック・メディカルセンターのホームページを見た。

「そこはそういうところなんです」

「どうして知っているの」

「さっき、別れた妻との間にできた息子の話をしましたよね。彼は成人になってから遺伝病を発病したんです。この難病を治すには遺伝子のプログラムを書き換えるという治療がいちばん有効なんですが、日本の法律ではそういうラジカルな医療は許されてないんで、中国に連れて行って療病させることにしたんだそうです」

「そう。それでいまは?」

「回復基調にあるとのことです」

「それはよかった」

「よかったと言わなきゃいけないんでしょう。けれど、人間が遺伝子の情報操作でなんとでもなるなんてのは気持ち悪い気もします」

　水野は黙った。

「とはいうものの、そこに望みがあるのならと思って俺もいろいろ調べてみたことがありました。そして、この相模湖バイオテック・メディカルセンターがその手の治療を積極的に推進していると知ったわけです。体外授精による出産も手がけていますよね」

「してる」タブレットを見ながら水野が言った。

「いいですか。バイセクシャルの麻倉希が男と交わり瞳を身ごもったってのも、デボラ・ヨハンソンがレイプされて産んだ子を希の子として戸籍に登録したってのも、なんだかしっくりこない推論だった。だったらこれはどうです。レズビアンのふたりは子供が欲しかった。しかし、いくら愛し合っていても女と女の間には子供は生まれない。いくら男と女の二分法を無効にするとか言っても、子供が生まれるのは棒と穴の結合によってのみです。もし子供が欲しければ、男と交わるか、それができないんだったら人工授精、これしかない」

水野はしばらく考えた後で、

「とりあえず、仮説としてはありだと思う」と言った。

やった、と言って真行寺は籐《とう》の籠《かご》に盛られたポテトチップスをつまんだ。

「だけど」と水野は続けた。「難しいんじゃないかな、現実的には」

「なにが」

「日本ではレズビアンのカップルは精子バンクから精子の提供を受けられないと思う。認められているのは、夫の側に生殖機能の問題がある夫婦だけよね」

「それは法的に制限されてるんですか」

「いや、日本産科婦人科学術会議のガイドラインに抵触《ていしょく》するから、病院側が自粛しているにすぎないのだけれど」

「そのガイドラインってのは、法的拘束力はあるんですか。それとも村の掟《おきて》みたいなものですか」

「それを言うなら、村の掟にすぎない」

そうですかと言って、真行寺は考えた。彼の頭の中には、非常に突飛な筋道が出来上がり、それは常軌を逸した方向へと延びていった。真行寺はその仮説の異様さに自分でも苦笑した。

「でもさ」と水野は言った。「人工授精で希が瞳を産んだとして、それがわかったらこの事件についてはなにがどうなるって言うの」

「それを言われると困るんですが」

「でも気になるんだ」

「気になりますね」

「どう気になるのか言ってみる？」

先程頭に浮かんだ並大抵ではない想像をここで披露しようかと思ったが、やはりいまはよそうと思い、首を振った。それに、この想像が正しいとしても、まだ事件の全貌《ぜんぼう》が見えてくるわけではなかった。

「とりあえず明日、ここの病院に行って担当医に会ってきます」

わかったと水野は言った。電話が鳴った。四竈だなと思って、ディスプレイを見たら意外な名前が浮かんでいた。あまりいい知らせじゃないなと直感した。

「もしもし真行寺です」

――ああ、ごめんなさいね、忙しいところ。いまいいかしら。

「なにかありましたか」

――なんか変なのよね。どう言ったらいいのかしら。

「音は出てるんですか」

――出てるのよ。だけど、どこかピリッとしないっていうか、ぼんやりしてるというか。

森園の野郎、極性をまちがえやがったな、と思った。

「おそらく原因はわかっているので、これから参ります」

——いまから？

「ええ、すぐに参ります」

そう言って切った。

「どこ行くの」と水野が訊いた。

「完全に私用なんですが、この事件のことで訊きたいこともあるので行ってきます」

「だからどこへ」

「尾関幸恵議員のところです。あの後もすこし連絡取り合ったりしてるので」

真行寺は驚いている水野をその場に置いて店を出た。

店を出るとすぐに真行寺はスマホを耳にあてた。しかし、森園は出なかった。頭にきたので、

「お前いちおうミュージシャンなんだろ。スピーカーコードぐらいちゃんとつなげよ。罰として、Yシャツとハンガーにかかってる麻のスーツと着替えの下着、それからスマホの充電用のコードとアダプターを杉並署まで持ってこい。必ず持ってこいよ、わかったな」と留守電に残して切った。

それから十五分もしないうちに、真行寺は西荻窪にある尾関邸のインターホンを押した。あまりに早い登場に幸恵は驚いていた。

スピーカーの背面を覗き込むと、案の定プラスとマイナスが逆につながれている。これではスピーカーの外側から音が聴こえるような間の抜けた音像になってしまう。いわゆる逆相と呼ばれる現象だ。修理そのものはあっという間に終わった。ネジ回しさえ必要なかった。真行寺はスピーカーの裏から抜け出すと、CDプレイヤーの再生ボタンを押した。クラシックの室内楽曲が流れてきた。オレンジジュースのグラスを持って幸恵が入ってきて、「ああ、直ってるわね」と喜んだ。

「すみませんでした」

「こっちが虫のいい頼み事をしたんだから文句は言えないわよ。なんだかんだ言って助かっちゃったな」

「あいつは確認しなかったんですね」

「つなぎ終わった時にあの子の携帯に電話がかかってきて、慌てて帰って行ったわ。――どうぞ」

なんだろう、と真行寺は急に不安になった。あとでもういちどかけてみるか、とソファーに座ってオレンジジュースを一気に飲んだ。

「音が出たのでそれで安心しちゃったんじゃないかな。それにクラシックはまったく聴かないと言っていたから、わからなかったのかもね」

それはあり得るなと思いながら、このときはじめて模様替えをした部屋を見渡した。長方形の部屋の長辺にスピーカーとラックが並べられている。ここには昔、レコードとCDがぎっしり詰まった棚がいくつも並んでいた。その数は半数に減らされ、生き残ったものが短辺の壁に寄せられていた。中身はクラシックばかりだ。つまり、亡くなった夫が所持していたロックやジャズのレコードやCDが収められた棚は解体され、残りは中古レコードショップのディスクユニオンに引き取られていった。それを手配したのは真行寺であった。去年の暮れの休日に立ち会って、真行寺はロックの名盤の数々が運ばれて行くのを見ていた。ただ、棚からジャニス・ジョプリンの『パール』とニーナ・シモンのベスト盤とザ・バンドの『ミュージック・フロム・ビッグピンク』を抜くと、これだけは取っておいたほうがいいと幸恵に持たせた。「ミー・アンド・ボビー・マギー」、「エイント・ガット・ノー〜アイ・ガット・ライフ」、「アイ・シャル・ビー・リリースト」、これらの曲が真行寺の推理を助けた。そして、これらの曲に込められたメッセージに鼓舞され、尾関一郎は大きな勢力に抵抗し、殺害されたにちがいなかった。売却時につくポイントは真行寺のメンバーズカードにつけさせてもらった。盛大に加点され、それでトートバッグをもらってクリスマスプレゼントだと言って森園にやった。

棚が外されたあとの壁には、表面に凹凸《おうとつ》を持ったグレーのシートが貼ってあった。

「これは防音用ですか」と真行寺は訊いた。

「そう、あの人はかなり大きな音で聴くのが好きだったから」

「ロックはでかい音で聴かないと駄目なんですよ」

「そうね。同じこと言ってそれを貼ったのよ。私がうるさいってさんざん文句言ったから。

一日がかりの大仕事だったわ」

そうですか、と生返事をしながら真行寺はそのシートを最近どこかで見た気がしていた。居候の森園が、真行寺宅に作った録音ブースの壁に貼ったのは、スーパーからもらってきた紙の玉子ケースである。そいつをでっかいホッチキスで留めて、響きがキツくなりすぎるのを防いでいた。借家なんだぞ、そんなに針を刺したら出るときに敷金からさっ引かれるじゃないかと叱ったときにはもう遅かった。一方、尾関邸の壁に貼ってあるのは、立派な市販品である。どこで見たんだっけ。

はっと思い出し、真行寺はスマホを取り出して、あのURLをタップした。麻倉瞳が手話を使って訴えるあの動画が現れた。瞳の背後の壁には同じシートが貼ってある。確かにこいつは防音シートだ。つまり、これはどこかのスタジオなのか？　しかし、スタジオだったらどうだっていうんだ？

「ちょっと聴かせていただいていいですか」と真行寺は言った。

幸恵の返事も待たずに、真行寺はジャケットのポケットから証拠品袋を取り出した。CDプレイヤーのトレイを引き出し、そこに載っていた盤を証拠品袋の中のCD‐Rと取り替え、再生ボタンを押した。

ヴァイオリンの独奏が流れ、しばらくそれが続いた。ロックリスナーの真行寺は、やがて他の楽器が現れ、合奏になり、さらに中低音部も参加してソロを支えてくれるのを期待した。しかし、ヴァイオリンは延々とひとり旅を続けた。

音は悪くはなかった。ただ、どこか録《と》りっぱなしの、マスタリング前の状態のように感じられた。おそらくこれは、自宅録音か練習スタジオでデジタル録音機で録ったそのままの音だ。もっとも、最近のデジタル機器は安価なものでもあなどれない。ちょっと耳にしただけだと、自宅録音かレコーディングスタジオで録ったものかはわかりづらい。けれどその差を、議員宅の高級オーディオシステムは歴然と暴き出した。

「パガニーニのカプリースね」と曲の間に幸恵が言った。

「だれの演奏かわかりますか」

幸恵がクラシックに詳しいことを思い出して、真行寺が訊いた。

幸恵は首を傾げた。「これってプロの演奏なの」

「下手くそですか」

「下手ではないけど」と幸恵は言った。「時々ほんのちょっと音程《ピッチ》があやしいところがあるような」

へえ、と真行寺は言った。日頃ロックばかり聴いているので、耳が雑に出来上がっているのかもしれない。ローリングストーンズなどギターの調弦をわざわざやや低目にこしらえているくらいだ。厳密でなくルーズなほうがいいくらいである。

「ひょっとしたら音大生かな」

「というのは」

「これ、コンクールに必ず出る課題曲なのよね。かなりの難曲みたいよ」

「どうしてご存知なんですか」

「幼い頃にちょっと習ってて、その頃はこれが弾けたら自慢できるな、と思ってた。でも、音大にあがった友達がキツいって音《ね》を上げてたくらいだから、いま考えると笑い話」

そこまでの難曲ならば弾き手も音大生などセミプロだってことになる。ただセミプロはプロではないのだから、やはりこれは自宅か簡易スタジオで録音されたのだろう。そのセミプロの自宅に防音パネルが貼られているなんてことも大いにありうる。YouTube にアップされた麻倉瞳を映した動画には、似たような防音パネルが貼られていた。そして、このディスクは、聾唖の麻倉瞳の部屋のCDラジオに収まっていた。これは一体なにを意味するんだ。

「プロ中のプロの演奏を聴いてみる？」

そう言って幸恵は立ち上がり、再生を止め、棚から緑色の盤を抜いて、かけ替えた。

なるほど、比べてみるとわかるものである。どこがどうちがうのか具体的に言葉で指摘できないが、こちらのほうが断然しゃきっと明瞭な演奏のように聴こえた。

「五嶋《ごとう》みどりの若い頃の録音です」

そう言われても、真行寺はその日本人の演奏家を知らなかった。こんど黒木に聞いてみよう。突然、

「忙しいの、最近」と幸恵が訊いてきた。

「忙しいのは嫌いなので適当にさぼってるつもりなんですが、今日は呼び出しをくらいました」

「休日に買い物を言いつけられて、しかも途中で仕事に来いって言われたんじゃかなわないわよね。こんど埋めあわせします」

「じゃあ、いまちょっと教えて欲しいことがあるんですが」

「なに。ヴァイオリンのことならその友達を紹介するよ、あ、彼女はいまはヴィオラか」

「いや、議員の専門分野での質問です。──宮腰議員とはお知り合いですか」

「まあ同じ党だけど」

「あの人の〝LGBTに税金を使うのは無駄〟という発言なんですが」

「そこばっかり報道されてるけどあの発言の趣旨は、〝LGBTの権利は日本では他の先進国並みにちゃんと守られている〟ってところよね」

「そうですか。で、それは本当なんですか」

「嘘ですね。大いに遅れてる、と言っていいと思う」

「では事実誤認して、宮腰議員はそう言ってしまったんですか」

「いやちがう。わかっててあえて言ったんだと思う」

「なぜですか」

「わが党の支持者の多くがそう思っているから。そして、LGBTの人たちが声を上げて権利を主張していくのを快く思っていない人がこの国の大多数であると信じているから」

「事実なんですか」

「事実だと思うな、私は。だけどそれって、マイノリティは抑圧されてもしょうがないって言ってるのと同じでしょ。さすがにそれは言えない。つまり、ある種の〝汚れ役〟を宮腰議員が買って出たってことになるわけ。だから党幹部も内心、よくぞ言ったなんて思っているから、そんなにシビアに処罰はしない。注意にとどめておいてやるって態度に出てる。ここがいちばん癪《しゃく》に障《さわ》るところだよね」

「癪に障るんですか」

「当たり前でしょ。女の政治家が政界で存在感を示すためには、爆弾抱えて相手に突っ込んでいくような無茶をしなければならない。この現実は端的に不愉快だよ」

「それはフェミニストの発言でしょうかね」

「すぐそうやってフェミ認定するわけよね。かまわないけど」

「いや、今日一日で、頭のいい女性はみんなフェミニストなんじゃないかと思えてきたので。で、フェミニストもLGBTも、現状にあらがうという点では共通していますよね」

　幸恵は、脚を組んで、ソファーの肘掛に肘を載せて頬杖をつき、うんそうだね、とうなずいた。

「それではフェミニストである尾関議員は宮腰議員のLGBTバッシング発言に関してはどう思っているんですか」

　幸恵は天井の片隅をぼんやり見ていたが、

「そこはねえ、個人としての私と政治家としての私の中で分裂がある」と言った。「私は国会議員だよね。私がやってる政治活動は国というものを前提にしている。そして国は国民をある程度統治することが必要なの。そういう風には言わないけれどね、言うと人気がなくなるから。でも、国家ってものはもともとは戦争をする中でできたものなのよ」

「本当ですか？」

「乱暴に言っちゃえば。国土を守り、そこにいる国民を守る。これは民間企業ではできないことです。と同時に統治しなきゃいけない。たとえば、産む産まないは女が決めるって正しいと思う？」

「正しいんじゃないですか」

「正しいのよ。女は産む機械だなんて言ったら、政治家としては大失言になる。政治家のキャリアにもよるけれど、若手だといまはもうアウトだな。けれど、現実問題として、ある一定の割合で女には子供を産んでもらわないと困る。女が全員私みたいに産まないことを選択した場合、国は滅びます」

「なるほど。それはよくわかりました。ではLGBT推進については、政治家としてどういうためらいがあるんですか」

「ひとつは、日本の国民が持っている常識的な感覚とのすり合わせです。あとはコストの問題かな。LGBTの問題を推進していくと、トイレをもうひとつ作らなければならなくなったり、コストがかかる。その他もろもろ手続きだってややこしくなる」

「大したコストじゃないでしょう」

「私はそう思う。だからどっちかっていうと、日本国民全体がLGBTのことを大きな問題だととらえてないからってほうが大きいと思うな。男がいて女がいる、結婚ていうのは男と女がするもんだっていう素朴で美しい世界を壊して欲しくない、あんまりうるさく言うと数の力で押さえちゃうぞって思っている人が大多数なんだよ」

「そういう世界観そのものがまちがっていて、破棄すべきだって話をさっき聞かされたばかりなんですが」

そうか。それは大変な休日だな、と幸恵は笑った。

「その宮腰議員はこのLGBTバッシング発言のあと、ことが大きくなって不適切だったと撤回するんですが、その宮腰に対して弱腰だと攻撃した市民団体があったでしょう」

「ああ、美日会ね」

「彼らは、さきほどおっしゃった国民の常識的な感覚を背景に勢力を得てるんですか」

「そこまで言っていいのかはわからないけれど、代表がこのあいだ都議会選に出たでしょう、落選はしたんだけど結構な票を集めたんで、個人的にはちょっとびっくりしたんだよね」

「どこかの政党や団体が彼らの後ろで糸引いてるってことはあるんでしょうか」

「ないんだよね、これが」

「彼らの動きを歓迎している政党はあるんですか」

「政党としてはおおっぴらには表明できないでしょう。けれど個人としてもっとやれとか思ってる人はいるかもしれない」

「いまのところは市民活動の体裁をとっていますが、今後さらに過激な行動に出ることはありえますか。宗教法人を装っていたオウム真理教がとんでもないテロ行為に出たように」

「ありえると思う。というか、いちど在日とLGBTの連合デモの人たちをバンで撥《は》ねたよね。犯人は正式な会員ではないと美日会は逃げているけど。――でもなんで美日会のことを気にしてるの」

いや、まあちょっと、と真行寺は言葉を濁した。幸恵は追及してこなかった。かわりに、夕飯まだならお寿司を取るけどどうすると訊いた。真行寺はさきほど済ませました、長居《ながい》してすみませんと腰を上げた。

西荻窪駅まで歩いた。中央線に乗って隣の荻窪駅へ、そこから丸ノ内線に乗り換えて南阿佐ケ谷駅で降り、杉並署に戻った。

「おい、ちゃんと面倒みてやってくれよ」

刑事部屋に顔を出すと、四竃にいきなりそう言われた。麻倉邸に置き去りにした加藤のことを言ってるにちがいなかった。すみません、と真行寺は謝った。

「加藤から連絡があった。美日会の代表和久井《わくい》からは過去になんどか事務所に抗議の電話をもらったそうだ」

やはりあやしいのはここか、と真行寺は思った。

「その抗議ってどういう内容ですか」

「電話を取った麻倉希が言うには、とにかく大声でわめき散らされて、内容をちゃんと聞けるような状況ではなかったらしい」

抗議というより嫌がらせや脅迫の類《たぐい》である。ただこの線引きを警察がするのは難しい。

「あとは事務所宛てでメールも受け取っている。――これだ」

プリントアウトした用紙を見せられた。レズビアンであることを中傷することの根拠を、古き良き日本を破壊から守るためだとして、アメリカ国籍を持つデボラに対して、「日本を出て行け」という罵倒をくり返していた。

「いま和久井を呼んでいる」と四竈は言った。「事情聴取だ。どうせ何も吐かないだろうが。だから明日はガサ入れだ」

その口ぶりには、和久井が犯人だというよりも和久井であってくれれば助かるという色がついていた。

「お前のほうで何かわかったことはあったか」と四竈が訊いた。

「明日は相模原に行きます」

「相模原？　なんでまた」

「麻倉希が瞳を出産した病院に行っていろいろ訊いてみます」

「訊くってなにを」

「希は人工授精で子供を産んだ。まだ確定したわけではないが、病院の性格からするとその可能性が高い。それも確かめてきます」

四竈は少し考えてから、

「この場合の人工授精ってのは、だれかの精子をもらって希が妊娠したってことだよな」

　真行寺はうなずいた。

「父親は自分に娘がいることを知っているのですかっていうお前の質問に対して、妙にキレたのはそういうことか」

「そうです。つまり、父親は自分には生物学上の娘、もしかしたら息子かもしれないが、とにかく子供がいるのだろうとは思っている。だって精子を提供したんだから。けれど、その子供がだれの子として生まれて、どこでどんな生活をしてるのかをまったく知らない、ってことになるんですが」

「でも希はなんであんな態度を取ったんだ。人工授精で産みましたと言えばすむ話じゃないか。別に法律を犯してるわけでもないんだろう」

「そう、そこが気になる」

四竈は、お前が気になるなら俺も気になる、と言って捜査車両を回してくれた。

　それから真行寺は、そろそろYouTubeへ動画をアップさせる準備をしたほうがいいと四竈に提言した。それにともなって科捜研に字幕作成を協力してくれるように根回ししたほうがいいとも言った。俺たちが手配するのかよ、と四竈は困惑した表情になったが、犯人側が一方的に交渉が決裂したと解釈して、瞳の身に万が一のことがあったらどうする、と言ったら、そうだなとうなずいた。

　署内に漂うこの件についての空気は、単なる家出から事件へと徐々に変質していた。最悪の場合を考えると、そうならざるを得ない。しかし真行寺は、これが手なのではないかとも思った。何もかもがどこか決まりが悪かった。誘拐だという設定も、要求されている内容も、これに対するデボラや希の反応も、どこか変だ。だいたい、身代金代わりに謝罪動画をアップさせたって、瞳が戻ればデボラは当然これを削除するだろう。そして、瞳の身の安全を守るためにやむなくやったことであり、本意ではなかった、と釈明する。警察も当然これを裏付ける声明を出す。こうなったら犯人は一体なにを得るのだろうか。

　肩を叩かれた。

「美日会の和久井が来たぞ」と四竈が言った。

「デボラ・ヨハンソンに反論したら警察に呼ばれちゃうんですか。まいったな、まるでファシズムだわ、これ」

　取調室に腰を下ろすと和久井はまず嫌みを言った。四竈はいやいやと首を振って、

「詳しくは言えないのですが、デボラ・ヨハンソンさんの周辺で事件がございまして」ととりあえず低姿勢に出た。

「糞《くそ》フェミの意見なんて嫌悪してる人間はいくらでもいますよ」

「さしあたって和久井さんがどのような反論をしたのかを教えてもらっていいですか」

　そんなのうちのホームページを読んでくれればいいだけなんですけどね、とぶつくさ言いながらも話し始めた。

「まず、デボラ・ヨハンソンは日本人ではない。日本人ではない人間が日本社会のあり方についてあれこれ指図するのはまちがっている。だいいち失礼だ。日本が気に入らなきゃアメリカに帰ればいい」

なるほど、と四竈は軽くうなずいた。和久井の舌を滑らかにするための相槌であって欲しかった。

「ヨハンソンさんはどのように日本を批判しているんですか」

「それを俺が教えなきゃいけないの？　警察ももうちょっと勉強してくださいよ」

「はい、我々も勉強しますが、和久井さんがヨハンソンさんの考えをどのように理解してられるのかも教えていただければありがたいんです」

「あのね、日本はいま少子化で苦しんでいるんです。それを尻目《しりめ》に自分たちの性的嗜好《しこう》に耽《たん》溺《でき》して、欲望にうつつを抜かし、国家にまるで貢献しない連中に対しての補助を引き締めろという議論はまちがってますかね」

「宮腰議員の意見ですね。生産性がないという」

「それに対してあいつが、ＬＧＢＴには生産性がないというのはどういう根拠に基づいているんだとか、生産性があったらどうしてくれるんだとかわけのわからない難癖をつけた文章を論壇誌に発表したでしょう」

「しかし、あの時はいろんな人間が宮腰を非難したんじゃなかったんでしたっけ」

「そうですよ。だから僕は小説家の高木光治《たかぎみつはる》にも抗議したし、アクティヴィストの津村道久《つむらみちひさ》にも、電話番号がわかる連中にはみんなかけました。ついでに、不用意に謝罪した宮腰議員の事務所にも抗議の電話を入れてます」

「それで、ヨハンソンさんにはどのようなことを伝えたんですか」

「伝えるもなにもあいつは電話に出られないでしょう。聾唖だから。だから電話口に出たおばさんに言っておきました」

　ここで真行寺が、「なにを」と訊いた。

「なにをって、さっき言った通りですよ」

「LGBTの人たちが生産性がないというのは、とりあえず子供が産めないことをさしてるんですよね」

「だって産めないでしょう」

「Lは産めますよ、人工授精という技術を使えば」

　和久井は一瞬たじろいだのちに呪詛《じゅそ》と偏見とで塗り固めた言葉を吐き出した。

「つまり、そういうことでもしないと子供を産めない半端者には子供を持つ資格はないんですよ。半端者は半端者らしく日陰で生きることで、市民社会の中で居場所が確保されるというのが日本の伝統なんです」

「その論理でいくと、義足をつけたパラアスリートも日陰者ってことになりませんか」

「だからパラリンピックなんてものはテレビで映しちゃいけないんですよ。ひっそりこっそりやっていればいいんです」

「じゃあパラリンピックのことはちょっと横に置きましょうか。デボラ・ヨハンソンさんがレズビアンということはご存知ですよね」

「ええ、レズでフェミなのは有名ですから」

「レズビアンの中には、人工授精で子供を作る人がいる。このレズビアンのカップルと子供を産まない男女間の夫婦とでは、どちらが少子化で苦しむ日本に貢献していると思いますか」

「少子化対策という点についてはどちらも貢献していませんよ」

「そうですか。でもこの場合、レズビアンのほうは子供を産んでるのですが」

「いやむしろ、子供を産んだレズビアンのほうが罪は重いと思います」

「なぜ」

「出来損ないの遺伝子をばらまくことになるからです。ただでさえ子供の数が少ないこのご時世に、まともじゃない人間の含有率が上がる可能性が高くなる」

真行寺は黙った。四竈は、そっちに話が流れちゃうとアレなんで、などと妙な仲裁を試みたが、いきり立った和久井は続けた。

「あいつらは自分たちに都合のいい主張ばかり通して、うまい汁を吸おうとする許しがたい連中ですよ。在日と一緒です。――ところで僕はどうしてここに呼ばれたんですか。任意なのにわざわざ出向いたんだから、話してもらえませんかね。話してもらえないならもう帰りますよ、馬鹿馬鹿しい。まったく馬鹿馬鹿しい！」

和久井を下まで見送りに行った四竈が戻ってきて、席に座り、

「どうかな」と訊いた。

四竈は当然、和久井があやしいかどうかを訊いているのである。しかし真行寺はこのとき別のことを考えていた。和久井が口走った言葉が真行寺の想像力を刺激し、またまた独創的な推理の世界に彼をさまよわせていたのである。はっとして現実に戻り、とりあえず和久井のことを考えることにした。

「警部補はどう思いました」逆に訊いた。

四竈はうーんと唸ってから、

「レズでフェミのデボラを右の和久井が嫌うのはわかる」

「それで娘を誘拐しますかね」と真行寺は問い質した。

四竈は黙った。

「正直言うとよくわかりませんでした」と真行寺は白状した。

四竈が困ったなという顔をした。

「どこがわからなかった？」

「まず、和久井はデボラに娘、この場合は生物学的な娘でも法律上の娘でもなく、家族の一員としての娘、がいるということを知っているのか、という疑問です」

「そうだな、デボラは、自分がレズビアンだということは公表しているが、家族についての

プライベートな情報はいっさい出していないんだそうだ」

「ただ、子供が産めないことを理由にLGBTは生産性がないと彼が主張したのに対して、Lは人工授精を使えば産めますよ、と僕が言ったらちょっとぎょっとしたように見えたんですよね」

「それは俺も感じた」

「ただ、これは二つの解釈が可能なんです。つまり、デボラと希を両親とする麻倉家に瞳という娘がいるということを、和久井は知っている。そして知っていることを、目の前にいる刑事に感づかれたのではないかという戸惑いがあのリアクションになった」

「そうかもしれないな。もうひとつは?」

「レズビアンが人工授精で子供を産めるなんてことを想像もしてなかったので、そこを突かれてぐっと詰まった、つまり間抜けだってことです」

「おい、ぜんぜんちがうぞ。どっちなんだ」

「だからそれがわからないんですよ」

「まいったな。あとのほうだと和久井はシロだ。まえのほうだとグレー。そこまで感づいていてなんで確認しなかったんだよ」

「和久井さん、あなたはデボラ・ヨハンソンに事実上の娘がいることを知っていますかと訊くんですか?」

「訊いて反応を見てもいいだろう」

「和久井がもし知らなかったんだとしたら、ヘイトデモをやるような団体の代表に、彼らが敵とみなしている人物の個人情報を不用意に与えることになる。よしんば和久井が知っていたとしても、そうなんですか知りませんでしたとすっとぼけるに決まってます」

四竈はため息をついた。

「ただ、和久井があやしいってことにして、ガサ入れの令状をもらっちゃうのはいいと思います。ガサなら令状はすぐ出るでしょう。と同時に、携帯の位置情報の提供も、和久井を引き合いに出して、こういう団体から恐喝を受けていたということをネタに、誘拐の可能性がかなり高いと判断したことにすれば、出してくれると思いますね」

そうだな、そうするしかないな、と四竈は力なくつぶやいた。家出ではなく誘拐事件の色が濃くなっているいっぽうで、では犯人はいったいだれかという点になると、和久井が候補に挙がるぐらいであとはかいもく見当がつかない。

しかし、犯人がデボラを脅迫するためにデボラの娘を誘拐したのなら、デボラに娘がいることは知っている。当たり前の話である。ではだれがデボラに娘がいることを知っているのか。公表していなかったとしたら、非常に身近な人間に絞られることになる。非常に身近な人間が実はデボラに憎しみを抱いているとしよう。推理小説だと、こういう場合、いちばん意外性のある人物が犯人である。つまり、希だ。

真行寺はさらに考えた。娘の瞳の子育てを巡ってふたりは実は激しく対立しており、デボラを改心させるために希は瞳と組んで大芝居を打った。

では、一体なにについてデボラと希は対立していたのか。カラオケボックスで、水野の口から虐待という言葉が出たが、これはしっくりこなかった。

水野が言うには、セックスとしての男女の区別を疑う、男女という二分法を破棄するってのがデボラの思想の出発点だそうだ。しかし、こんな思想がどのように子供の教育に反映されるというのかについては、彼の想像力の埒外《らちがい》にあった。そこで、すこし角度を変えて考えてみることにした。

自分のように瞳に生きて欲しいとデボラが思ったとする。しかし瞳はこれを拒絶する。そして希は瞳をかばう。こうして確執のトライアングルができる。たとえば、大政治家の息子として生まれたがどうしても政治家にはなりたくない、画家になりたいと息子が言い出して父親が激怒する。しかし、夢をかなえさせてやりたいと思う母親が息子に助け船を出す。ありそうな話である。

では、デボラと瞳に生じた確執とはいったいなんだろう。ここで真行寺はまたしても勝手な妄想を押し進めることにした。実は、あの早稲田大学の南原という学生を瞳は好きだったのだ。しかし、フェミニストでありレズビアンであるデボラは男との恋愛を瞳に許さなかった。デボラは女との連帯のためにレズビアンを選び取れと瞳に迫った。それがもとで瞳とデボラ、そしてデボラと希の間にも溝が生まれ、瞳と希はダミーの誘拐事件を企てた。

ひょっとしたら、南原も共犯なのかもしれない。しかし、モデルをやっている瞳があの垢抜けない南原に燃えるような恋心を抱いたというのは、考えると笑ってしまう。ひとりで笑っていると、真行寺さん、と呼ばれた。顔を上げると、貝山という若い刑事が立っていた。

「娘さんがお見えです」

真行寺は耳を疑った。会ったことのない息子に会いたいと言われた日、いるはずのない娘が訪ねてきたという。まさか、俺も知らないうちにどこかで自分の種《たね》をばら撒いているのだろうか……。

「なんだびっくりさせるなよ」

不思議な緊張を胸に一階に下りていった真行寺の顔は、来訪者の姿を認めてほころんだ。

「娘なんて言うから、ドキッとしちゃったよ」

「不審がられると面倒なので、はいこれ」

白石《しらいし》サランはディスクユニオンのトートバッグと洋服カバーを真行寺に渡した。バッグの中を覗き込むと下着が入っている。洋服カバーに収められたスーツのポケットにはバッヂと名刺入れがあった。

「なんで君が持ってくるんだ、森園に言いつけたんだぞ」

「アイスランドから直しの要請が来たんです。それで森園君は部屋にこもらざるを得なくなって、私が来るしかなかったってわけです」

「面倒見がいいんだな」

「でも持ってこないと真行寺さんも困るんでしょ」

真行寺はもういちどサランの顔を見た。

「君はモデルのバイトしてたよな」

「今はもうやってませんけど」

そうか、と真行寺は笑った。

「意外ですか」とサランは言った。

「意外じゃないから意外なんだよな」

「どういう意味ですか」

「そっちはぜんぜん意外じゃない。君があの森園とつきあってることのほうが意外なんだよ」

「それ前も言ってましたよね」

「言ってたかもしれない。でも、再確認してその線もありかなと思いだした」

「どんな線ですか」

真行寺は曖昧な笑いを作って返事の代わりにした。

サランは、じゃあお父さん帰りますと言って出て行った。気をつけて帰れよと声をかけ、真行寺はその背中を見送った。

なんだ、美女と醜男《ぶおとこ》がつきあう例は自分の身近にあったじゃないか、と真行寺は思った。となると、瞳が南原とつきあおうとして、デボラがこれに反対し、あの一家に確執のトライアングルが形成されたという説は、すぐ捨てるのはもったいないぞ、と思った。そうして真行寺は麻倉邸に行った。

リビングにひとり座っていた加藤を捕まえてまず、「南原に連絡を取ってヴァイオリンを習ってないかどうか確認してくれ」と言った。加藤はびっくりしていたが、わかりましたと言って、電話をかけに外に出て行った。

それから真行寺は希の部屋をノックして、デボラと一緒にリビングに来てもらい、動画収録の説得に取り掛かった。

掲出された動画は事件が解決すればすぐに削除する。そもそもこれは事件解決のために作成したものであり、ここで語られたことはデボラの本意ではなかったことを警察側も力説する。

では逆に、動画の収録を拒み、瞳の身に万が一の事が起こった場合、警察の発表はどのようなものになるか。この場合は悲劇の一連のプロセスをつまびらかに公表せざるを得なくなる。となると、あなたの主張がたとえ正しくても、それを唱えるあなたには、自分の身内を見殺しにした卑劣漢という烙印《らくいん》が押されてしまうだろう。それは、あなたの評論活動にとってもよろしくないのでは。——以上のような内容をなるべく高圧的にならないように気をつけながら、語りかけた。

真行寺の言葉は希の手話によってデボラに伝えられた。時々、デボラから反応があった。それを希は真行寺に訳すことなく、自分からデボラに返答していた。その様子は、希が真行寺の案に賛成し、デボラを説得しているように真行寺の目には見えた。

やがて、デボラは黙って考え込んでしまった。結論を急《せ》かすと逆効果になると考えて真行寺もこれにつきあい、沈黙した。湿っぽい時がじんわり流れた。ふいに真行寺は立ち上がった。そして、本棚からあの本を抜いた。

「これは面白かったですか」

『サイボーグは電気猫の夢を見るか』横町れいら著の表紙をデボラに向けながら真行寺は言った。デボラは顔を上げて希を見た。希が通訳するのを待って、真行寺はまた続けた。

「この著者を知っています。実は彼女があの事件に巻き込まれた時、逮捕したのが私だった。彼女が釈放されたあと、彼女とは友達になりました」

そこまで深い関係ではないが、知り合いなのは確かだ。携帯の番号だって知っている。

「彼女に小説を書けと勧めたのは僕です」

これまた実状はかなりちがうが、当たらずといえども遠からずで可とした。希が手を動かすと、これを見たデボラは真行寺に視線を向けた。これを受け止め、真行寺はうなずいた。

こんどはデボラが手を動かした。

「なぜ彼女に小説を書くのを勧めたのですか」と希が言った。

これはやっかいな質問である。頼みごとを断るための方便だったとは言えない。そこで、ほんのすこしの真実を、大出力のパワーアンプで増幅するように誇張することにした。

「彼女はね、会って話すと面白いこと言うんですよ。それで、そういう発想は小説という形にしたほうがいいよと言ったんです。それが彼女の今後の人生にいい結果をもたらすかもしれないと思って。そういえば文芸というのは、古くから女性が進出しやすい分野ですからね。ジェーン・オースティンとかシャーロット・ブロンテとか、日本にも紫式部《むらさきしきぶ》とか清少納《せいしょうな》言《ごん》とかがいますよね」

真行寺はこう言ったあと、ブロンテの『ジェーン・エア』はバッチリだが、紫式部の『源氏物語』は色男が女をはべらす話だから出さないほうがよかったな、と後悔した。

デボラが希になにか言った。すると希が真行寺に向かって名刺をくれと手を出した。真行寺はサランが持ってきてくれた名刺入れからいちまい抜いて差し出した。それを持って希は台所のほうに引っ込んだ。奥のほうでくぐもった声がした。電話をかけているようである。相手は想像がついた。手持ち無沙汰の真行寺は、デボラに見つめられながら、手にした『サイボーグは電気猫の夢を見るか』をパラパラめくっていた。やがて希が帰ってきて、デボラに手話でなにかを伝えた。デボラが軽くうなずいた。希が口を開いた。

「失礼ですが、横町れいらさんに確認させていただきました。確かに横町さんはあなたのことをご存知でした。また、あなたに勧められて、小説を書く決心をしたともおっしゃっていました」

真行寺は、嘘つきにならずにすんで、ほっとした。

それから十分ほど経ってから、デボラは動画の収録をすると言った。真行寺は四竈に連絡をし、デボラ・ヨハンソンが動画を収録するのでビデオカメラとそれを操作する人間をよこしてくれと依頼した。よく説得してくれたと四竈が喜んだ。ラッキーだったと真行寺は言った。真行寺が無責任に放った一言が結果的に横町れいらにとってよきアドバイスとなり、それがデボラに好感を持たせただけの話である。一方、デボラが横町れいらと、連絡先を知っているほど近い関係にあることは、意外な事実として記憶された。

真行寺は希に、デボラが動画を準備していることを、瞳の LinQ のアカウントにメッセージを送って知らせるように伝えた。さらに瞳には、体調を崩していないか、食事は取れているのか、などどんどん話しかけ、向こうから反応があれば知らせてくれと言った。

「南原と連絡が取れました。ヴァイオリンの経験はないそうです」

加藤がそう連絡を寄越してきたとき、真行寺はすこしばかり落胆した。南原と瞳が愛し合い、この異性愛の関係を引き金にして、デボラ・瞳・希の確執のトライアングルができたという推理はいささか頼りないものになったからだ。しかし、まだ捨てるにはもったいないとも思った。

時刻が夜中の十二時を回った頃、貝山が若い刑事と一緒に、三脚とビデオカメラを持ってやってきた。リビングの庭に向いた掃き出し窓のカーテンを引いて、窓を背にキッチンから持ってきた椅子を置き、ここにデボラに座ってもらって、その前に三脚を組み、カメラを載せた。

原稿をゆっくりと希が読み上げ、その速度に合わせて、デボラが手話でカメラに語りかけた。希もデボラの手話と呼吸を合わせ、ゆっくりと読んだ。三度目のテイクでオーケーとなった。時計を見ると一時半だった。とりあえず今日はこれで引き上げますと言って、全員で麻倉邸を出た。

真行寺は車には乗らず、徒歩で荻窪駅に向かった。カプセルホテルを見つけて、風呂に入り、寝房の中で身体を横たえた。本当は家のベッドで眠りたかったが、突発事項が発生した場合に対応できない。けれどここは、杉並署とは目と鼻の先なので、道場の畳の上で寝るのとたいして変わらないだろう。もっとも、宿泊費は自腹である。ただし、このような行動は警察組織の中では基本的にはご法度《はっと》である。一応、四竈に連絡を入れて、明日は長い距離を運転するので、ゆっくり寝ておきたいからと断りを入れておいた。四竈は、あいかわらずだなと渋い声を出したが、了解した。

カプセルの中でスマホを手に寝そべって、ネットから『サイボーグは電気猫の夢を見るか』の電子書籍版を買ってダウンロードした。そうして、表題作以外の短編のページもザッピングした。どの短編の主人公もれいらという名前で、元の商売が反映しているのか、どれにも濃厚なセックスが描かれている。れいらは異性愛者だったり、バイセクシャルだったり、両性具有だったりするようだ。キワモノのポルノなのかある種の純文学なのか、それともSFなのかわからない。けれど、よかったじゃないか、作家デビューおめでとう、と真行寺は心の中で言った。手を伸ばしてスイッチに触れ、灯《あか》りを消した。暗くなったカプセルの中で、最後にGmailをチェックした。下書きのトレイには真行寺が書いたメールがそのまま残っていた。黒木はうんともすんとも言ってこない。画面を閉じると闇はさらに濃くなった。充電器にスマホをつなぎ、着信音の音量を上げて枕元に置いた。眠りはすぐに訪れた。

　あくる朝、Ｙシャツとスーツに着替えてカプセルホテルを出て、駅近くの牛丼屋で朝定食を食べてから杉並署に向かった。

　刑事部屋では、四竈がコンビニで買ってきたレギュラーコーヒーのカップを手に、どんよりとした表情で自分の席に腰かけていた。おはようございます、と真行寺が挨拶すると、

「どうだよく眠れたか」と訊いてきた。

「おかげさまで」と真行寺は言った。「字幕の作業は終わりましたか」

「なんだかんだと明け方までかかったみたいだ」

「アップのタイミングはどうします？　LinQのメッセージが来た時点から二十四時間以内ということであれば、夜七時にはアップしないとという計算になりますが」

「それが、ギリギリまで控えて欲しいそうだ。それまでに事件の解決を望みます、だとさ。できればそうしたいよ」

「美日会のほうは」

「いちおう今日ガサ入れする。ほかにこれと言ってやることもないからな」

「通信のほうは令状は取れそうですか」

「人命がかかっていると騒げば取れるんじゃないかなあ。ただ、令状を持っていってもソフ

ト・キングダムがどのくらい早く対応してくれるかってのは心配している。また基地局がわかったところで、そこから犯人の居場所を絞り込んでいかなきゃいけない。おそらく防犯カメラのデータをかき集めるんだろうけど、今晩七時までに追い込むのは難しいだろうな」

「今晩七時に例の動画をアップしたとして、そのあと敵がどう出てくるかですよね」

「金の要求でもしてくれるとむしろ打つ手があるんだけどな。どうやって渡すんだとかそんなことやっているうちに向こうもボロを出すだろうから」

たしかにそうだが、その可能性は低いと思った。しかしそれは言えなかった。


中央自動車道は空《す》いていた。ユーミンが歌ったように、競馬場とビール工場を右と左に見ながら快調に飛ばした。もっとも助手席にガールフレンドはいない。デニムのズボンとジャケット、それにTシャツを突っ込んだトートバッグが載っていた。ともあれ夜空に続くはずの滑走路を、相模湖目指して突っ走った。

湖畔は満開の桜で春色に染まっていた。春風に乗せられた花びらが湖上を舞い、水面には白鳥を模したボートが浮かんでいた。

この湖を望む高台に、相模湖バイオテック・メディカルセンターはあった。外観には地味ながらも気取った意匠が凝らされ、最先端の医療施設を自負しているかのようだった。駐車場に車を停めて時計を見ると、十時すぎである。エントランスのガラス扉に、携帯を切るよう指示するアイコンのシールが貼られていたから、真行寺はそうした。そして、中に足を踏み入れた。とたんに圧倒された。吹き抜けの高い天井には雅《みやび》やかなシャンデリアが吊るされ、幽玄な光が複雑にきらめきながら広いロビーに舞い落ちて、その下の中央には床を丸く持ち上げてステージが設《しつら》えられていて、そこにグランドピアノが載っていた。白衣を着た看護師の往来がなければ、ホテルだと思うだろう。

受付に行くと、番号札を取っておかけください、と言われたので、バッヂを見せて、小久保先生か山口先生にお目にかかりたいのですが、と言った。女性スタッフははっとして、お待ちくださいと言ってディスプレイを見ながら手元のキーボードをカチャカチャ鳴らしていたが、視線を真行寺に振り向けると、当院には小久保という医療スタッフはおりませんが、と告げた。やめたんだな、と思い、では山口先生はおられますかと訊いた。相手はうなずいて、おかけになってお待ちくださいと言った。

ソファーに腰かけ、真行寺はスマホの電源をこっそり入れた。そして、ロビーから聞こえてくる穏やかなピアノの旋律に耳を傾けながら、この病院のホームページをスマホで閲覧した。当院はバイオテクノロジーを用いた最先端医療が売りである。トップページには「高度生殖医療のさまざまなニーズにお応えいたします」と記してあり、白衣を着た院長がにこやかに微笑んでいる。

真行寺さんいらっしゃいますか、と太い声が聞こえて顔を上げると、中年の男が白衣のポケットに両手を突っ込んで首を巡らしていた。手を挙げて真行寺は立ち上がった。

なにか？　山口という名札を胸につけた男が言った。真行寺は再びバッヂを見せて、十七年前の出産について伺いたいことがありまして……。小久保先生はもうおやめになったのでしょうか？　相手ははぁと言って要領を得ないような顔していたが、とりあえずこちらにとひと言残し、背中を向けて歩き出した。

階段で二階に上がり、片側に窓が並ぶ廊下づたいに奥へ進むと、つきあたりの部屋の広い引き戸を開けて中へ通された。木製の机と応接セットがある部屋だった。どうぞと言われ、腰かけた。向かいに座った相手はポケットから小さい携帯を取り出すと、あー山口ですが、いま第三面会室にいます、とだれかに連絡した。

「で、なんでしょう」と向こうが改まった。

「十七年前に麻倉希という女性がここで出産していて、山口先生が小久保先生と担当されたようなのですが、覚えておいでですか」

「いや、十七年前の患者の名前を言われて、あの人かと思い出せる記憶力があればいいんですがね」

嫌みなんだか諧謔《かいぎゃく》なんだかわからないこの返答に、真行寺はそりゃそうですねと相槌を打った。

「では、山口先生と小久保先生とはどういう役割分担だったんでしょうか」

「出産てのは難行ですからね、ひとりの患者にいろんな人間がかかわります。特にうちの場合は。――なにか事件ですか」

「ええ、まあ」

「刑事さんには釈迦《しゃか》に説法ですが、個人情報の開示にはしかるべき手続きを取っていただかないと、特に当院の場合はデリケートな問題が発生しますので」

もっともです、と言って真行寺はうなずいた。

「ただ、こちらも急ぐので差し支えない範囲で教えていただければと思いまして」

「差し支えるかどうかは、私のような一介の医師が判断できることでもないのでねえ。――その事件というのは深刻なものなんですか」

「場合によれば人命に関わります」

「ほお。場合によればってのは、どんな場合なんです」

「詳しくは言えませんが、かなり剣呑《けんのん》です」

「剣呑ねえ、ひさしぶりに聞くな、そんな古風な言葉は」

「融通利かせていただければ大変にありがたい」

ふんと鼻を鳴らすように言って山口は、両膝に掌《て》を当ててよっこらしょと立ち上がった。木製デスクに載っていたキーボードに手を伸ばし、Enterキーを叩いてPCを眠りから覚ますと、ディスプレイに現れた長方形の空欄にパスワードらしきものを、せわしなく打ち込んだ。

「麻倉、下の名前はなんとおっしゃいましたっけ」

希です、と真行寺は言って、フルネームを漢字で教えた。

ディスプレイの画面が更新された。

「ああ、ほんとだ。ここで出産されてますね」

山口はそう言ってから、あれ？　とひとことつぶやくと、黙り込み、熱心に画面を凝視し始めた。そして、うむ、と自分自身に相槌を打つような声を小さく漏らしたあとで、それで、と真行寺に向き直り、

「なにをお聞きになりたいのでしょうか」と言った。

「麻倉希は人工授精で子供を産んだ、と私は想像したのですがまちがっていますか」

「それも本来はお教えできません。ただ、ここはまあそういう病院ですから。そこを考えていただければ、おのずと答えは出るはずです」

「もし差しさわりがなければ、精子の提供者、つまり娘の父親がだれか教えていただけないかと思いまして」

「それは大いに差しさわりがありますねえ」と山口は苦々しげに笑った。

そうですか、と真行寺は言った。

「ところで、その情報が事件の解決にどう役に立つんですか」と山口が訊いてきた。

「娘の瞳が自分の父親のことをどこかで知って、会いに行った可能性があるんじゃないかと考えたのです。この仮説は、母親の希さんに即座に否定されたものの、完全に捨てる気にはなれなくて……」

山口は再び黙った。その沈黙に真行寺は異様ななにかを嗅ぎつけた。しかし山口は、

「その可能性はないでしょうね」と言った。

真行寺は考えた。そして、当てずっぽうをぶつけてみることにした。

「父親はもう死んでいるのですか」

山口はいやいやと首を振って、

「死んでるか生きているのかはわかりません」

「つまり、生きていたとしても、瞳が父親に会いに行った可能性はないと」

「ええ、きわめて低い」

「ゼロですか」

「ゼロ、……とは言えないですね。でもゼロみたいなもんです」

その余裕に充《み》ちた自信も気になった。

「それと申し上げておきますが、たとえ本人が父親について知りたがっても、当院は情報はいっさい渡さない方針でおります」

「それはどうしてですか」

「精子提供者の匿名性を守るためです。匿名を条件に精子を提供してもらっているからです」

「しかし、精子の中には遺伝子情報が含まれるわけでしょう」

「もちろんです」

「匿名の場合は、提供を受ける側も不安ではないのですか、つまりその」

「わかりますよ」と山口はあとを受けた。「精子提供者に問題がある場合、生まれた子がその負の遺産を引き継ぐことになるのではないか、そう心配されてるわけですよね」

　真行寺はうなずいた。

「顧客には匿名を守っていますが、私たちはその情報を持っています。私たちが顧客に品質保証をするわけです」

「つまり、精子には相模湖バイオテック・メディカルセンター・ブランドというものがあって、匿名であっても心配することはない、こういうことでしょうか」

「まあそう言ってもいいでしょう」

　品質保証か。真行寺の頭の中に、ある質問が浮かんだ。彼はそれを口にしようかどうか迷った。そして結局、別の質問を投げることにした。

「では、娘がこの病院をここ一年以内に訪れているかどうか、これは調べられますか」

　山口はちょっと考えて、この院内に立ち入っただけでは記録に残りませんから調べようがありません。けれど、医師と面会したりしていれば、ログとして残るので調べればすぐに出ます。知りたいですか？　と言った。是非ともお願いしますと真行寺が答えると、山口はうーんと唸ったあとで、そのくらいならまあいいか、とうなずいて、ひとみの字は一文字で眼《まなこ》の瞳ですか、と言いながらキーボードを鳴らした。

「いらっしゃってませんね」と山口は首を振った。

「検索期間を一年ではなく三年にしてもらってもういちど検索をかけていただけませんか」

「いや、期間の制限を外して検索した結果です」

そうですか、と真行寺は言った。

ではそろそろ、と山口が言って、真行寺は部屋を出され、一階へ下ろされた。ロビーで向かい合い、お力になれずにすいません、と形だけの詫びを残して、山口は踵《きびす》を返した。すぐにポケットから携帯を取り出し、いま終わったこれからそちらに戻る、大きな声でそう言うと丸い背中はロビーの向こうに消えた。

やれやれ、と真行寺は長椅子に腰を下ろした。完全な空振りだな、とため息をついて、ピアノの音をぼんやり聞いていた。耳になじみやすいクラシックの定番だ。なんだったっけ、これ。そうだ「きらきら星変奏曲」だ。曲が変わり、こんどは「トルコ行進曲」が聞こえてきた。あまり威勢のよくない、おとなしい演奏である。ＴＰＯを考えてこういうタッチにしているのだろうか。なんの気なしに、目の前を通りかかった看護師に声をかけた。

「最近は、あちこちの病院でやってますよ」

若い看護師はそう言って、壁のポスターを指さして立ち去った。

とりわけ珍しいことでもないらしい。どれどれと真行寺は壁の前に立った。

なごみのコンサート　～こころに届く音楽を～

場所　一階多目的ホール

演奏　ピアノ　塚谷愛子《つかたにあいこ》　佐藤茜《さとうあかね》　三浦水無子《みうらみなこ》　藤田紀保《ふじたきほ》

主催　相模湖バイオテック・メディカルセンター
共催　新しい生殖医療を考える会
　　　新しい医療と音楽を考える会

　ピアノの塚谷という名前にどこかで見覚えがあったが思い出せなかった。冷やかし半分で、企画総務課を受付で紹介してもらい、そちらに案内してもらった。いやあ、すみません、最近は病院でこういう演奏会を開催するなんてのもよくあることだと伺ったのですが、どういう方が出演されてるんでしょうか、と訊いた。

　応対に出た女性職員が少々お待ちくださいと引っこんだ。気軽に投げた質問のはずが、思いのほか待たされた。答えるほうは気軽にというわけにはいかないらしい。それにしても、すこし待たせすぎやしないかと思った頃、こんどは男の職員が出てきた。演奏者は塚谷先生に一任しておりまして、私どものほうではお答えのしようがなく、またなにをお訊きになりたいのかもわかりかねるので、とかなんとかいってチラシを一枚渡された。そこには、演奏家のプロフィールがあった。裏返すと、学校名とコンクールでの入選履歴が載っている。みな出身校は桐友《きりとも》音楽大学である。塚谷愛子が一九六一年生まれでもっとも年配。ほかのメンバーの先輩に当たるらしい。写真の扱いも一番大きい。

「ここでの演奏はボランティアなんですか」

「ええ、当院のほうからのお支払いは発生しておりません。うちはあくまでも場所とピアノをお貸しするということで。もしかしたら、共催のほうから出てるのかもわかりませんが」

そうですか、と真行寺は言った。相手は軽く頭を下げてそそくさと引っこんだ。

手ぶらで帰る狩人のような気持ちで車に乗り込んだ。中央自動車道を東へ引き返していたが、ふと思いついて、下道《したみち》に降《お》り、狭い道をもういちど登って、屋根のない駐車場に車を停めた。

「あれ、帰ってきちゃった」

「帰ってくるぞ、俺の家だからな」と真行寺はトートバッグを置いてソファーに身を投げた。

「あ、逆相につないだ件はすみませんでした」

森園はしおらしく頭を下げた。

「アイスランドの仕事は終わったのか」と真行寺は森園に訊いた。

「いちおう。おそらくあれで大丈夫かと」

「そうか。ちょっとは稼げよ。——腹が減ったな。なんかないか」

真行寺は森園に言った。言われた森園が、えーっとなんかあったかな、とまごまごしていたので、

「チキンライスなら冷凍の残りがあるのですぐ作れますけど」

サランが台所から出てきて言った。

「じゃあ、オムライスにでもするかな」と真行寺が立ち上がろうとすると、作りますよ、な

ん か聴いててくださいと台所に引っこんだ。本来は食費も家賃も無料《ただ》、自宅スタジオ使い放題という好条件の代わりに、掃除と炊事をいいつけてある森園がやるべき仕事を、ガールフレンドに肩代わりさせるというのは、教育上よくないなとも思った。ただ、一緒に暮らしてみて、料理にはあまり才能がないことがわかったので、そっちをやらせても詮無《せんな》い気がした。

「じゃあお前これをちょっと頼まれろ」真行寺はトートバッグからCD‐Rを取り出した。

「そこに入っている楽曲をオーディオファイルにしてパソコンに取り込んでくれないか」

「ああ、簡単ですよ」と森園は急に明るい声になった。

「ヴァイオリンの独奏が入っている。けど、用があるのはそっちじゃない。無音の部分だ。曲と曲の間の無音部分をつなぎ合わせて欲しい」

「でも、完全な無音にはなりませんけど」

「ならないほうがむしろいいんだ、つまり部屋の暗騒音を聞きたいんだ」

はあ、じゃやってきますと言って森園は盤を持って自分の部屋に引っこんだ。バッファロースプリングフィールドを聴いてぼんやりしていると、サランがまた台所から出てきて、お父さんこっちに運びますか、と冗談めかして訊いた。いや、そっちに行くよと言ってダイニングテーブルについた。

「就活はどんな感じだ」と真行寺はサランに訊いた。

「まあどこか入れるところはあるとは思います。――お待ちどうさまでした」

サランが目の前にオムライスを盛った皿とスプーンを置いた。ひと匙すくって口に運ぶと、

「森園に頼まなくてよかったな」

ねぎらいの意味を込めて真行寺は言ったのだが、

「同じですよ、だって冷凍のを温めただけだから」とサランはそっけなく返した。

そうだったと思い直し、美女に作ってもらうと味が違うんだ、と弁解しようとしたが、これもまずいと思って、

「だったらあいつにやらせればいいじゃないか」と言った。

「でも私にＣＤからの音声ファイルのリッピングや編集なんてやらせたら森園君の十倍かかりますよ。急ぐんじゃないんですか」

急ぐのである。だからペロリとオムライスを平らげ、自分の部屋に行ってノートパソコンを取ってきた。台所からサランがコーヒー飲みますかと訊いてきた。私も飲むのでついでですよと、補足してくれたので、じゃお願いと言って、ノートをＤＡＣ《ダック》経由でプリアンプにつないだ。

森園がやってきて、編集して五分ほど無音状態を作りましたが、そのまま音声ファイルで吐き出しちゃえばいいですか、と訊いた。いや、そいつをＣＤに焼いてくれ、と真行寺は言った。わかりましたと言って自室に戻った森園は、数分後には白い盤を手にまたリビングに現れた。これ、どうしますと盤をこちらに向けたので、ＣＤプレイヤーに入れてくれと言った。

「リピートで再生してくれ」

森園がリピートボタンをセットしてから再生ボタンを押した。ボリュームを上げてくれと真行寺が言った。森園がつまみを回した。演奏してない部分だけを抜いてつなぎ合わせているのでなにも聞こえない。しかし、完全な無音というわけではない。部屋の中にまるで幽霊のようにぼんやりと存在する、微小な気圧の変化としか耳には感じられない、空気の音とでも呼ぶしかないようなものがスピーカーから流れている。

「わりとS／N比はいいですね」と森園は言った。

真行寺は、あのURLのアドレスをノートに読み込ませ、そして開いた。限定公開の例のYouTube の画面が現れたので、そいつを再生した。

「DACに切り替えてくれ」

森園がつまみをひねって音源を切り替えた。瞳は手話で語り、一言も発さないのでこちらもやはり無音である。無音と無音。しかし、どちらの無音にも微《かす》かな音が交じっていて、ボリュームを上げるとそれがはっきり聞き取れるほどに大きくなる。真行寺は何度か切り替えてもらって、音量がほぼ等しくなるように調整した。

「これ、録音条件同じなんですか」と森園が訊いた。

「いやちがうだろうな。CDのほうはコンデンサーマイクで録ってると思う。けれど、DACのほうはカメラのマイクで収録してるんじゃないかな」

「その割には低い音域もちゃんと拾ってますね」と森園は言った。

一眼レフについてるものではなく、映像用カメラのマイクが拾った音なのだろう。

サランがマグカップを三つ持ってきて、自分もソファーに座って、なにやってるんですか、と訊いた。

「無音状態の部分を聞き比べて、同じ部屋のものかどうかを判定したいんだ」と真行寺は言った。「おそらく録音した機材はちがうのだから、切り替えるとちがって聞こえて当然だ。けれどどちらも目立った空調音はないな。――DACにしてくれ。………こんどはCD。……DAC。……CD――どうだろう」

コーヒーを飲みながら、何度も音源を切り替え、微かな暗騒音を三人で聞いた。

「似てますよね」と森園が言った。

「似てる」と真行寺も言った。「けれど似ていると同じは、ちがう。そこは注意しなきゃいけない。ただし、そのちがいが、録音機材から生じているんだとしたら、元の音は一緒だ」

「ドンピシャに一緒だとしたらどうなるんですか」

「このふたつの無音は同じ部屋の空気を録音したものだってことだ」

「同じだとしたらいいことあるんですか」

「ありそうな気がするんだ」

「じゃあ同じでいいじゃないですか」

「そういうわけにいくかバカ」

立ち上がり、トートバッグの中の下着を洗面所の籠に放り込み、新しい下着と入れ替えて部屋を出た。

「いってらっしゃい」とサランが玄関まで見送りに来た。「来週、森林科学園まで自転車で出かけてお花見しようって言ってるんですけど」

「ああ、俺のを使ってくれていいけど、ポジションが合うかな」スニーカーに足を入れながら、真行寺は言った。「サドルは下げないとあぶないぞ」

「いえ、私も買ったんです。GIANTのエスケープ」

「あ、そうなんだ」

「明後日《あさって》ここに届くのでよろしく」

ここに？　サランの自転車が？

「それで、平日にお休みが取れるのなら一緒に行きませんか」

そうだな、公休が取れたら、と言って出た。公休は取ろうと思えば取れる。捜査車両に乗り込み、こういう疑似家族のような奇妙な展開にもすこしずつ慣れてきているなあ、と思いながら車を出した。あのふたりは結婚するんだろうか。そういえばふたりともに母子家庭である。結婚式でどちらかの父親役をやらされるんなら、サランのほうがいいなと勝手なことを考えた。柄にもなく泣いたりするかもしれないぞ、などとだらしなく妄想した。

だれかがパガニーニのカプリースを録音した部屋と、囚《とら》われた瞳が手話を使ってデボラの反省を求めた部屋は同じ場所であるという可能性がある。それぞれの音源の無音部分の底に沈殿するうっすらとした音を聞いて、真行寺はそう考えた。

パガニーニのカプリースはCD‐Rに収められ、それは瞳の部屋のCDラジオの中にあった。なぜ聾者の部屋に音楽の再生装置があったのかは謎である。そして、動画に映った瞳が背にした壁には防音シートのような素材が貼られていた。そこはスタジオである可能性があり、そのスタジオであのパガニーニも録音された可能性がある。このように連想していく時、刑事はそうであって欲しいと思う方向に推理を働かせることがある。これが捜査を混乱させ、最悪の場合は冤罪《えんざい》を生む。「じゃあ同じでいいじゃないですか」はよくないのである。

しかし、ふたつの音源が同じ部屋で録られたものだとして、それは一体なにを意味するのか。犯人は音楽関係者なのか？　音楽関係者はいったいデボラにどんな恨みがあるんだろう。デボラも聾者である。デボラがいくら辛口の評論家だとしても、そのミュージシャンの演奏を酷評するということは絶対ない。

まいったなぁと思った。なんなんだいったい。俺の頭じゃとても追いつかないよ、とひとりごちた。

杉並署に出向くと、夕日が射し込む刑事部屋には人があふれていた。

「帳場が立つことになった」

席がなく資料を手に突っ立っている男たちは各方面から応援に送り込まれた刑事たちである。

「ただ、来てもらって悪いんだが、どう駒を動かしていけばいいんだか」

そう言った四竈の顔には焦りがにじんでいた。

「裁判所の令状は」と真行寺は訊いた。

「こうして捜査本部もできたんだから、まもなく出るだろうよ。出たらすぐそれを持たせて貝山をソフト・キングダムに向かわせる」

「母親からの呼びかけには反応してますか」

「いや、既読になっていないんだそうだ」

電源を落としている可能性が高い。携帯電話は電源を入れているだけで基地局と交信するのでそれを嫌って切っているのだろう。

「下手するとまた左遷だよ、俺は」

四竈はガラにもなく弱音を吐いた。

「水野が本庁から茂木さんに圧力をかけて帳場を立てさせたんだそうだ。看板は〝杉並聾啞女子誘拐事件捜査本部〟だ。これでしくじったらいままで汚点がなかった茂木さんもバツイチで、俺はもうアウトだよ」

そう言って四竈は苦笑いした。その歪んだ笑いに四竈の複雑な心情がにじんでいた。捜査本部の看板を掲げて事件を解決できなかった場合、状況にもよるが、捜査の中心にいた刑事の評価は下がる。後からふり返り、結果論から検証していけば、ああすればよかったのに、という点は必ず出てくる。警察はそれを外には出さず、捜査に問題はなかったと発表するのが常だが、内部での評価はまたちがう。

さらに今回の場合は、非常に複雑な心理状況に陥らざるを得ない。向こうの要求を呑むのだから瞳の身にすぐ何かが起こるということは考えにくい、とそう考えたい。性的暴行目的の変態ではなく、あくまで思想犯だと思いたい。しかし確証はなく、思想犯だとしてもやってることがどこかちぐはぐだ。頭のおかしい人間ならば、瞳が生きているという保証はつかなくなる。よしんば生きているとしても、誘拐事件は時間との勝負であるという常識も無視できない。

窓の外では、学童の帰宅を促す「夕焼け小焼け」の放送が鳴りだした。時計を見ると午後五時である。犯行声明めいたものが来てからあと二時間で二十四時間だ。瞳から音信が途絶えてからの時間を加えれば、そろそろなんらかの手がかりを摑みたいところだ。

「なにかわかったか」と四竈がすがるような目で真行寺を見た。

真行寺は、申し訳ない、空振りだ、と言った。四竈はため息をついた。真行寺は、麻倉邸に行ってくると言って出た。刑事が増えたので捜査車両は使わずに地下鉄に乗った。

麻倉邸のリビングのソファーには加藤がぽつねんと座っていた。デボラは訊くと、自分の部屋に引きこもっていると言う。途中のコンビニで買って来たレギュラーコーヒーを渡してやった。

「ふたりの様子になにか変わったことはないか」と真行寺は訊いた。

スタイロフォームのカップを口元に持っていきながら加藤は首を振った。

「けっこう激しいやりとりがあるようなんですが、なにせ手話なのでまったくわからなくて」

「なるほど」と真行寺は言った。「こんど目撃したら俺が訊いてみよう」

ちょうどその時、麻倉希が部屋から出てきて、冷蔵庫からピッチャーを取り出し、グラスに麦茶を注ぐのが見えた。こちらが相手に見えるところまで歩いて行って、真行寺は頭を下げた。

「いかがですか」麻倉希は言った。

捜査本部が設置され、捜査員が増員されていること、裁判所の令状が下りたので、携帯を使った基地局はまもなく割り出せるだろうということを告げた。

「そうですか」

そう言った希の口ぶりはそっけなく期待はあまりこもってなさそうだった。ヨハンソンさんは、と訊くと、心労でくたくたになって、部屋で寝ています、と言った。お察しします、と返すと、私も引き取らせていただきます、と言って希は引っこんだ。

ソファーに座ってコーヒーを飲んでいると六時になった。空になったカップを流しですすいで、ゴミが出ないようコンビニのビニール袋に戻した時、スマホが鳴った。

――基地局がわかった。

しかし、四竈の声は沈鬱だった。

――渋谷だ。東急百貨店屋上に設置されているアンテナが拾っている。

ため息がこれに続いた。アンテナの真下にはスクランブル交差点。周辺には無数の建物が林立している。しかも、発信が屋外からか屋内からなのかさえわからない。こんな状況下で、しかも短時間に、御尋ね者をあぶり出すのは、非常に厳しいと言わざるを得ない。

「動画アップの準備をしてもらおう」と真行寺は言った。

加藤に希を呼びにいかせた。リビングに現れた希は、状況は変わらないのですね、と言った。そこには糺弾《きゅうだん》の色があった。基地局がわり出されたので、場所の特定は可能だと思うが、時間がかかるのでアップの準備をお願いしますと真行寺は言った。わかりました、と言って希がデボラを呼びに行ったが、しばらくするとひとりで戻ってきて、アップは自室のパソコンからひとりでやると言っていると伝えてきた。真行寺は万が一のことがあるとまずいので、六時五十分にはアップし、Twitter での告知も完了して欲しい、と言った。伝えます、と言ってまた希は消えた。そしてそのまま戻ってこなかった。

六時五十分になった。真行寺が立ち上がってデボラの部屋に行こうとした時、加藤があっと声をあげた。

「いま出ました」

と言って真行寺にスマホの画面を見せた。そこには @deborah_johansson の画面があった。

「動画をアップしました。『反省と謝罪、そして今後の活動について』」

この後にURLが続いた。そこをクリックすると、YouTube に飛んだ。黒い画面から、デボラが浮かび上がった。デボラは手話で語りだした。

私、デボラ・ヨハンソンは自らの信じるところに従い、さまざまなメディアで、思想・信条・主張を表明し、それだけではなく公共の場で市民活動を実践的に展開し、また私的空間においても、自分が信じる思想・信条・主張を可能なかぎり実現すべく行動して参りました。

手話に呼吸を合わせるように、ポンポンとテロップが短い間合いで入った。

しかし、いま、自分の論理が身勝手でひとりよがりのものであるということを認めるときが来たと思うに至りました。さらにこれまで私が述べてきた思想・見解・主張がこの社会を破壊へと導く可能性が高いことを認め、これまでの私の公的かつ私的空間におけるすべての行動について深く反省していることを皆さんにお伝えします。と同時に、今後いっさいの評論活動を停止することをここに宣言いたします。

真行寺は立ち上がり、デボラの部屋をノックした。ノックという方法が有効かどうかわからないが、予告もなしにノブを回すのはためらわれた。向こうからだれかが近づく気配がして薄くドアが開き、その隙間に身体を差し込むようにして希が出てきた。

「LinQ で話しかけてください」と真行寺は言った。「動画をアップしたので、瞳を解放するように伝えてください」

希はスマホを見せた。すでに同内容のことがポストされていて、フキダシの横に〝既読〟

の二文字が付いていた。

薄く開いたドアの隙間から、呻《うめ》くような叫ぶような声があふれ出てきた。デボラが泣いている、とわかるまですこしの間《ま》が必要だった。真行寺は軽く頭を下げてリビングに引き返した。

「いま、アップしました」と真行寺はスマホに向かって言った。

――確認している。渋谷に百名ほど捜査員を回してもらった。瞳を解放するとしたら、スクランブル交差点の中心で雑踏に紛れてやるのではないか。

「それはそれとして、相手は再び瞳の携帯の電源を入れているから、もういちど基地局を洗い出してもらってください」

――わかった。しかし、やってくれるかね、ソフト・キングダムさんは。

電話を切ると、うわあ、という加藤の声が聞こえた。ノートパソコンを膝に置いて、画面を覗き込み、すごい勢いでリツイートされています、と言い、Facebookのこの投稿に〝超いいね〟をつけるのも悪趣味だなあ、とつぶやいた。TwitterでもFacebookでも、反応の多くは〝いいね〟と〝ざまあみろ〟であった。

YouTubeの動画には書き込みの制限を設けなかったので、あっという間にさまざまなコメントで、その欄は下に長く伸びた。その多くが、罵倒、嘲《あざけ》り、そしり笑いであった。これに、裏切られたという憤《いきどお》り、戦線離脱に対する遺憾の意、この考えに至ったプロセスが知りたいという昏迷《こんめい》の声が入り交じった。

真行寺は、デボラが彼の予想を超えて、有名人だったことを知らされた。反応はじわじわと広がり、Twitter では、@deborah_johansson には直接語りかけることなく、いろんな人間があれこれと批評しはじめた。しかし、そこにはさしたる内容はなく、なるべく冷静にこの事態に対応しようという心がまえだけが表明されているにすぎなかった。

三十分おきに四竃は電話をかけてきて、どうだと訊いてきた。まだだ、と真行寺は言うしかなかった。渋谷はどうだとは訊き返さなかった。四竃の口からなにも出ないということは、まだなにも見つけてないということだ。

短針がてっぺんを指し、デジタル時計に0が四つ並んだ。ついに日付が変わり、四竃の声はさらに生気がなくなった。駅前の人波も潮が引いて、見当たり捜査はやりやすくなったが、なんの手がかりも摑めていなかった。終電がすぎるとさらに人影は減り、いかにも刑事というスーツ姿の男たちがスクランブル交差点を囲むように立っているのが、目立ちはじめた。

希は、そしてデボラも、瞳の LinQ のアカウントへ呼びかけを続けていたが、メッセージの横には既読の文字は現れなかった。

――夕飯はどうした？

電話をかけてきた四竃についでに訊かれた。

いや、と真行寺は言った。希とデボラが食べた様子がないので、なにも成果が上がらない中、刑事だけが口にするのははばかられた。

――加藤にはなんか食わしてやってくれよ。

四竈が注意した。

真行寺は、そうだったと思い直して、加藤に声をかけた。近くのコンビニでなにか買って捜査車両の中で食べてこい。加藤はその言葉を待っていたように、はいと返事して出て行った。悪いことをした。部下もなく、ふだんひとりで行動しているとこういうことに気づかなくなるんだな、と思った。

加藤が戻ってきて、真行寺さんもどうぞと言った。真行寺はコンビニまで歩いて行き、イートインでカロリーメイトをコーヒーで胃に流し込むとすぐに戻った。

麻倉邸の前にバイクが停まっていた。ピザの配達車だった。玄関口の灯りの下で、希が金を払っているのが見えた。配達員とすれ違い、入れ替わるように真行寺が中に入った。希は箱を持って黙って奥に引っこみ、デボラの部屋に消えた。

「私もピザ食べたかったな、自腹でいいから」

リビングに戻ると加藤が言った。

「なに食べてきたんだ」と真行寺は訊いた。

「おにぎり二つとから揚げです。――真行寺さんは？」

「まあ似たようなもんだ」

カロリーメイトだけで大丈夫ですか、などと会話が長引くのが面倒なのでそう答えた。真行寺には考えたいことがあった。希やデボラの態度についてである。私たちはピザを取りますが、刑事さんたちはどうしますか、などと訊いて欲しいわけではない（加藤は訊いて欲しいのかもしれないが)。たとえ訊かれたとしても、おかまいなくと答えただろう。しかし、希やデボラからは、瞳を探し出して欲しいのは山々だが、警察とはなるべくかかわりあいになりたくないし、警察には本来はなにも話したくない、という気配が伝わってくる。

警察を嫌う人はいる。いまの世の中がまちがっていると考える人にこの傾向は強い。デボラはフェミニストである。希もそうだろう。詳しいことはよく知らないが、フェミニズムが、男の支配によっていまの社会が成立していると考え、それはまちがっていると（声高に主張するかどうかは戦略的に枝分かれがあるにせよ）思っていることはまちがいないだろう。となると彼女たちが警察を嫌うのはもっともだ。なぜなら、社会の秩序を維持するのが警察機構の役割なのだから。そして、警察の中はすさまじい男社会だから、我が上司の水野も結構苦労しているようである。だから批判するならどんどんしてくれていい。けれど、彼女たちの態度には嫌悪とはまたちがう、怯《おび》えのようなものが潜んでいる気がした。

三時を回った。四竈が電話をしてきて、渋谷で見当たり捜査を続けている捜査員を半分に減らし、すこし休ませる態勢に切り替えたと言った。

「俺もこれから道場で仮眠する」と四竈が言ったので、真行寺も加藤に捜査車両ですこし寝てこいと言った。

白み出した空を窓の外に見て、まずいな、と思った。こいつは新手の愉快犯なのではないか。思想などなく、ただ混乱を楽しんでいるだけなのでは。しかし、だとしたら、悪意がもっと表面に出てきていいはずだとも思った。

突然、板張りの廊下に急ぎ足の足音が響いて、こちらに向かってきたと思ったら、希がドアのあたりに立った。

「いまこれが」

そう言ってスマホを突き出した。LinQ の画面に写真が一枚載っていた。そして、その下に
〈いまここ〉

というフキダシがあった。

〈どこなの〉

すでに希はそう問い返していた。

〈わからない。山の中。いちばん上まで歩けって言われて〉

〈なにかないのほかに〉

〈探してみる〉

写真を開いてもらうと、薄い闇の中、細い柱の上に簡単な屋根を載せたあばら屋が見えるだけだった。怪我《けが》をしていないかどうか訊いてくれと希に言って、真行寺はスマホを耳に当てた。

「いま解放されました」

やったぞ！　という四竈の声が痛いくらい耳に響いた。

——どこだ？

「それがわかりません。おそらく目隠しされて連れてこられ、そこに落とされたんだと思います。基地局を突き止めてください。山の中です。山道にいます」

――時間帯が問題だな。

確かにこの時間に、基地局を割り出してくれと請求しても難しいだろう。真行寺はまたGmailのあのアカウントにログインした。下書きフォルダには黒木に宛てたメールがまだ残っている。真行寺はまた書いた。

〈事態は切迫してきた。急いでる。連絡をくれ！〉

肩を叩かれ振り返ると、希がまたスマホの画面をこちらに向けていた。写真がもう一枚送られていた。薄明の中に灰色の石碑がぼんやり建っていた。あっと思った。もういちど見た。まちがいない。見覚えがある。どこだ。どこだどこだどこだ。真行寺は目を閉じて拳《こぶし》で自分の額を叩き始めた。脳裏にその石碑を甦《よみがえ》らせ、記憶をたどった。拳を打ち付け、物忘れが徐々に激しくなっている頭に活を入れた。殴打が激しくなり、横に立っている希は怪訝な顔をしているにちがいない。真行寺はやめなかった。思い出せ、と念じて打った。そしてついに、真行寺の脳は記憶の倉庫で迷子になっている名前を救出した。真行寺はスマホを摑んだ。

「和田峠《わだとうげ》です！　八王子署の職員を陣馬山《じんばさん》の和田峠に向かわせて保護してください！　救急車の手配も！」

約四十分後、八王子署の署員から無線連絡が入った。

「五時二分。麻倉瞳らしき少女を保護しました。陣馬山の和田峠、峠の茶屋前にて。くり返します。五時二分、麻倉瞳を保護。目立った外傷なし。ただ、山中の冷気に長時間当たったことで、体調を崩している模様。低体温症の恐れあり。ただちに陵北《りょうほく》中央病院へ搬送します」

真行寺はこれを、歓喜の声が渦巻く杉並署で聞いた。四竈が強く手を握ってきた。命拾いしたぜ。そう言って四竈は強く振った。真行寺は振られるがままにしていたが、自分からはその手を握り返せなかった。なにも解決したようにはまだ思えなかったのである。

3　当てにならない証言

貝山が運転する車の後部座席に乗り込んで、真行寺は四竈とともに陵北中央病院へ向かった。この後方を走る車両では、加藤がハンドルを握り、その後部座席にはデボラと希が乗っていた。

「すいませんでした」と運転席の貝山は詫びた。

和田峠へ急行し、麻倉瞳を保護してくれと八王子署に緊急連絡を入れたのは貝山だった。しかしその時、瞳の性別、年齢、身長、髪型、服装などは伝えたものの、聾者であることを抜かしてしまった。それでも、和田峠の茶屋の長椅子に座っている瞳を発見した署員が、麻倉瞳さんですかと声をかければ、瞳はうなずいただろう。けれど、署員は、「すみません、こちらでなにを？　お名前は」と訊いてしまったのである。しかし、当然相手からは返事は返ってこない。そこで、一瞬だが現場が混乱し、捜査本部に確認の連絡が入った。貝山はそのことでこっぴどく四竈に叱責《しっせき》されたのである。

「もういいよ」と助手席から四竈が言った。「とにかく、無事でいてくれたんだ。今日のところは許す」

「事情聴取に際しては手話の通訳を手配しなきゃですね」と貝山が反省の色をにじませて言った。

「そうか、それは必要だよな」と四竈は言った。その手配もしなきゃ、と口の中で言ったあと、運転席の貝山のほうを向いて、

「こういう場合、母親に通訳を頼んでもいいんだろうか」と訊いた。

「それはよしましょうよ」

と言ったのは後部座席の真行寺だった。助手席の四竈が後ろを振り返った。

「なぜ」

「今回の事件には母親が絡んでいます」

「それはもうかたいっぽうの被害者だろ」

それはそうですが、と真行寺が言って、いちど黙り、

「事情聴取ですが、俺にやらせてもらってもいいですか」と訊いた。

前を向いたままの四竈はひと呼吸おいてから、

「いいけど。なぜ」と訊いた。

「気になるんですよ」

と言うと四竈はまた振り返った。

「お前が気になるんなら、俺も気になるよ」

陵北中央病院で八王子署員から報告をもらった。偶発性低体温症の症状が認められたので、しばらくの安静が必要だそうです。血圧、脈拍、酸素飽和度には大きな問題はないとのこと。

ただ、脱水症状が表れていて点滴をしています。すこし下痢気味であることと頭痛を本人が訴えています。ただこれも、安静にしていれば問題はないようです。意識状態については、救急担当医が筆談にて確認し、問題なしとのことです。説明を聞き終わると、四竈が真行寺の背中をどやしつけるように叩いて、お前が早期発見の立役者だ、と言った。

希とデボラが瞳に会いたいと言うので看護師に相談すると、起こさないという条件で観察室へ案内してくれた。

希とデボラが入室し、真行寺たちは戸口に立って後方から母親と娘の様子を窺った。ふたりは眠っている瞳の上にかがみ込んで、愛《いと》おしそうに手を伸ばし、その髪に触れた。

ドアの口をふさぐように立っている真行寺と四竈の間を割って、青いスクラブを着た担当医が中に入った。希を脇《わき》にやって、眠っている瞳の脈をとった後、ポケットからタバコの箱くらいの大きさの器具を取り出して、瞳の手首に巻き付け、器具から延びたコードの先にあるクリップで人さし指を挟むと、箱に出た表示を覗き込んだ。そしてまたそれを外して、ポケットにしまいこちらに向かってきた。

「いつごろ本人から事情を聞けますかね」と四竈が声をかけた。

「もうすこし様子を見ないと、なんとも言えませんね」立ちどまって医師は言った。

「なにか気になる点は？」

「低体温症が軽症なのか中等度なのか、体温だけでは判別できませんから。本人に様子を聞いてみないとわかりません。まあ、今日のところは寝かせておきたいですね」

医者にそう言われたら逆らえない。いったん退出することにした。一昨日《おととい》はカプセルホテルで寝た真行寺を除く三人は、二日間ほとんど寝ていないので、疲労困憊《ひろうこんぱい》しどこかで体を休めたがっていた。とはいえ、誘拐された疑いの濃い少女を無防備に寝かせておくのはまずいので、八王子署に頼んで署員に監視してもらうことにした。署には真行寺が依頼した。真行寺は約一年前に、八王子署の捜査で実績をあげたことで、課長に覚えがめでたく、頼みやすかった。その時一緒に捜査した刑事が現場にやってきた。谷村《たにむら》は巡査部長に昇進し、真行寺よりも上位の階級になっていた。

帰りは真行寺と貝山が運転席にそれぞれ座った。瞳が発見された現場を見ておきませんかと言ったら、助手席の四竈はシートベルトをしながら、「そうするか」と疲れた顔でうなずき、貝山と加藤には先に戻っていてくれと言って窓を閉めた。

八王子のほうから細い山道を登った。前方に自転車乗りが見えた。ハンドルを左右に振り、サドルから尻を上げて、重いペダルを踏み込み、えっちらおっちら、九十九折《つづらおり》の急坂を登っているロードバイクを追い越した。

「なんで好き好んでこんな坂を自転車で登るんだよ」呆れ顔で四竈が言った。

「自転車乗りの中には坂バカってのがいて、ここはそういう連中御用達《ごようたし》の坂なんですよ。この先が最大斜度12%だったかな」

「なんで知ってるんだ」

「誘われて一度登ったことがあるんです。ヒドい目に遭いました」

「年齢《とし》を考えろよ」

「まったくです」

四竈ははははと笑った後で、真顔になり、

「そうか、それですぐここだってわかったのか。通信会社だってエリアしかわからないのに、ピンポイントで特定して、しかもバッチリあってたんで、気味悪いくらいだったぜ」

頭上を塞ぐ木立が作る天蓋がはずれて視界が開け、平らな場所に出た。峠のてっぺんに到着である。右側にあの石碑が建っている。この石碑の前に自転車を並べ、足は着いたがとにかくたどり着いたことを喜んで、森園に写真を撮らせた。石碑には文字が彫られている。未明でなければ、そして気が動転していなければ、これらの文字からここが和田峠だと瞳にもわかっただろう。

「あそこに座ってたんだな」

東屋《あずまや》のみすぼらしいベンチをさして四竈が言った。肌に密着するジャージを着た細身の男がボトルから水を飲みながらゆで卵を頰張っていた。それを見て真行寺は急に空腹を覚えた。

四竈が近づいていき、屋根のあたりを下から覗き込み、振り返って首を振った。最初から期待していなかった。こんな店にコストのかかる防犯カメラを設置しても意味はない。

「さ、帰るか」と四竈が言った。

うなずいて、真行寺も捜査車両に戻った。

エンジンをかけると真行寺は言った。

「峠の向こう側に下りてみますか」

早く署に戻って報告書を書いて休みたいだろうな、と気の毒に思いつつ真行寺は提案した。責任感の強い四竃は疲れた顔を縦に振った。

真行寺なら報告書などあとまわしにして適当な寝床を見つけてまずは寝る。眠たくなったら眠るだけ。愛聴する数少ない日本のロックバンド、ゆらゆら帝国の歌詞のように彼は行動してきた。しかし、おかげで巡査長である。それが受け入れられない四竃は、眠たくなったら眠るというわけにはいかない。

峠の向こう側に下りた。こちらもなかなかの急坂だが、登ってきた時と比べるとまだましに見える。これなら足を着かずに登れそうですね、と真行寺がつぶやくと、ご冗談を、と四竃が笑った。

坂を下りきると小駅があった。「藤野」という文字が目に入った。

「なるほど」と真行寺が言った。

「なにがなるほどだよ」と四竃が訊いた。

「なんでしょうね」

「また、おかしなこと言ってるな、お前は」

「そうか、ここに出るのか」

「なんだって」

「ちょっとぐるっと回ってみましょう」

「おいおい気になるな。すごく気になる。はっきり言えよ」

右手に見えてきたのは相模湖だった。この対岸に希が瞳を産んだバイオテック・メディカルセンターがある。あるからなんなのかはわからない。しかし、なるほどと真行寺はつぶやいて、自分の中に育ちつつある論理を握ろうとしていた。

「いやあ、湖畔に咲く桜ってきれいだな、と思いまして」

四竈にはとりあえずそう言っておいた。


仮眠するなら家のベッドのほうが疲れが取れると真行寺は言った。じゃあ自宅前で降りればいい、と四竈が許可を出した。こんな勝手を呑んでくれる上役はそういない。同期のよしみで甘やかしてくれているところがあるにせよ、四竈は話のわかる男だった。お言葉に甘えますと真行寺は言った。本当は駅前にほったらかしにしているクロスバイクが気になっていた。けれども、着替えやらを詰め込んだトートバッグを脇に抱えて坂道を登るのは危険だし、警察官という立場からも好ましくない、という分別が働いた。

この坂を登りきる手前の赤いレンガの家です、と真行寺が案内すると、あれか、ずいぶん辺鄙《へんぴ》なところに建てたな、だいたい独り身には広すぎるだろ、と四竈は呆れた。でかい音で鳴らすには辺鄙なほうが都合がいいし、それに借家なんです、と真行寺は弁明した。独り身の件は無視だ。ところが、あれだれかいるぜ、と四竈が言ったので驚いた。

玄関先に停められた赤いクロスバイクの前に短髪の若い女がしゃがみ込んでいた。まずいなあ、と思ったがしょうがない。真行寺は駐車場に車を頭から入れて、降りた。

「あれ。おかえりなさい、早かったですね」

このサランの挨拶に、ひとり暮らしだと思ってやってきた四竈は驚いていた。サイドウィンドウを下ろして見つめる四竈にサランが軽く会釈した。

「同期の四竈さん。警部補。俺とちがってちゃんと出世している」

妙な緊張を覚えつついちおう紹介した。

「お世話になっています」とサランは再び頭を下げた。

この挨拶が意味深に響いたことは、ニヤニヤしている四竈の表情から明らかである。お茶でも飲んで行かれますかとサランが言ったのも余計だった。四竈はニヤついたまま助手席のドアを開けて降りてきたが、いえいえこれで失礼しますよ、と運転席のドアを開けて乗り込んだ。

「まずかったですか」

車が去ったあとでサランが言った。

「別にまずくはないだろう」

そう言うしかない言葉を口にして真行寺は中に入った。

「あれ、買うって言ってたクロスバイクだな」

部屋着に着替え終わってリビングに出てくると真行寺は言った。

「ええ、尾灯《びとう》を付けてたんです。お昼食べますよね」

「実は腹が減っている」

サランに食事を頼むのはお門違《かどちが》いだとはわかっていたから、

「森園は」と訊いた。

「寝てます。アイスランドのスタジオからまた直しの要求がきてさっき寝たみたいです」

「ずいぶんこき使われてるな。まさか相手はあの大物の――」

アイスランドと聞けば思い浮かべる国際的なミュージシャンの名前を口にした。

「そうですよ」とサランは言った。

真行寺は驚いた。そして、なるほど彼女なら、森園を発見してレコーディングに参加させても不思議はないなと納得もした。それにしても、すごいじゃないか、あの野郎。

ボーカル抜きのトラックをちょっと聴かせてもらったらすごくかっこよかったとサランが言った時、真行寺は耽美《たんび》な敗北感を味わった。森園にせよ横町れいらにせよ、この社会で自分の居場所を見つけるのに四苦八苦しているようなやつらが、思いがけない才能を発揮して放った輝きには喜んでひれ伏そう、それは凡人だけが味わえる幸福である。

「大丈夫ですよ」とサランは言った。

なにが大丈夫なのかわからなかった。

「作りますよ。私もこれからなので。ただ、献立と味はこちらにお任せでいいですよね」

ブルース・スプリングスティーンの『ザ・リバー』を薄く流しながら、ソファーに横になってうとしていたら、「来れますか」と呼ばれた。

テーブルについたら、ふわふわ玉子の上にブロッコリーや人参、ジャガイモなど、色とりどりの野菜が載った皿が出てきた。

オープンオムレツでございます、と言ってサランはその横にコーヒーがたっぷり入ったマグを置いた。それと、いわゆる自由コーヒー。いわゆるは余計かな。トーストはまもなくです。冷めるので私も食べちゃいますよ。

「就活はどうなんだ」

当たり障りのない話題の糸口を摑もうと真行寺は言った。

「真行寺さん、この間もそれ訊いてましたね」とサランは言った。「私の進路を心配してくれているんですか」

まあそういうことになるのかな、と真行寺が曖昧に同意すると、二社ほど内定はもらえそうですけど、とサランが言った。内定をもらえそうだというのはどういう意味なのだろうか。内々定という言葉は聞いたことがあるが、中身はよくわからない。社名を訊いてもいいかと言ったら、教えてくれた。どちらも派手さはないが、すこぶる優良な企業である。

「でも、ちょっと迷っているんです」とサランは言った。そして「ひょっとしたら真行寺さんに相談するかもしれません」とあとを足した。チンと鳴って、サランが席を立ってトーストにバターを塗り始め、真行寺がこの話のその先を聞くことはなくなった。

オムレツを平らげ、飲み残しのコーヒーが入ったマグにコースターで蓋をして歯を磨くと寝室に引き取った。遮光カーテンを引き、枕元のコンセントでスマホを充電する前に Gmail をチェックした。下書きフォルダの状態は以前のままだった。黒木の助けを借りることなく事件は解決した。スマホに呼びかけアラームを三時間後にセットして、布団にもぐりこんだ。いつもならすぐに訪れるはずの眠りはなかなか迎えに来てくれなかった。

ひと眠りして、リビングに行くとだれもいない。森園はまだ寝ているのだろう。マグに残った冷めたコーヒーを飲み干して外に出ると、サランのクロスバイクがなかった。試運転にでも出かけたのだろう。バスに乗って高尾駅まで下り、そこからJR中央線の上りに乗った。高尾発なので連結部分に近い隅の席に座ることができた。小さな幸せである。スマホで YouTube をチェックした。デボラの例の謝罪の動画はすでに削除されていた。

杉並署に顔を出すと、刑事部屋は閑散としていた。四竈の姿がない。すると、加藤が真行寺を見つけて、近づいてきた。四竈はいま道場の畳の上で寝ているという。呼んできましょうか、と言ったが、いやいいと断った。

解散か。人影まばらな刑事部屋を見渡して真行寺が訊くと、はいと加藤がうなずいた。そうかと真行寺も安堵の交じったため息をついた。とにかく、署に特別捜査本部の看板が立つ前に麻倉瞳は無事に保護された。これによって事件のもっとも大きな部分が解決されたことになった。応援に来ていた刑事たちはそれぞれの巣に戻り、あとは残された四竈を中心に杉並署で継続捜査されることになるはずだ。

「署としての捜査方針は」

「まず、近隣区域には注意を呼びかけ警戒態勢を取ります。あとは被害者の事情聴取にもとづき、じっくり時間を掛けて防犯カメラを洗っていくことになるかと」

まあ妥当な線だろうな、と真行寺は思った。

「すこしは休めたのか」と真行寺は加藤に訊いた。

「これから帰ってゆっくり寝ます」

「陵北中央病院からはなにか連絡が入っているか」

「麻倉瞳は今夜は病院で様子を見た上で、明日、医師のオーケーが出れば、自宅に戻ることになります。事情聴取は早くて明後日からではないかと」

わかった。と真行寺は言った。

「それで四竈さんからなんですが、真行寺さんが被害者の事情聴取をすると言ってたけれど、本気なのかどうか確認しておいてくれと言われています」

ああ本気だ、と真行寺は言った。

「手話通訳者はどうしますか」

「いちおう当てだけはつけておいてくれ。俺のやり方がうまくいかなかった場合はまた考える」

「わかりました。それと、事件が山を越したこの段階で、こちらに出張《でば》ったままになってるのは本庁としてはどうなのか、その辺を気にしていましたけれど」

「それは俺が上司に相談するよ」と真行寺は言った。

加藤が自分の席に戻ると、真行寺はスマホを取り出した。

——お疲れ様です。あいかわらず勘が冴《さ》えていた、と茂木さんから連絡がありました。

「ありがとうございます。ご報告したいこともあり、これから本庁に戻るつもりでおりますが、まだおられますか」

——待っていてもいいけど、新宿にしましょうか？

「そうしていただいたほうが私は楽ですが」

——私も待たないですむからそうしよう。

三十分後に水野と、新宿署の近くの青梅《おうめ》街道をすこし入ったところにある寿司屋で落ち合うことになった。

〈ゑんどう〉の暖簾《のれん》の向こうにある引き戸を開けて中に入って見渡すと、水野はまだ来ていなかった。四人掛けの白木の卓に腰かけ、とりあえず上がりを頼んで待った。五分ほど座っていると、ガラガラと引き戸が開いて、お待たせしました、と水野が現れた。

お任せですこしばかり切ってもらい、ビールを一本頼んだ。

「四竈警部補はどうだった」

「しっかりやっていました。下っ端の私が言うのもなんですが」

真行寺は瓶を取って、上司のグラスに注ぎながら言った。

「案外、あっさり片づいたのでちょっと驚いてる」

水野はその瓶を取って、部下のグラスに注ぎ返し、「あとは各々《おのおの》手酌で」と言った。

「いや、犯人が捕まっていないので、あっさりとはほど遠いでしょう」

ひとくち飲んだ後に真行寺は言った。

「それはそう。だけど、これから被害者に事情聴取して、腰を据えて捜査していけばあぶり出せるとは思うけど」

真行寺はグラスをテーブルの上に静かに置いて、まず今回の件を整理したいんですが、と言った。水野は黙ってうなずいた。

「単なる家出という説はない気がします」

「まだその説は巡査長の中に残っていたんだ」

「かすかに」

「で、いまは消えていると」

「本当に母親が嫌いならこんなにあっさり帰らないでしょう。それに、あんなところに未明に置き去りにされたという状況を十七歳の少女が自作自演するのは難しいと思います。となると、とりあえずは彼女を誘拐して拉致《らち》した犯人がいるという仮説に立って考えたほうが、妥当な気がするんです」

「そうすると、なにか具体的な犯人像は浮かび上がってきたわけ？」

「これがこないから困っています。デボラが例の動画をアップしてから、約十時間で瞳の解放が行われました。犯人は当初の約束を律儀に守ったと言えます。いやアップすれば必ず解放するとは相手は明言していなかったので、実はこちらは疑心暗鬼でした。しかし、犯人は解放した。この実直さがなんだか気になるんです」

刺身の盛り合わせが来た。水野は赤身を箸でつまんで、確かに、とうなずいた。

「いまはデボラの例の動画は削除されているようです。当然でしょう。まもなく、あれは本意ではなかったという趣旨の文章をどこかに発表すると思います。警察からもそれを裏付ける声明を出してやらなければなりません。これはデボラとの約束ですから」

それで、と水野は言った。

「デボラにアタックし、デボラに要求を呑ませた。ということは、犯人の勝ちなんです。しかし、瞳が帰ってくれればデボラは動画を削除し、あれはまちがいだったと声明を出す。これでは彼女が蒙《こうむ》ったダメージはほとんどゼロに近い。犯人の目的はいったいなにか、これがわからない」

「そうね。で、真行寺さんの見立てでは」

「あるにはあるんですが、いまは口に出したくないんです。言葉にならないモヤっとしたところで止《とど》めておきたいというか……」

「それは困ったな。言葉に出したくない理由は？」

「ただ、なんとなく」

「また、ただなんとなく、か」

「そうです」

「ただなんとなく、なに？」

水野は執拗《しつよう》に訊いてきた。

「呼ばれてる気がする」

「呼ばれてる？」

「これで終わりなわけはないだろって」

「じゃあ、どうするの」

「この事件、引き続き捜査させて欲しいんです」

結論から先に言うと、これに水野はオーケーを出した。被害が少なかったとはいえ、誘拐が行われ、脅迫があったわけであるから、犯人逮捕をもって正式に事件解決となるまで捜査は続くはずである。杉並署には水野のほうから話をつけてくれる手筈《てはず》となり、真行寺は署に居残ってこの捜査に加わることになった。


麻倉瞳の事情聴取は、二日後に行われた。部屋に長テーブルを二卓運び込み、長辺を合わせて並べた。広くなった天板にクリーム色のテーブルクロスをかけた。瞳をなるべく緊張させないよう、殺風景な部屋で嫌な体験を思い出して心が沈むのを防ごうという配慮からだった。上にはディスプレイを二台置き、背中合わせにしてセットした。キーボードも二台用意して、それぞれのディスプレイの前に据《す》えた。テーブルの脚下には、デスクトップ型パソコンの本体を転がし、ここに二台のディスプレイとキーボードをつないだ。これらのディスプレイとキーボードを挟むようにして、真行寺と麻倉瞳が向かい合う格好になる。二枚のディスプレイ画面は、マルチディスプレイの〈表示画面を複製する〉に設定してあるから、真行寺と瞳は同じ画面を見ることになる。つまり、それぞれのディスプレイで同じ画面を見ながら、同じテキストファイルに、二台のキーボードで入力し筆談しようというわけであった。

このやり方は事前に麻倉希にメールを送って瞳に伝えた。それでかまわないという返事をもらい、手話通訳はいったんキャンセルし、うまくいかなかったらまた来てもらうという手筈にした。

加藤が瞳を迎えに行き、部屋まで連れてきた。瞳はジーンズに大きめのパーカーというラフな格好で現れた。

席に着くとバッグからちいさなキーボードを取り出した。使い慣れたので打ちたいのだろうとすぐに察して、真行寺はそれをテーブルの下の本体につなぎ、用意していたものと取り替えた。

〈こんにちは。真行寺です。どうぞよろしくお願いします〉
〈麻倉瞳です。よろしくお願いします〉
〈すこし時間がかかるかもしれませんが、疲れたら休憩をとりますので、その時は遠慮なく言ってください〉
〈わかりました〉

〈コーヒーやお茶を飲んだりしてもかまいません。休憩時間にお菓子を食べても結構です。本当はあまりよくないので、ここの部分は後ほど削除しますが〉

〈わかりました〉

このような筆談での事情聴取を真行寺が採用したのは、通訳者を介さないで直接語りかけたかったということがまずひとつ。もうひとつは、ディスプレイを遮蔽物《しゃへいぶつ》にして、相手にこちらの顔をあまり見えないようにしたかったからである。つまり、自分が大人の男であるということを消したかったのである。文字という中性的なものを媒介にして、瞳と向き合ったほうがよいだろうと思ったのである。

〈では、最初にウォーミングアップとして、簡単なことからお訊きしたいと思います。この雑談の部分は後ほど削除しますので報告書には載りません。気軽に答えてください〉

〈はい〉

〈南原という早稲田大学の学生を知っていますか〉

〈知っています〉

〈どういう関係ですか〉

〈知り合いです〉

〈ということは、恋人どうしではないと〉

〈ちがいますけど。南原さんがどうかしたんですか〉

〈いや、あなたの捜索願が出ている時に、あなたの家の前を徘徊《はいかい》していたので、なんとなく

あやしく思い、僕が職務質問をしたのです。そうしたらあなたとは仲がいいのだと言った〉

〈そうなんですか。南原さんが私のことを恋人だと？〉

〈いや彼は自分が勝手に片思いをしていただけだ、と言ったそうです〉

〈……なんて答えたらいいんですかね、こういう場合〉

〈顔文字とか書けば。報告書には載りませんので〉

〈(^^;)〉

〈ははは〉

〈恋人ではありませんが、南原さんはいい人ですよ〉

いい人だったらつきあえばいいのでは、と書きたかったが、〈ええ、そうですね〉と同意するに留めた。

〈さて、始めますか〉

〈はい〉

〈あの日のことを最初から最後まで話してくれますか。わからないところが出てきたら、私がその都度訊いていきます。よろしいでしょうか〉

〈はいお願いします〉

　聞き取り調査は一日五時間かけて三日におよんだ。ふたりが打ち込んだ文字を参考にして、真行寺が文章化し、それを読んで瞳が訂正を加えた。さらにそれを真行寺が推敲《すいこう》して、報告書にまとめあげた。

本文は、四月×日に発生した麻倉瞳さん誘拐事件について、本人から事情聴取を行ったものを、本人の一人称にて以下のようにまとめたものである。

報告書

＊　＊

四月×日の夕方五時頃、ジムからの帰宅途中、荻窪駅からの道を自宅に向かって歩いていて、あと二百メートルくらいで到着という時のことでした。一台のバンが私の横に停車し、後部座席のスライドドアが開いてひとりの男が降りてきました。その人はキャップを深くかぶっていて濃いサングラスをかけていました。こういう格好だから年齢ははっきりとはわからないのですが、四十歳と少しくらいではなかったかと思います。男は私に手話で話しかけました。とても上手《じょうず》な手話でした。

本当はこの時点で、疑ってかかるべきだったのですが、この男がとても上手に手話を使ったことで、私はてっきり母の仕事仲間だと思ってしまったのです。サングラスをしているとその人を怪しいとか怖いとか感じる人も多いようですが、私が働いている業界ではサングラスをかけている人は少なくありません。そして、私は聾者なので、サングラスをかけられて目が見えないよりも、マスクをされて口元が隠され、唇が読めないほうがつらい時が多いのです。

　あなたの母について話がある、と男は言いました。私には母がふたりいます。ふたりともに手話で会話しています。けれど、私を産んでくれたのも、そして法律上も、母は麻倉希です。そして私には父はいません。人工授精で母が私を産んだことは、中学校を卒業するときに知らされました。それを聞いても私にはなんの感情も湧いてきませんでした。もう少し正確に言えば、どのような感情を抱くべきなのか、それがわからなくて戸惑っていたような気がします。

　私は聾者です。聞こえない者です。聞こえない者として生まれました。聞こえないことは私が選んだわけではありません。与えられてしまったのです。希は自分が与えたと思って母として悩んでいるように私の目からは見えました。けれど、聞こえない者が私です。聞こえないことが私の一部です。私の中に、聞こえない者が含まれています。聞こえない私を否定するのでなく、そのまま受け止め、胸を張って生きていけばいい、そう教えてくれたのはもうひとりの母のデボラです。

　デボラと一緒に仕事をしている者だ、キャップをかぶったサングラスの男はそう自己紹介しました。そして、デボラのことで少しお話ししなければならないことがある、と言いました。いま家に帰ってはいけない。あなたのお仕事の件で、前にあなたが所属していた事務所の人たちがいま家に来ていて、困ったことになっている、と言うのです。

私の扱いを巡って、私が所属していた事務所とデボラとの間にもめごとがあったことは事実です。いや、私を巡って、デボラはいろんなところとトラブルを起こしてきました。学校、お店、同級生の親、図書館、行きつけのジム……。ともあれ、前に所属していた事務所には契約違反だ、というようなことを言われ、大きな声で怒鳴られたりしたそうです。大きな声を出したって聞こえないから平気よ、とデボラは笑っていましたが。私の所属していた芸能事務所は大きくて、私自身はそのような目にあったことはないのですが、怒らせると怖いおじさんが出てくる、という噂《うわさ》を聞いたことがあります。その噂をデボラに伝えたこともありましたが、その時もデボラはまったく気にする様子はありませんでした。だから私もこの時は素直に、目の前にいる男が言っていることは本当で、家におっかない人たちが来ているのだな、と信じてしまったのです。信じた理由の一つは、男が手話でとても上手に丁寧に話しかけてきたからだと思います。私にとって手話を使って話しかけてくれる見知らぬ人はたいてい〝よい人〟です。所属していた事務所の中には、手話を理解する人はひとりもいませんでした。筆談か、向こうの言うことを私が唇を読み取って理解し、首を縦や横に振って、イエスやノーを伝えたりしていました。時々、私のことが気に入らないと、困らせようとわざと口をはっきりと開けないようにして喋って薄笑いを浮かべている人もいました。だからなんとなく、この人は、前にいた事務所の人たちとはちがって、私の味方なんだ、そう思い込んでしまったのです。

　私を安全なところに連れて行くようデボラに頼まれている、とその男は私に言いました。だから、このバンに乗ってくださいと言われ、私は乗りました。乗り込む時、窓ガラスがスモークガラスになっていたことも気になりませんでした。モデルはそういう車に乗ることだって少なくないのです。乗り込むと車はすぐに走り出しました。運転席のドライバーの顔は見えませんでした。サングラスの男は隣の席から私の手首をとりました。その時、しまった、と私は思いました。レイプ目的で私を車に連れ込んだのだと思ったのです。男は私の腕を取ると大きなタイラップで両手首を縛ってしまいました。そして、申し訳ないが、さっきの話は嘘だ。あなたには人質になってもらう、もちろん騒がなければ危害は加えない。しばらくじっとしていてくれ、そう手話で話すと、その一瞬のちに視界が真っ暗になりました。そして、男が黒い頭巾《ずきん》のようなものを取り出すと、私の髪から髪どめを外しました。

　どのぐらい走ったのか私には見当がつきませんでした。三十分のような気もしますし、二時間ぐらいのような気もします。視界が完全に閉ざされている状態でいると、私のような聾者は時間の感覚があやふやになるのです。ただ、その時の私にはとにかく長くとてもつらい時間でした。頭巾のようなものをかぶせられたまま車から降ろされ、手を引かれて連れて行かれました。足の運びかたから想像すると、エレベーターに乗った気がします。

　そして男の手によってスニーカーを脱がされ、ソックスだけになった足にカーペットを踏んだ時のような感触が伝わり、さらにその先へ歩くように誘導されました。

そして、突然腕を摑まれ静止を促されると、頭巾のようなものを取られました。男が立っていました。もうサングラスはしていませんでした。これと言って特徴のない顔でした。男は手話を使って、怖い目にあわせて申しわけなかった、と言いました。これから腕のバンドを外すけれど、暴れたりしないで欲しい。暴れなければ危害はいっさい加えない。たぶんレイプされやしないかと心配しているだろうけど、絶対にしない。それは神に誓います。私は神を信じているのです、デボラとちがってね。そんなことをにこやかに笑いながら手話で話してきました。

おそらく一日か二日で帰してあげられることになるだろう。その間、まともな食事を提供するし、水もコーヒーも紅茶も用意する。だからすこし僕に協力して欲しい。協力してくれれば、あなたは一日半くらいで自分の部屋のベッドで眠れることになる。

僕はデボラ・ヨハンソンにある要求をする。その要求はあなたの手話で伝えてもらいたい。あなたにやって欲しいのはただそれだけ。この要求を吞まなければ麻倉瞳を殺す、などとデボラを脅すこともしない。返してほしければ、この要求を吞めと言うだけだ。

そう、僕はデボラの考え方には反対なのだ。そして今回のことをきっかけとして、デボラに自分の考え方をいまいちど見つめ直し、軌道修正して欲しいと思っている。

男はだいたいそんなようなことを言いました。そして、私に原稿を見せました。そこに書いてあることを、カメラに向かって話せばいい、そう言って男は私の前に三脚を立ててその上にちいさなビデオカメラを載せました。

私は原稿を読んで首を傾げてしまいました。実は、デボラが一体なにを主張しているのか、私はよく知らなかったのです。聾者だからと引け目を感じることはない、胸を張って生きろと私はデボラに教えられてきました。いじめられて泣いて帰ると、デボラが希を連れていじめた子の家に行って猛然と抗議をしました。そのことを連載を持っている雑誌のコラムに書いて、わざわざその家に持っていったりしたこともあったそうです。私はデボラのそういうところが好きでしたから、それがデボラの主張なんだとなんとなく思っていました。そしてそういうデボラの主張に私は救われてきました。だから、それを撤回しろと私に言わせるのは、私の言葉で私を否定するようなものです。そう言って私は男に抵抗しました。すると男は、そのデボラの主張はそれはそれで正しいのだ、と言うのです。

私はこんがらがりました。だってあなたは私の命と引き換えに、自分の考えを撤回しろとデボラを脅すのでしょう、正しいのにどうして撤回させようとするのですか、と言いました。すると男は、その先が問題なのだ、と言うのです。とうぜん私はその先のことが気になります。けれど男は、あなたがそれを知る必要はない、知らないほうがいい、などと言うのです。

私は訊きました。あなたは心の底から、デボラが、デボラの考えが最終的にたどり着こうとしている場所が、いまよりも良くないところになると思うのか、と。単にそのほうがあなたにとって儲かるとか、都合がいいとか、そういうことではなくて、心の底からそう信じているのか、と訊きました。すると男はそうだ、神に誓ってそう思うのだ、と言うのです。この人の口癖は〝神に誓って〟です。そのあともデボラのことを尋ねて私が思い切った質問をして、意外な答えを返す時にはよく〝神に誓って〟を頭に持ってきました。身代金が欲しいだけじゃないの？　神に誓ってそんなことはない。昔、デボラに振られ（デボラに会われたことがあるのなら御同意いただけると思うのですけれど、デボラはとても美人なのです。そしてデボラはレズビアンだから彼女に振られた男は沢山いたと思うのです）、その腹いせにこんなことをしているんじゃないの？　神に誓ってノーだ。ところで君もレズビアンかい。私は言いました、神に誓っても誓わなくてもノーよって。男はそれはよかった、と言いました。どうしていいのか、と私は訊きました。レズビアンではいけないのって？　そうやってすぐに攻撃的に問い返すくせはデボラに似ているのかもしれません。レズビアンが悪いなんて言ってないよ、君がレズビアンでなくて異性愛者だってことは、ほんのちょっとだけ僕に都合がいいのだ、なんておかしなことを言います。つまり、まちがいってものに期待できるからね。まちがいってなに？　そうだなあ、僕がダコタ・ファニングとつきあえるってのはある種のまちがいが起こらないと実現しないよね。つまり、まかりまちがってってやつだ。ただそれだけだよ、と。その言葉で私は、男が異性愛者、デボラがいつも言っている、ヘテロセクシャリティだと知ってすこし緊張しました。けれど先に言っておきますが、私が男といる間にはそういうことは起きませんでした。

もしデボラが要求を呑まなかったらどうするの、と私は男に訊きました。君を殺した、死体は富士の樹海あたりに捨てた、と君のスマホを使って希に連絡する。ついでに、君の寝てる写真を添付して死体に見立てる。日本中が大騒ぎになって、捜索が始まる。当然見つからない。そこから四十八時間後に君を解放する。娘の命を犠牲にしようとした冷血漢という烙印がデボラに押される。そう言って男は満足そうに笑いました。でもデボラは、それでも自説を曲げない可能性があるわよ、と私は言いました。それなら大したものだ、と男は笑いました。ちょっと寂しそうな笑いでした。でもね、と男は言いました。おそらくデボラは要求を呑むよ。どうしてそう思うの、と私は訊き返しました。デボラの立場に立って考えてみなよ、と男は言いました。要求を呑んでも呑まなくても、君が帰ってくる可能性は１００％ではないよね。でも、要求を呑んだほうが帰ってくる可能性は高くなると考えるべきだ。逆に要求を呑まなければ低くなり、君の身に万が一の事が起こる可能性が高まる。要求を呑む呑まないに関係なく僕が君を殺すつもりだとしても、デボラが要求を呑まなければ、そのせいで君が殺されたという印象が強く残るし、デボラもそういう疑念を抱えながら生きていかなければならなくなる。人の命をかえりみない者の主義主張など説得力を持つだろうか。逆に、要求を呑んで君が帰ってくれれば、君の命を救うために仕方なく自説を撤回したのだと弁解すれば、名誉はほとんど回復できる。そう考えればデボラが要求を呑まない理由はあまりないのだ、と。

　私はまた不思議に思いました。だとしたら、あなたがこんなことをする理由がないじゃないの、と言いました。だからまちがいに期待するのだ、と男は言いました。これをきっかけに、なにかのまちがいで、デボラの主張がもういちど再検討され、主張だけでなくデボラがやろうとしていることが明るみに出されることを望んでいるのだ、と。

私があなたの言うことを頑として聞かず、あなたの要求をデボラに伝えることを拒否したらどうするのと訊きました。男は顔を曇らせ、それが一番困ることなんだよなと言って笑いました。でもどうしても君が嫌がるのなら、君がここにいるところだけを撮影して、こちらの要求をテロップにして被せたものを、メッセージとして YouTube にアップして、そのアドレスを送るつもりだ、と言いました。私は考えました。どちらにしても、私が人質になって、デボラに要求を突きつけるという計画は変わらないようです。

お茶でも飲まないか、と男は言いました。君はコーヒーが好きか、それとも紅茶のほうがお好みかな。私はコーヒーが大好きなので、コーヒーをもらいますと言うと、男はいい答えだねと笑って、部屋の隅にある流しに備え付けられたクッキングヒーターにケトルを置いてスイッチを入れました。部屋を見ていいかと訊くといいというので、立ち上がって隅から隅まで見てみました。部屋の広さはだいたい十畳ぐらいでした。アップライトのピアノがあって、マイクスタンドが何本も部屋の隅に立てかけられ、その横に置かれた金属製の棚に、菓子折りのような四角く平べったい箱状の機械が横に何層も差し込まれていました。たぶん音楽の機材なのだなと思いました。部屋の一番長い辺にはソファーが置いてあります。部屋の隅にはちいさな台所がついています。コンロは電気式です。流しの下にちいさな冷蔵庫が組み込まれていました。扉を隔てて奥にトイレとお風呂がついていました。ピアノが置いてある向かいの壁に向かって机が置かれ、ちいさなスピーカーが横に並んだディスプレイ二枚を挟んでいました。ここはどういう場所なの。コーヒーをひとくち飲むと紙コップを置いて、私は男に訊きました。この時私はカーペットの上にお尻をつけて座っていました。男も私の向かい側に座っていました。プライベートな練習スタジオだよと男は言いました。自分ものではなく知り合いから借りているんだそうです。ドーナツがあるけど食べるかい。いきなり男が訊いてきました。私は職業柄あまりお菓子を食べないようにしています。けれどこの時はシュガードーナツを半分だけ食べました。

結局私は、カメラの前で手話を使って男の要求をデボラに伝える動画を収録することに応じました。無理やり私の動画を撮られて、そこに字幕でへんなメッセージを載せられるよりも、私が自分で手話を使って話したほうが私の身の安全を伝えられる、と思ったからです。

男はスケッチブックに私が話すセリフを書いて、テレビ局のADのようにカンペを作ってくれました。そして、私の手話に合わせてそれをめくっていきます。二度ほど予行演習をしてからカメラを回すと一発でオーケーが出ました。おかしなことに最後のセリフを手話で喋って男がカメラを止めた時、うまくできたことに私は嬉《うれ》しくなってしまいました。

男はその動画をYouTubeにアップしたあとで、私の携帯を使って希にそのアカウントを送りました。本当に私がまだ生きているかどうかを確認するためだったのでしょう、希が誕生石を訊いてきたりした時には男は私に答えさせました。そして、私のスマホを取り上げて、電源を切ってしまいました。

あとは待つだけです。部屋にはなにもなかったので、退屈だったのですがソファーに座って男が貸してくれた小型ゲーム機でゲームをしたりして手持ち無沙汰を紛らわしました。この間、男は机の上のスピーカーから音楽を聴いていました。聴く前にわざわざ、これから僕は音楽を聴くけれどいいかな、と遠慮がちに私に訊きました。私は聞こえない人ですが、聞こえる人が聴いて楽しむのは嫌でもなんでもありません。遠慮されるとかえって窮屈な気分になると伝えたので、男はじゃあ遠慮なく聴かせてもらいます、と言って机の上のスピーカーの真ん中で腕を組み頭を垂れて聴いていました。ものすごく大きな音で聴いていたのが、私が近寄っていったのにまったく気がつかないことでわかりました。なにを聴いているの、と私は興味本位で訊いてみました。ワーグナーという作曲家の曲だと男は言いました。『ニーベルングの指輪』という長い長い楽劇の中の特に「ワルキューレ」から抜粋して好きな曲を聴いていたのだと言いました。

夜になると眠くなりました。目をしょぼしょぼさせていると、もう寝たほうがいいと言ってベッドを用意してくれました。私が座っていたソファーの座面を持ち上げて引っ張ると、その下に折りたたまれていたマットが伸びて立派なベッドになりました。パジャマ代わりにして欲しいと言って、ユニクロの袋を私に渡しました。中を見るとスウェットの上下とTシャツが入っていました。肝心のショーツはありませんでした。でも、入っていたらかえって気味悪かったかもしれません。シャワーも使っていい、バスタオルも用意してある。モデルの君には悪いけどシャンプーと石鹸《せっけん》はコンビニで買ってきたもので我慢してもらうと言っていました。けれど私は、シャンプーも石鹸も親がスーパーで買ってきたものを使っているのですけどね。シャワーを浴びて洗面所に出ると、洗面台の上にバスタオルがたたんで置かれ、その上にヘアドライヤーと歯ブラシが載っていました。Tシャツとスウェットの上下に着替え、ドライヤーを使って髪を乾かし、部屋に戻ると、ベッドの上には毛布が置いてありました。壁のスイッチを指さして、寝るときはここで消灯してください、それでは僕は帰ります。明日の朝また会いましょう、と言って男は帰っていきました。ドアが閉まったあとドアノブを回してみましたが、やはり開きませんでした。部屋の灯りを消して、ベッドの中でゲームをすこししてから、寝ることにしました。ゲーム機の電源を落とすと、窓のない部屋の中は真っ暗になりました。音も光もない世界で私は私であることに自信が持てなくなりました。やがて私が溶け出して、正体がなくなり、消えていったのでした。

翌朝、男が部屋に入ってきたとき、私はまだ眠っていました。男は薄く灯りをつけた部屋で、お湯を沸かしてコーヒーを淹れ、コンビニで買ってきた牛乳を温めてカフェオレを作り、サンドイッチと一緒に朝ご飯ですと言って出してくれました。このときの私は起きたばかりですから、当然のことながら俗にいうすっぴんの状態です。化粧しようかどうか迷ったのですが、誘拐犯の前で化粧するのもなんだかおかしい気がして、そのままサンドイッチとカフェオレの朝ごはんを食べることにしました。

デボラが要求を呑んで動画を投稿するまでは何もやることがないよ。ちょうどいい機会だからデボラの本でも読んでみるかい、と男は言いました。そして、やっぱりこれがいいだろうと言いながら一冊の本を私に手渡しました。タイトルは『すべてを解体せよ！』。翻訳はただ私の産みの親の希です。この本がデボラの出世作であるということは知っていました。ただ私は読んだことはありませんでした。なんだか難しい単語がいっぱい書いてあるので、私にはとうてい理解できないと思っていたのです。わからないところがあったら教えてあげるから読んでみるといい、と男は言いました。ほかになにもすることがないし、散歩に行きたいと訴えてもさすがにそれは聞き入れてもらえそうにもなかったから、しかたなく読み始めました。一ページ目からいきなり難しくて泣きそうになりました。わからない時はわからないままいちど前に読み進めてみるといいよと男は言いました。だからちょっとつらかったけどそのまま読み続けました。すると、そういえばデボラはあの時こんなこと言っていたな、とか、あの時ああ言ってたのはこのことだったのかな、などとわかったような気になることもありました。男にこの〝行為遂行的〟ってどういうことなのと訊くと、男は私をパソコンのディスプレイの前に来るように言いました。すごく座り心地のいい椅子を私に勧めて、その横に木製の丸椅子を持ってきて、男はそこに腰かけました。そして、文字で説明したほうがわかりやすいだろうと言って、筆談に切り替えて、キーボードで文字を打ち込みながら解説してくれました。さっきも言ったように、パソコンのディスプレイは二枚同じものが横に並んでいました。どうしてディスプレイが横にふたつも並んでいるのかと訊くと、このほうが録音時に、ミキサーとタイムラインが同時に見られるので便利なのだと言いました（どういう意味なのかいまだにわかりませんが）。男はキーボードをもう一台どこからか出してきて、パソコン本体につないで私の前に置きました。キーボードの予備があるのは、このキーボードがとても使いやすいのだけれど、生産が中止になったので何台かまとめて買っておいたんだと言っていました。だったらやっぱりこの部屋はあなたのもので、友達から借りているなんて嘘でしょうと私は言いました。すると男はしまったというように笑って、そうなんだ、実は僕の部屋なんだ、と白状しました。どうしてそんな嘘つくのと訊くと、だって僕は君を誘拐したわけだから、多少の嘘はつかないとすぐに捕まってしまうじゃないかと言って笑いました。正直なんだか嘘つきなんだかわからないこの返事に私も笑ってしまいました。そして、いま刑事さんと私がやっているように、互いに目の前の同じ画面を見ながら、筆談したのです。

男は決してデボラのここがよくない、あそこがまちがっている、とは私に言いませんでした。むしろ、デボラはこう考えている。デボラの解釈ではこの言葉はこうなるということをわかりやすく教えてくれました。さすがにデボラを敵とみなしているだけあって、デボラの考えをよくわかっているようでした。主体とか、政治性とか、抑圧構造とか、生物学的決定論とか、文字を見てるだけで頭が痛くなるような言葉も、優しく嚙《か》み砕《くだ》いて説明してくれました。

私はデボラの考え方に感心してしまいました。かっこいいと思いました。デボラからは、小説を読むならSFを読め、それもハードなSFをとよく言われていたのですが、その理由も分かった気がします。私が好んでいた、同世代の若者が社会の荒波に揉《も》まれつつ自分らしさを求めて懸命に生きながらも、深く傷つき、そしてある人との出会いをきっかけにすこし癒《いや》される、というストーリー展開を鼻で笑うようなところがデボラにはありました。私はそういうストーリーが与えてくれる、やさしいところや弱いところ、駄目なところが好きでしたし、それに癒されてもきました。ただデボラの強さには子供の頃から憧れていました。憧れつつ、とてもあんな風には生きられないと思っていたのです。

と同時に、私は不安にもなりました。デボラが行こうとする世界に私は一緒についていけるだろうか。荒野に放り出されたような気持ちにならないだろうか、と。希はどうなんだろう？　希は私ほど弱くはありませんが、デボラほど強くもありません。

お昼を食べないうちに夜になってしまいました。七時になると男は私のスマホの電源を入れて、LinQ のアカウントを確認し、思った通りだ、と言いました。そしてすぐに電源を切り、パソコンが置いてあるデスクに移動し、デボラがアップした動画を確認しました。

男は私に振り返り、デボラは要求を吞んだ、だから約束通りに君を解放する、けれどもう少し待って欲しい、と言いました。どのくらい待つのと訊くと、夜明け前には帰してあげると男は言いました。そうして、夕飯くらいはちゃんと食べよう、でもこの部屋ではろくなものは作れないから、コンビニのお弁当にしようか、と言いました。だったら出前を取ればいいじゃないと私は言いました。男はギョッとして私の顔を見ました。出前を取ればレシートや、箸袋に印刷された文字などから、お店がわかり、その店が出前をしている範囲を調べればこの部屋のだいたいの位置が分かってしまうことを恐れているのです。でも男は、すぐに笑顔になって、そうだなそうしよう、と答えました。中華かピザかお寿司の三択だね、と言うので、中華にして、チャーハンを注文しました。ねえ刑事さん、チャーハンの味はお店によってずいぶんちがうと思いませんか？　場所の見当がだいたいついた時に、その周辺のお店のチャーハンを食べ比べていけばひょっとしたら私が連れてこられた場所がわかるかもしれない、と思ったのです。ドミノピザの宅配だとこういうわけにはいきません。お寿司の味がわかるような上等な舌は持っていないし……。

じゃあ僕は湯麺《タンメン》にしようと言って、男は電話をかけに部屋を出ていきました。戻ってきて三十分ぐらい経つと彼のスマホが鳴りました。男はまた外に出て行って、こんどはビニール袋を提《さ》げて戻ってきました。中から取り出したのは発泡スチロールの容器ふたつ。ひとつは丼《どんぶり》に入った湯麺で、もうひとつは平皿に盛られたチャーハンでした。透明のプラスチックの容器に入ったシュウマイもありました。割り箸は箸袋に入っていませんでした。プラスチックの蓮華にはお店の名前が書いてありませんでした。それからやはり発泡スチロールの小さな取り皿も入っていて、男は湯麺をすこし私に分けてくれました。そうして、チャーハンと湯麺の両方の味を覚えておけば、この店の特定はすこし楽になるだろう、と言って笑いました。私の魂胆は見透かされていたようです。私もチャーハンをすこし男にあげました。

私は蓮華を置いて、男に名前を訊きました。もちろん本名を教えてくれるはずはありません。また狭い部屋でふたりきりでいるので、名前を呼ぶ必要もないのです。あなたという代名詞でじゅうぶんだから。でも私は男を名前で呼びたいと思い始めていました。だから、ニックネームでかまわないからと断りました。男はじゃあ考えるよと言いました。

この時私は、部屋着のスウェットの上下のままカーペットの上に胡座《あぐら》をかいて、男と向か

い合って食べていました。男は指先でカーペットに、

シグルズ

と四文字書いて、一語ずつ指で五十音を示してもういちど教えてくれました。最後にズがつくのでバンドか漫才のコンビ名のような気がすると言うと、男はシグルズは単数だよ、と笑いました。なので、ここからは男ではなくシグルズと呼びます。

食べ終わると、シグルズは流しで容器を洗ってビニール袋に入れてまた外に出て行きました。容器を捨てに行ったんだろうなと思いながら、その間《あいだ》に私がコーヒーを淹れました。コーヒーはペーパードリップ用に挽《ひ》かれた粉が銀色の缶に移されていて、ここからも店名を知ることはできませんでした。ケトルからお湯を注いでいた頃にシグルズが戻りました。私がカップを渡すと、ひとくち飲んで、これはねスターバックスのハウスブレンドだよ、と言いました。私は笑いました。誘拐されたという緊張感はもうほとんどなくなっていました。私のうちはデボラが好きな通販の豆をエスプレッソマシンで淹れているの、なんてどうでもいいことまで教えてしまいました。

コーヒーを飲んだ後は、ストレッチをすこしして、そのあとシグルズとパソコンに入ってるシューティングゲームをして遊びました。しばらくすると眠くなりました。ソファーに横になって寝ていればいいと言われたので、毛布を借りて寝転んでいるとウトウトし始めました。どのぐらい寝たのかはっきりとはわかりませんが、たぶん二、三時間くらいだったと思います。肩をゆすられ私は起きました。出かけるので着替えてくれ、そう手話で言い残すと

シグルズは洗面所に入って行きました。私は昨日の格好に着替えました。それからシグルズと入れ替わりに洗面所へ行き、鏡の前に立ってすこしお化粧をしました。出発の準備は整いました。シグルズはこれをと言うように黒い大きなアイマスクを取り出しました。私はうなずきました。シグルズは私にバッグを持たせ、君のスマホは僕が持ってるよというようにそれを私に見せたあと、アイマスクを私にかけさせました。視界が暗くなりました。手が握られ、手を引かれて私は先に進みました。途中で止められると、足首に触れるものがあって、シグルズが私にスニーカーを履かせているのだなと了解しました。

前に進んでまた立ち止まり、しばらくしてから反対側に振り返ってまた進みました。これはエレベーターに乗ったんだと理解しました。手で頭を下げるようにされ、横向きに体を押し込まれ座らされました。車に乗ったんだなと思いました。肩を二度軽く叩かれました。その触れられた感触から、こんどはシグルズが運転席に乗っていて、私は助手席に座らされたんだと理解しました。車が動き出すのがわかりました。今回はアイマスクをされていますが、両手は縛られていませんでした。やろうと思えば私はアイマスクを取ることができました。けれど、それはしませんでした。ひとつは、それをしたらシグルズがどのように反応するかよくわからなかったからです。もうひとつは、もういいや、という気分です。シグルズにつきあってあげようという気持ちが私の中に芽生えていました。それでもずっと真っ暗な中で隣に座っているのは苦痛なので、どのぐらい走るのかとアイマスクをされたまま手話でシグルズに話しました。するとシグルズは私の手を取って、Vサインを作りました。たぶん二時間かそこらで着くのだと私は受け取りました。その言葉を聞いて私は何となくほっとしてしまい、リクライニングを倒して眠ることにしました。驚くことにちゃんと眠れました。もういちど肩をゆすられたとき、アイマスクはすでに外されていました。

シグルズは私にスマホを返して、まだ電源を入れないでと言いました。そして、この道をずっとまっすぐ歩いて行け、一本道だからどんどん歩いていけばいい。やがてちょっとした広場のようなところに出て、右手に東屋が見えてくるから、そこが峠の頂《いただき》だ。そこに着いたらスマホの電源を入れて、母親に連絡して迎えに来てもらえばいい。

この真っ暗な山道をひとりで上まで歩いていくのかと思うと、とても怖かったのですが、それでもいざとなると私は度胸が据わる性格のようで、わかったと首を縦に振りました。どのぐらいで着くのかと訊くと、ゆっくり歩くと二時間くらいだ。たぶん夜明け前に着くことになるだろうと言いました。私はうなずきました。

ここでお別れだ。もう会うこともないだろう。元気で。シグルズはそう言いました。私も、さようなら、お元気で、と言いました。自分を誘拐した男に向かってお元気でと言うのも変なのですが、自然と手が動いてしまいました。

私は歩き出しました。確かに一本道でした。一台の車ともすれ違いませんでした。一度だけ、上のほうから、ふわふわと揺れる人魂《ひとだま》のようにか細い灯りが下りて来たと思ったら、それはスポーツタイプの自転車のフロントライトでした。自転車はあっという間に私を通り越して、麓《ふもと》へと降りていきました。

九十九折の坂をなんども折れ曲がりながら、私は登っていきました。かなり急な坂でした。途中ですこし休みました。私は腕時計をしていなかったので、時刻を知るにはスマホの電源をオンにしなければわからない。けれどもそれはするなと言われていました。時刻がわからない私には、二時間の登坂《とはん》のどのくらいまでこなしたのかわかりませんでした。とにかく、どんどん登っていけばやがては頂上に着くはずだと思い、そう教えてくれたシグルズを信じてまた歩き出しました。やがて、急な斜度がすこしばかり緩やかになったなと思ったら、ふいに視界が開けました。まだあたりは暗かったのですが、空の黒にほんのすこしの碧《あお》が混じり始めていました。右手に、シグルズが言ったように、柱を組んで屋根を載っけて、その下にテーブルとベンチを置いただけの粗末な茶屋の影が見えました。ここにちがいない、ああ着いたのだと安堵し、スマホの電源を入れました。そして、この茶屋の写真を撮りました。フラッシュを焚くの忘れてしまいましたが、とにかく早く伝えたかったので、それをすぐ希に送りました。そして、〈いまここ〉というテキストも。希はすぐに〈どこなの〉と訊き返してきました。〈わからない。山の中。いちばん上まで歩けって言われて〉〈なにかないのほかに〉

私がどこにいるのかわからなければ、助けに来てもらいようもありません。だから〈探してみる〉と送って探してはみたものの、茶屋には住所を示すようなものは何もありませんでした。その時、この茶屋の向かい側に白い石が立っているのが、ようやく白み始めた光の中で私の目に留まりました。石碑ならそこになにか場所にまつわる文言《もんごん》が刻み込まれているだろう。そう思って近づき、暗いので読みにくいのと崩した字体で書かれていたので、とにかくそれを撮って送りました。あとで教えてもらったんですが、実はこの石碑の右横には案内板が立っているのだそうです。そこを撮って送ればよかったのかもしれません。気が動転していたんですね。けれども、ほどなく、希から場所がわかったからそこで待つようにと連絡が入りました。怪我はしていないかと訊かれたので、大丈夫だと送りました。ただ、身体を動かして登っていた時には感じなかった寒さが、早朝の冷気の中で身に染みるようになりました。寒さを和らげるために、そこらへんを歩き回りながら肩や腕をさすったりしていましたが、だんだん体が震えてきました。ベンチに座って背中を丸めてうつむいていると、こんなことをさせたシグルズに対して恨みが湧いてきました。でも思い返すと、ひょっとしたらシグルズはこの寒さを計算に入れていなかったのかもしれません。震えは唇にまで伝わって、歯がガチガチと鳴りました。

やっと。――そんな気持ちでした、登ってくるヘッドライトの灯りが見えた時には。車は私とは逆のほうからやってきて、茶屋の前の広場で停まりました。中から制服を着た警官がふたり降りてきました。ひとりが私のほうを指さして、こちらに歩いてきました。そうして、警官の唇が動きました。その唇の動きを読んだ私は混乱してしまいました。麻倉瞳さんですか、と動いたならば私はうなずいていました。けれど彼は、ここで何をしているのですかと私に訊いたのです。私は当惑してしまいました。私は麻倉瞳です。保護してくださいと手話で伝えてもふたりの警官は顔を見合わせています。するともう一台、こんどは救急車が上ってきました。救命士は私のほうに駆け付けると、震えている私を見てギョッとしたような顔になって、手を握るとすぐに私を抱えるようにして、救急車に連れていきました。これを見た警察官が何か言っていましたが、それに対して救命士のかたは怒鳴るように何か言い返して、すぐに車を出してくれました。

あとで聞いたのですが、救命士さんは、私の顔を見てすぐに低体温症の症状が出ている、と気がついたそうです。このとき現場にいた警察の人からは、私が聾者だという連絡をもらっておらず、そのために大変まずい対応になってしまい申しわけありませんでした、と謝っていただきました。よくあることです。けれど、あまりあっては欲しくないので、気にしていませんとは言いません。もっときめ細やかな注意を、私たちのような者、障害者やマイノリティに向けていただければと思っています。

これがこの事件で私の身に起こったことのほとんどすべてです。

二〇一九年四月××日

東京都杉並区天沼《あまぬま》三丁目×××番地　麻倉瞳

文責　警視庁刑事部捜査第一課巡査長 真行寺弘道

〈最後に関係のないことをひとつお訊きしてもいいですか〉

プリントアウトされた報告書に捺印《なついん》して瞳が顔をあげた時、真行寺はそう打ち込んだ。

〈関係がないんですか〉

〈ええ、報告書作成のために、瞳さんがいわゆる誘拐されて解放されるまでのことをお訊きしたわけなんですが、そのすこし前のことをお尋ねしたいんです。これは事件に関係があるかどうかわからないことなんですが〉

〈といいますと〉

〈瞳さんが発見された和田峠、あそこを藤野方面に下っていくと相模湖に出ますよね〉

〈そうなんですか〉

〈そうなんです。あの峠は八王子方面と藤野方面から両方登れるんですが、右手に茶屋が見えてきたということを考えると、瞳さんは藤野側から登ったということになります。駆けつけた八王子署の車は八王子方面から登っていますから、自分とは逆方面から現れたということとも符合します〉

〈そういうことであればそうなんでしょうね。そう言われても、目隠しをされたまま連れてこられ、いきなり下ろされて、麓から登らされた私にはわからないのですが〉

〈そうですね。それで、相模湖といえば近くに相模湖バイオテック・メディカルセンターという病院がありますね。希さんが瞳さんを産んだのはこちらです〉

〈はい〉

〈瞳さんは行かれたことがありますか。もちろん生まれた時ではなくて、この一、二年の間に〉

〈ええ、あります〉

〈ありますか。——なんの用事があって行かれたんですか〉

〈これは記録に残らないんですよね〉

〈ええ、残りません〉

〈私の両親はどちらも母親です〉

〈そうですね〉

〈でも、父親がいないわけはないですよね〉

〈生物学上は〉

〈やっぱり知りたいと思うようになって〉

〈お父さんのことを？〉

〈ええ〉

〈行ったわけですか〉

〈いちおう〉

〈いちおうとは？〉

〈私はここで生まれた者で、自分の父親について説明を受けたいのだけれど、と伝えたんです。ところが、手話と筆談では受付で応対してくれた人とうまくコミュニケーションが取れなくて、その場が大変に混乱してしまったんです。それで行くには行ったけれども、嫌になって病院を出てしまったんです。そして、そのあと白鳥の形をした遊覧船に乗って湖をぐるっと回ってみたら、なんだかせいせいして、父親のことなんてもうどうでもよくなってしまったんです〉

お疲れ様でした。瞳を杉並署から送り出す時、なるべく唇を大きく動かして真行寺はそう言った。瞳はうなずいて真行寺の手を取ると握手した。若くて美しい娘が老齢の男に対して行うカジュアルな挨拶にしては念がいってるなと思った。この握手の意味を真行寺はふた通りに理解した。手話を解さない者に、あなたもお疲れ様でした、という返事を聾者が伝えるときの簡便な流儀。もうひとつは、あとはよろしく頼む、である。あとはよろしく頼むの意味は非常に複雑だ。そしてそれをこれから考えなければならないと真行寺は思った。

「どうだった」

瞳を見送った後、署の食堂のテーブルについて自販機のコーヒーを飲んでぼんやりしていると、四竈が寄ってきてそう訊いた。

「読ましてくれよ、報告書」

「もう少し手を加えてからにします」と真行寺は断った。

そうか、と言って四竈はすぐに引き下がった。目下、彼の頭を占めているのは、荻窪駅周辺で頻発している連続ひったくり事件のようだった。瞳を誘拐した犯人逮捕については、防犯カメラを追跡する捜査支援分析センターに頼るしかない、と思っているようだ。真行寺は立ち上がった。空になった紙コップを屑入《くずい》れに投げ、今日はこれであがります、と四竈を置き去りにしたまま立ち去った。けれど真行寺は未定稿のままの報告書を見せる人物をひとり決めていた。

「前にも言ったと思うけど」

その声に真行寺はアナゴをつまんだあと、熱いお茶を飲んで目の前の水野を見た。ふたりが落ち合ったのは、やはり新宿の〈ゑんどう〉であった。京王線を使う水野のために、中央線を帰宅方向とは逆に上ってきたのである。

「警察やめて小説家になったほうがいいんじゃない」

そう言って水野はプリントアウトされた報告書のコピーをバッグにしまった。

「ええ、そう言っていただきました。犯人への同情が強すぎて松本清張《まつもとせいちょう》みたいだなと」

「言っておくけど褒めたわけじゃないからね、あれ」

「わかっています」

「これは麻倉瞳の証言文だけど、真行寺さんの筆が相当に入ってるんじゃないの」

「いや、本人がうまく言えないところはこういうことなのかと私が案を書いて、それを本人が修正して、私がまた書いて、そうして熟成した結果です」

「熟成。事件の報告書に熟成なんておかしいでしょう」

「おかしいんですよ」

「わかってやってるわけ」

「もちろん」

「なぜ」

「まず瞳は事実を語ってはいない。この報告書で描かれている出来事をそのまま受け取るわけにはいきません」

「つまり麻倉瞳は虚偽の証言をしていると」

「我々警察官にとってはそういうことになります」

「わからない。虚偽の証言を報告書にまとめてどうするの」

「しかし報告書は書かないわけにはいかない」

「もちろん」

「また、起きた事実はこの報告書とはちがうが、ここに真実がないわけではない。真相究明の重要な手がかりがあると私は考えています」

「真実ときたか。事実じゃなくて真実ね」

「考えてみてください。十七歳の少女が、自分の体験がひとかけらも入っていないフィクションをここまででっち上げられると思いますか」

水野はぶ厚い湯飲み茶碗から茶をひとくち飲んで、

「それは無理かな」と言った。

「尾関一郎殺人事件で、刺客《しかく》をやらされる羽目になったAV女優を覚えてますか、課長のご尽力で釈放してもらった」

「もちろん」

「彼女はいま小説を書いているんです。横町れいらってAV女優のままの名前で」

「へえ。それで――」

「実は小説を書くことは俺が勧めたんです」

「なんで」

「それは言えません。ちょっとやばいことを頼まれまして。それを断る時に小説でも書けと言っただけなんですが」

水野は首を傾げた。

「よくわかんないけど。とりあえず続けてもらおうかな」

「で、俺はてっきり、あの事件の裏話とか、AV業界を覗き見するようなそういうものを書いたのかと思ったんですよ。ところが、文学的な評価はよくわからないんですが、結構ぶっ飛んだSFを書いていた」

「ふーん」

「そういう意味じゃ、自分の実体験から離れてフィクションを書いているんですが、やっぱりどこかに彼女がいる気がしたんです。たとえば、表題作のヒロインはデリヘルを商売にしているわけです」

水野はスマホで素早く検索をかけて、

「これか。——『サイボーグは電気猫の夢を見るか』」

「そうです」

水野はまたお茶を飲んでちょっと考えてから、

「それで？」と言った。

「れいらの小説、フィクションつまり嘘に、横町れいらというリアルが投影されているように、この嘘だらけの報告の中にも真実が混入している。事情聴取の間、虚偽の中にすこしでも真実がにじむように私が麻倉瞳をゆさぶったことは事実です。しかし、この小説もどきを書いたのは私ではなく麻倉瞳です。私が触媒になってることは確かですが、ここにあるのは麻倉瞳の物語です」

「ややこしいことするなあ」

「しかたがない。ややこしく考えるべきなんですよ、これは」

「それで、この嘘だらけの証言の中で、どの部分が真実なの」

「課長はどう思われますか」

水野は片方の肘をつき、その掌を頰に当て、もう片方の手で湯飲み茶碗を持ったまま考えていた。

「ひとつ言えることは、麻倉瞳は犯人の男を憎んではいない」

「そうです。つまり——」

言いかけた真行寺の前に水野は掌を差し出し、待って、と言った。

「あまり結論を急がないで。ストックホルム症候群の可能性だってあるんだから」

これは、被害者が、犯人に好意を抱いてしまう現象をさす言葉だ。誘拐事件や監禁事件などの極端な主従関係の中では、犯人のちいさな親切に対して、必要以上に好意的な印象を持ってしまい、事件が解決した後も、被害者が犯人をかばうような証言をすることさえある。

水野はさらにこう言った。

「だとしたら心理カウンセリングを受けさせなきゃ」

「受けさせましょう」

水野は黙った。真行寺が即席に同意したその裏を推し測るかのように。そして、

「つまりそういうことではないと言いたいわけね」と言った。

真行寺はうなずいた。

「心理カウンセリングが必要なＰＴＳＤでは——」と水野が言い、

「ない」と真行寺が後を足した。

そして、冷酒が入ったガラスの徳利を取ると、上司の盃に酌をした。水野が言った。

「麻倉瞳と犯人は共謀している」

真行寺はうなずいた。

「共謀して何をしようとしているの」

「彼らの計画の中では、なにも達成できない。誘拐された瞳は家に帰り、デボラは動画を削除して、瞳の身の安全を考慮して声明を出したまでで、あれは本意ではなかったと言えばいい」

「つまり、犯人のやってることには意味がない」

「そして犯人は意味がないことを承知してやっている」

「なぜ」

「彼らの立場ではそれ以上駒を進めることははばかられた。だから彼らの社会的資本を徹底的に毀損《きそん》しないところを見計らって引き返した。だから意味がない。意味がないけれども、彼らはやりたかった」

「それはすごくみみっちい愉快犯ってこと？」

　真行寺は首を振った。

「彼らができるところはそこまでだった。そして彼らは期待した」

「なにを」

「まちがいが起こることを」

「まちがい？」

「彼らの計画の輪の中では、新しいことは起きない。しかし、なにかまちがいが起きて、外からこの輪を食い破って中へと侵入してくるなにかがいたら、なにかが起きる」

「何言ってるのかよくわからないんだけど」

「ええ、俺にもよくわかりません」

ため息をついて、水野は首を振った。

「ただ、まちがいを起こす役割を与えられたような気がします」

「まちがいは得意だからね」

「そう言われると返事のしようもありませんが」

「ということは、ここからは、まちがいを起こすための捜査ってことになるわけ？」

「そうです」

「そして、まちがいが起こった時になにが発見されるのかわからない」

「さすが水野課長、わかってらっしゃる」

「うるさい」

「黙ります」

卓の横を通りがかった女将《おかみ》さんに勘定を頼んだ後、横町の小説は本人が送ってきたのか、と水野は訊いた。いや、デボラ・ヨハンソンの本棚で見つけたんです、と答えると、その場で水野はスマホを操作し、電子書籍で購入した。ふたりは割り勘で勘定を済ませた。

「読んでおく」

新宿駅で、別れ際に水野玲子はそう言った。

中央線特別快速列車の混み合った車両の中で、スマホを使って調べものをした。シグルズというのは北欧神話に出てくる戦士の名前だとわかった。ドイツの伝承ジークフリートと同一視されることが多い。犯人はワーグナーの『ニーベルングの指環』を聴いていたと麻倉瞳は言っていた。ジークフリートはこのオペラの主人公である。これらを鑑《かんが》みると、ジークフリートと同一人物のつもりで犯人はシグルズと名乗ったにちがいない。ジークフリートにしなかったのは、長ったらしいからだろう。ジークと短縮する手もあったかもしれないが、それだとこちらがジークフリートだと気がつかない可能性が高くなる。つまりこのシグルズという名前からなにかを悟らせようと誘導している可能性はある。

国分寺駅で空席を見つけ、座った。念のためにシグルズを検索し、Wikipedia の項目をじっくり読んだ。そして頭の中で要点を整理した。

◆シグルズはとても優秀な剣士である。その腕前は竜を退治するほどだ。ただし、人間なので不死身ではない。

◆ブリュンヒルドという娘と恋に落ち、結婚の契りをかわすが、変な薬を飲まされたせいで、記憶を失い、別の女と結婚してしまう。

◆これを知ったブリュンヒルドは悲しみに暮れる。シグルズ以外の男とは結婚したくないブリュンヒルドは、『竹取物語』のかぐや姫のように、無理難題を持ち出して、これをクリアする男でなければ結婚しない、と宣言する。

◆そんなブリュンヒルドに求婚しようとしている男がいた。シグルズの義兄である。

◆シグルズは義兄に変装し、義兄として難題を突破する。このことによってブリュンヒルドはシグルズの義兄と結婚せざるを得なくなる。
◆しかし、このいかさまはブリュンヒルドにばれてしまう。ブリュンヒルドは激怒。
◆ブリュンヒルドはシグルズを殺し、自分も死ぬ。

複雑な枝葉をとっぱらって、骨子を抜き出せばこういう話である。しかしこの物語のどこにヒントが隠されているのかは、よくわからない。骨子ではなく、ヒントが枝葉にある可能性だってある。しかしまずは、大筋から考えてみよう、真行寺はそう思った。

換骨奪胎《かんこつだったい》してみれば、これは悲恋の物語である。ということは、麻倉瞳とシグルズ、つまり犯人は恋愛関係にあった、と想像できる。

叶《かな》わぬ愛がこの誘拐事件の引き金になっているのだろうか？　ところで叶わぬ愛っていったいなんだ。互いに好きならば、つきあえばいいだけの話じゃないか。この時代に、自由恋愛を妨げるものなんてないに等しい。じゃあ、シグルズとブリュンヒルドの場合は、愛の障壁はなんだったろうか。それは薬である。つまりある種の作為《さくい》、謀《はかりごと》だ。これを瞳とシグルズに当てはめるといったいなにになるんだ。薬による奸計《かんけい》、医術の罠《わな》、ひっかけ、たくらみによって引き裂かれた愛。言葉とイメージとそして音響までが真行寺の頭の中で同時にあふれ、こめかみが熱くなり、目眩《めまい》さえ覚えたその時、終着駅到着のアナウンスで我に返った。

ＪＲから京王線に乗り換え、ひと駅先の高尾山口駅で降りて、駐輪場から置きっ放しになっていたクロスバイクを救出し、またがった。疲れていたので一番軽いギアで、長い坂を、ゆっくりとだらだら登った。赤いレンガの家の前でサドルから腰を下ろした時には、うっすらと汗をかいていた。森園とサランのクロスバイクが二台並ぶ横に自分のを停めた。まるで自転車一家である。

鍵を使ってドアを開けると、聴いたことのないフォークロックが聞こえてきた。これはなんだとソファーに座っている森園に訊いた。

「ファースト・エイド・キットっていう姉妹のフォークデュオです」

「ガラにもないもの聴いてるな」

「こんどはスウェーデンから仕事が来たんで、参考までに」

「へえ、この子らはスウェーデンで活動しているのか、ずいぶんカントリーっぽいけどな」

「ですよね」

「それにしてもアイスランドの次はスウェーデンか、やたらと北欧づいてるな」

真行寺は冷蔵庫から500㎖の缶ビールを取り出した。タブを引き起こしてひとくち飲んだ後、妙なことに気が付いた。

「あれ、俺この曲知ってるぞ」と真行寺は言った。

「これは、R・E・Mのカバーですよ。ウォーク・アンアフレイドって曲の」と森園が答えた。

「Walk Unafraid ——恐れず歩め、か。そうありたいもんだ」

そう言って、真行寺は森園の隣に腰かけた。

もういちど頭から聴こう。真行寺がそう言うと、森園は手元のスマホを操作して曲の頭から再生した。

うむ、と真行寺は唸って、歌詞カードはあるかと訊いた。ありません、ネットで買ってダウンロードしたものなので、と森園は言った。じゃあR・E・MのオリジナルのCDを取ってくれ、爺《じい》さんはくたびれてもう立てません、と真行寺は言った。森園は立ち上がったものの、どのアルバムに入っていましたっけ、と棚の前でまごついた。たしか、『アップ』だったと思うな。そうですか。そうでした、当たりです。歌詞カードだけでいいですか、それともR・E・Mで聴きますか。そうだな、オリジナルで聴こう。

森園は歌詞カードを真行寺に渡すと、CDプレイヤーに盤を吸い込ませ、プレイボタンを押した。音圧が急に高まり、押し出しが強くなった。北欧の女性フォークデュオによるカバーバージョンも悪くないが、ロックリスナーの真行寺としては、こちらのほうがしっくりくる。歌詞カードに視線を這《は》わせながら、聴いた。

恐れずに歩いて行こう、という曲なんだろう。真行寺は妙に冒頭近くの一行が気になった。

小さな羊として、私はこの世に投げ出された。

小さな羊という言葉はか弱き者という意味に聞こえた。おまけに「投げ出された」という受動態になっているので投げ出したのはだれだと思った。そもそも子羊という言葉を聞くとキリスト教の世界が連想される。迷える子羊である。R・E・Mはアメリカのバンドだからそう捉えてもおかしくないだろう。となると投げ出した者はやはり神だ。――まてよ、なぜこれが気になったのだろうか。か弱き子羊という言葉に麻倉瞳のイメージがダブってくるからだ。

瞳は聾としてこの世に投げ出された。聞こえない人をか弱き者とイコールで結ぶのは偏見だろうか。偏見かもしれない。聾者のことをよく知らないままに勝手にそう思い込んでいるだけで、聞こえない世界も豊かなのかも。その真偽は聞こえる真行寺にはわからない。しかし、耳からの情報量がないというハンディキャップを背負っていることは紛れもない事実だから、特別な局面ではともかく、一般論としてはか弱き者として考えて差し支えないだろう。か弱き子羊として、聾者として、麻倉瞳はこの世界に投げ出された。

キリスト教的な観点では、神がそのようにされたもうた、ということになる。しかし、麻倉瞳は人工授精で生まれた。つまり、彼女の誕生には神だけではなく人為が混入している。ここが事態をややこしくしている気がする。続いて『ニーベルングの指環』を聴いてみたいのだが、この家の棚にはクラシックのレコードやCDは一枚もない。しかたなく、缶を置いて、浴室に入った。

明日もういちど、相模湖バイオテック・メディカルセンターに行こう。そして、このあいだ差し控えたあの質問をぶつけてみよう。シャワーを浴びながら、湯気の中で真行寺はそう考えた。バスタオルを使いながら部屋着に着替えてリビングに戻ると、森園が鳴ってましたよとスマホを指さした。着信履歴を見てすぐ折り返すべきだと思った。

——読んだ。

出るなり水野はそう言った。

「それで」と真行寺は言った。

——デボラが好きそうな話だと思った。

「どういうところが」

——この間カラオケボックスでデボラの考え方を簡単に説明したよね。

「ジェンダーだけでなく、男性と女性というセックスの二分法も疑うってやつですか」

——そう。それは〝前期デボラ〟とでも言うべき出発点なのね。

「ということは後期があるってことですね」

——うん。それと非常に符合する作品だと思った。

「どういう点が」

——まず、女が権利を獲得していく歴史は、資本主義の発達と関係がある。

なぜですか、と訊くのが自分の役割だろうと思い、真行寺はそうした。

——資本主義というのは労働力を必要とする。そして資本主義において労働力はよく不足する。近い将来はＡＩによって労働力が必要でなくなるということが問題になってるけれども、昔はしょっちゅう不足していた。アメリカの南北戦争といえばよく奴隷解放が話題にのぼるけれども、北部の工業地帯が労働力を欲しがって発生した戦争と考えてもいいくらい。

じゃあそう考えます、と真行寺は言った。

——やがて、女も労働者として工場に引っ張られることになった。特に電気製品が普及し始めた頃には、体力的には男性にかなわない女性にも可能な工場労働が生まれていた。ベルトコンベヤーで運ばれてくる電子部品の組み立て作業がそうだよね。やがてオートメーション化が進んで、オフィスワークという労働が生まれた。パソコンを前にしたデスクワークは女性でもまったく問題がない。つまり、オフィスという新しい労働の現場で男女の差は希薄化していった。資本主義のはじめには、労働力といえば男のことを意味していた。核家族のイメージは、お父さんが工場に行って働き、母親が家庭にいて家事と子供の教育をする。子供は工場労働者の予備軍。家庭は工場労働者の再生産の場。突き詰めれば、核家族の子供っていうのは男の子のことであって女の子ではなかったんだよ。けれど、機械化が進み、パソコンが生まれ、労働に体力が必要でなくなってきた。そしてあいかわらず労働力は不足していた。女性は労働力になり賃金を得ることで権利を獲得していった。では、女性がどうして労働力になれたのか。簡単に言うと機械とつながったからだよね。

「つまりサイボーグになったから、ですか？」

——そう。勘はいいよね、真行寺巡査長は。

「機械につながれサイボーグになったから女は解放されたという発想を、前期のデボラの思想に接続するとどうなりますかね。女はサイボーグになることによって女でなくなる。現代において機械につながれているのは女だけというわけにはいかない。当然男もつながれる。ということは男も男でなくなる。そもそも男という存在は、女がいて男なんだろうから、女がいなくなれば男も男でなくなる。だからこの世には男女という二分法はなくなる。こういう理屈ですか」

――パチパチパチ。

と水野は口で拍手をした。そしていま読み終わったばかりだから、今日言えるのはこのくらいかな、そう言って、じゃあまたと水野は切った。

携帯の電源を落とすように指示する戸口のシールを見て、真行寺はスマホの電源を落としてからガラス戸を抜けた。相模湖バイオテック・メディカルセンターのエントランスホールにはこの日もピアノの音が響いていた。中央のステージでは、年配の女性がグランドピアノを奏でている。ホールを横切り、受付の前に立つと、身分を明かした上で山口医師と話をしたい、予約をしたわけではないが、来院する旨は、今朝、代表番号にかけて言付けてあると伝えた。お待ちくださいと言われて、長椅子に腰かけ、ピアノを聴きながら待った。

『癒しのクラシック ピアノ編』なんてCDに収録されていそうな、押し付けがましくなく、耳当たりのいい、そして個人的には決して聴くことのない類《たぐい》の楽曲である。音色は軟らかくつややかで、技術的なことはわからないが、弾き手はかなりの腕なのではないか、と推察された。しばらくすると名前を呼ばれた。カウンターに出向くと、山口はただいま診療中で応対できませんと言われた。お待ちします、と返した。受付の女性はすこし困った顔をしながら、それでは問い合わせますのでもうしばらくお待ちください、と言ったので、また長椅子に引き下がった。

またピアノを聴きながら待った。待っているうちに眠くなってきた。するとこんどはヴァイオリンが加わり、曲をリードし始めた。これがまた春っぽくて、余計に眠気を誘う。春っぽいというか、確かこれはベートーヴェンのヴァイオリンソナタ「春」だ。眠くなるのは当たり前だ、春眠暁を覚えず、だもの。などと思いながらうつらうつらしていると、野太い声で名前を呼ばれて、はっとした。

白衣のポケットに手を突っ込んで山口が立っている。

「事件はもう解決したと聞いておりますが」

真行寺が、お忙しいところすみませんと近づいていくと、明らかに迷惑そうな表情でそう言った。

「いや、まだ犯人が捕まっておりませんので、解決とはほど遠い状態です」

「先日も言ったように、個人情報開示には裁判所の令状を取っていただきたいんです」

「はい。開示せよとは言いません。二、三質問をしたいだけです」

「場合によっては答えられないものがあります」

「そうでしょうね」

「先日あなたがここに来られたことは、おふたりにお伝えいたしました。娘が戻ってきたいまとなっては、個人情報については絶対に開示しないで欲しいと念を押されています」

「ふたりとは」真行寺は言った。

山口医師は黙った。

「ここで麻倉瞳を出産したのは、麻倉希だ。通常ならば相模湖バイオテック・メディカルセンターが守らなければならない個人情報は麻倉希のもののはずです。なぜふたりから念を押される必要があるんですか」

「それはふたりが事実婚の関係にあるからです」

「本当にそれだけですか」

「ええ」

真行寺は息を吸い込み、あたりを見渡した。

「ここでこのまま会話を続けますか。それとも別室に行きますか」

「ここで結構ですよ。まもなく切り上げますから。質問はなんです？」

「あなたは、精子を提供した者の個人情報は提供される側には渡さないのだと言った。ならば、受けとる側は、どこのだれのものかわからない精子で受精卵をつくり、子供を産むことになる。これは遺伝病などのリスクを考えると不安ではないかと私が訊いた。あなたは、精子の質《クオリティ》はこの病院が保証するのだと答えた」

それがなにか、と山口は言った。真行寺はこの説明を受けた時にあえて差し控えた疑問を口にした。

「しかし、ここの病院がセレクトした精子を使って受精卵を作り麻倉希が産んだ麻倉瞳は聾者だ。いったいあなたがたは何を保証したのだ」

山口は明らかに狼狽《ろうばい》した表情になり、静かに首を振った。

「お引き取り願います。答えられることはありません」

カウンターに座っている事務員が不安そうにこちらを窺っていた。

「いや、質問だけはさせてもらう」と真行寺は言った。「確かに瞳を出産したのは希だ。しかし私の推測では、提供された精子で受精卵を作ったのはデボラの卵子だ。希はいわば子宮を提供しただけだ。いわゆる〝借り腹〟ってやつだ。これだとおたくが品質保証した精子を注入してなぜ〝聞こえない者〟が生まれたのかの説明がつく」

「お引き取りください。お引き取りいただけなければ、しかるべき筋から警視庁のほうにクレームを入れさせていただきます」

それを捨《す》て台詞《ぜりふ》に、山口は背中を向けて歩き出し、最初の角を曲がると姿を消した。取り残された真行寺は、長椅子に腰を下ろしてぼんやりヴァイオリンソナタを聞き続けるしかなかった。

いまぶつけた推理が的を射ているのか確証はなかった。あくまでも勘によるものだ。けれど、山口医師のあの頑《かたく》なな態度から察するに、あたらずといえども遠からずなのだろう。希は自分の子宮でデボラの受精卵を育て、産んだ。では、この〝借り腹〟出産がバレると病院としてなにが不都合なのか？　日本産科婦人科学術会議のガイドラインに抵触するからなのか。そりゃあ抵触するだろう。けれど、〝借り腹〟以前に、レズビアンの夫婦、つまり法的には婚姻関係にないカップルに人工授精の施術をしている時点ですでにアウトである。アウトだけれど気にしていないのだ。この病院は法的根拠のないガイドラインなど無視し、やりたい放題やっている。そのくせ、個人情報保護法を盾に何かを隠そうとしている。確かに個人情報かもしれないが、どこか怪しい。明言せずに軽くうなずくという手もあったのに、なぜああも狼狽するんだ。キリキリしやがって。なにが、クレームを入れさせていただきます、だ、ボケ。

名前を呼ばれた。警視庁からお越しの真行寺弘道様、お電話が入っておりますので受付までお越しください。来た。来たよ。スマホの電源落としているから、病院にかけてきやがった。それにしても早いな。電話口にはだれが出ているんだろう。水野か。また怒られるんだろうな。もうちょっとうまくやれないの。もうかばい疲れたわ、とかなんとか。それとも四竃か。もう解決したようなものだからあまり事を荒立てるなよ、などと忠告されるのかもしれない。いやすみません、と言いながら真行寺は事務員が差し出した受話器を握って、耳に当てた。

——ハロー相棒。

その声に真行寺の身体が震えた。

「遅いじゃないか」押し殺した声で真行寺は言った。

——すいません。忙しいのと移動とであそこを覗く暇がなくて。

黒木の声にはまったく悪びれた様子がなかった。

「馬鹿野郎、こっちはいまかいまかと待ち焦がれてたんだぞ」

――そうなんですね。で、ベルデンの赤黒、通称〝ウミヘビ〟って呼ばれてるのが安くていいと思うんですけどね。

「スピーカーコードの話はもういいんだ！」

――あ、いいんですか。

「遅いよまったく」

――なに買ったんですか。

「オヤイデの店員が勧めてくれた……いやその話は後回しだ。とにかくじっくり相談したいことがある。いまここじゃ話せない」

――じゃあ会って話しますか。

「会えるのか」

――その病院を出てすぐそばにボート乗り場があるのはわかりますか？

「なんだって」

――おい、近くにいるのか、なんて叫んじゃ駄目ですよ。とにかく出て右にしばらく行くと、白鳥のマークが見えてきますので、そこで会いましょう。

真行寺は受話器を返し、急ぎ足で玄関口に向かった。ロビーを横切るとき、ヴァイオリンとピアノが「春」を弾き終わった。ホールにいた来院者からまばらな拍手が起こった。ステージの前を横切りながら、真行寺もなんだかワクワクして、拍手をした。ステージの上のヴァイオリニストが頭を下げた。若いヴァイオリン弾きだった。玄関口を出ると真行寺はすぐにスマホの電源を入れた。このスマホは黒木が改造してくれたものだ。どうやらこいつは位置情報をずっと黒木に伝えているらしい。玄関口で電源を落としたけれど、ログがそこで途絶えたことと、途絶えた場所を調べると病院なので、そこにいると思ってかけてきたのだろう。黒木は時々こういう呼び出しで連絡してくる。

ボート乗り場の横で、黒木は春物のコートのポケットに手を突っ込んで立っていた。会うなり、ちょっと遊覧しましょうよと笑って、足こぎボートに乗り込んだ。ふたり乗りである。老年と青年が並んでペダルを回し、白鳥の形をした遊覧ボートを湖の中央へ進めた。

「いい天気ですね」

黒木は脚を止めると背もたれに身体《からだ》を預け、まぶしそうに青い空を見ながらそう言った。

「日本にはいつ戻ってきたんだ」

「ついさっきですよ。着いてまっすぐここに来ました」

成田《なりた》から来たのかそれとも羽田《はねだ》からなのか、真行寺は訊かなかった。訊くとこの関係は瓦解《がかい》する。『鶴の恩返し』の夫が機織《はたお》りの部屋の中を覗くのと同じ結果を招く。ふたりの間にはそういう不文律があった。すくなくとも真行寺のほうはあると思っていた。

「桜の季節ですね。いいなあ日本は」

黒木は肩掛けのバッグから、セロファンにくるまれたサンドイッチを取り出し、缶コーヒーと一緒に渡してくれた。

カツサンドとハムと卵とレタスのミックスサンドだった。うまかった。缶コーヒーなのがすこしばかり残念だけれど、贅沢《ぜいたく》は言えない。

「アンプとスピーカーは調子よく鳴ってますか」

「ああ憎たらしいくらいにな」

真行寺宅のメインスピーカーとアンプは黒木のハンドメイドである。黒木作のスピーカーは真行寺が大枚をはたいて購入したアメリカ製を駆逐する勢いだ。

「いまもロックばかりを？」

「そうだな。夕べは『ニーベルングの指環』を聴こうと思ったんだが」

「ワーグナーの？　ものすごーく長いですよ、それ」

「そうなのか。合宿した時に一曲聴かせてもらったことがあったじゃないか。あれはさほど長くなかったぞ」

「『ワルキューレの騎行』ですね。あれは『指環』のほんの一部です。で、どうして？」

「あの主人公のジークフリートってのは北欧神話のシグルズに関係あるんだろ」

「ええ、同一説がありますよね。北欧神話とゲルマン神話は重なるところが多いみたいです」

「最近、北欧づいてるんだよ、俺」

「それでシグルズなんですか。でもそれを調べたければ、僕を呼び出さずに図書館に行ったほうがよくないですか」

「当たり前だ。そんなことを相談したかったんじゃない。それにちっとも連絡をくれないから相談したいこともどんどん変わっちまったぞ」

「じゃあ最初から聞きましょう」

真行寺はペダルから足を外して目の前のハンドルの上に乗せ、青い空を見上げながら話し始めた。

母親の希から杉並署に出された麻倉瞳の捜索願、LinQで届いた「娘は預かっている」という犯行声明、YouTubeの限定公開で瞳が伝えてきた犯人からの要求、上司の水野によるデボラ・ヨハンソン流フェミニズム講義、相模湖バイオテック・メディカルセンターの山口医師への鑑取りでぶつかった個人情報保護という壁、YouTubeへのデボラ・ヨハンソンによる謝罪動画のアップ、瞳の解放と身柄保護、そして、瞳からの聞き取り調査（これは書面を見せた。もちろん職務違反である）、最後に借り腹ではないかという質問を山口医師にぶつけて険悪な雰囲気になったこと、これらを順を追って話した。

話し終えると、黒木は声を上げて笑った。その声は湖上高く上り、青空に舞う雲雀《ひばり》の声と交じり合った。

「また大変な事件を追ってますねえ」と黒木は愉快そうに言った。

事件はこっちで選べないんだよ、と真行寺は言い訳した。

「で、瞳は無事に帰ってきた、と。この後、真行寺さんは何を明らかにしたいんですか。犯人ですか、それとも瞳の出生の背後にある秘密ですか」

「どちらもだ。おそらくふたつは密接に関係しているだろうから」

「ですよね。でも、瞳が犯人とつるんでいる可能性があるのなら、犯人が特定された時、瞳も制裁を受けるかもしれませんよ」

「かもしれない」

「個人的にそのことについてはどう思っているんですか」

「それはデボラと希の背後からなにが出てくるかによるよ」

「つまり、共謀し事件を起こした瞳と犯人には同情を禁じ得ない、そんな秘密が暴かれるかもしれない、と」

「まあそういうことだよな」

「その場合、瞳はどうなるんです。やっぱり逮捕するんですか」

「そうなってみないとわからん。逮捕はしたくなくてもするべき時にはするんだ」

「瞳の出生の秘密についてはどうです。――これは彼女には責任はないわけですよね」

「そりゃそうだろう、この世に放り出されたわけだから」

「で、彼女は聾唖である、と」

「そうだ」

「思春期になると、自分はなぜ自分なんだろうと考える。彼女の場合、それに聾という問題が重なった。自分が聾であるのは自分の責任なのか」

「そんなわけないだろう」

「だとしたら、だれの責任ですか」

「えっと、神じゃないのか」

「はい、キリスト教徒ならそう考えます。というか近代国家ってキリスト教の影響下にあるので、近代を生きる大抵の人間はそう考えます。人間を超えた〝大きなもの〟がその人をそのような者、この場合は聾唖として、この世に送りたもうた、と」

「けれど瞳は人工授精で生まれたんだよ」

「そうです。ここに人為という問題がからんでくる」

「からんできたらどうなるんだ」

「いいですか。卵子と卵子を掛け合わせても子供は生まれません。精子と精子も同様です」

「当たり前だ」

「当たり前かどうかはここでは横に置きます」

「横に置く必要なんかないだろう」

「それはわかりません。とにかく、いま子供をつくれるのは精子と卵子からのみです、ここはいいですか」

「いいもなにも、それしかないじゃないか」

「ということは、瞳も自分が人工授精で生まれたということは知っていた可能性が高い」

「知っていたんだよ。中学卒業と同時に母親から知らされたそうだ」

「そうなんですか。ふーん。まあ親としては、先手を打ったってわけです。娘にしてみればこのふたりから自分が生まれるわけないのだから。そして自分を産んだ母親からは父親のことをまったく聞けないのだから。産んだ母親にしたって、精子提供者とは会ったことがないのだから話したくてもなにも話せない。親が話さなくたって、まあ普通に考えれば、自分は人工授精で生まれたんだと思いますよね」

「うん」

「ということは結構ややこしい問題が生じますよ、これは。聞こえない者として神様が私を世に送り出した。だから聞こえない者として私は精一杯生きよう、そう思って生きることはできるんです。けれど、自分が聞こえないことの原因に人為がからんでいるとしたら話がちがう。一体なにが私を聞こえなくしたんだ、その原因は一体なんだ、そう思って突き止めたくなる。年頃の娘ならなおさらだ。――真行寺さんはそう考えたのではないですか」

「その通りだ」

「ではそれを突き止めましょう」

「突き止められるのかよ」

「ベストを尽くします。でも、開けてびっくり玉手箱、開けちゃいけないパンドラの箱だったとしても知りませんよ」

そう言われると不安になった。

「もう一つ問題があります」

問題と言われると、さらに心配だ。

「事件はとりあえず解決しました。真行寺さんの解釈によると、犯人は一瞬抜いた刀をなにも斬らずに鞘《さや》に収めた。しかし抜刀を見せることで、だれをなぜ斬ろうとしたかを考えさせようとしている。普通はそんなことはだれも考えない。だれも斬られなくてよかったなと安心して、そして忘れてしまう。けれど、妙に勘の鋭い奴がどこからともなく現れて、そいつを嗅ぎつけて、犯人の代わりに斬ってしまう。犯人側が期待しているのはこのことです。これがまちがいってやつです」

「そうだ」

「ということは、頑張って真相究明するということは、犯人に操られているということになりますよね、それでもいいんですか」

「いい」と真行寺はきっぱり言った。

わかりました、と言って、黒木が鞄の中から紙のように薄いPCを取り出した。横から覗き込むと、相模湖バイオテック・メディカルセンターのホームページを開いて、あちこちを閲覧していたが、突然、パチパチとキーボードを叩き始め、エンターキーを押すと、パタンと蓋をし、それじゃ戻りましょう、と足をペダルに戻した。ふたりはまたくるくるとペダルを回し、湖畔の乗り場にボートを寄せた。

陸に上がると、黒木はちょっと行ってきますと言い残し、相模湖バイオテック・メディカルセンターのほうへと歩いて行った。すこし間《ま》を置いて真行寺も続いた。入口でスマホの電源をまた落とし、中に入るとピアノが載っている円形ステージの前のパイプ椅子に腰かけ、そこから黒木が歩いて行った奥のほうを窺った。

黒木は受付で話していたが、受付嬢は親指と小指を折り曲げて3という数字を作って黒木に見せた。黒木は会釈してエレベーターホールへと向かった。真行寺は首を巡らせて壁に打ち付けられている各フロアの案内図を見た。三階にはＡＩＤ（非配偶者間人工授精）という文字が記されてあった。なるほど、と真行寺は思った。黒木の作戦は大体想像がついた。これはしばらくかかるなと思い、真行寺は覚悟して待つことにした。ステージにはヴァイオリンを抱えた青年が上がってきた。青年は一礼するとヴァイオリンを顎《あご》に当て、独奏曲を弾き始めた。その曲は知っていた。尾関幸恵の夫であった尾関一郎が殺された事件で、鑑取りに自宅にあがった時にＣＤで聴かせてもらった。確かバッハだった。演奏者はあとで聞いたがギドン・クレーメルだと言っていた。そのあと、キャリア組の中で珍しく気の合う吉良《きら》という若い警視正が新宿の公園で弾いているのを聴いたことがある。クラシックの素養はないが、真行寺の耳では、目の前の演者の腕前は、クレーメルと吉良の間ぐらいだと思った。

曲が終わった。真行寺は盛大に拍手をした。それにつられて数人がこれに加わった。壇上の青年は意外そうな顔つきになったが、やはり拍手を浴びるのは嬉しいらしく、ありがとうございますと言ってまた頭を下げた。真行寺はさらに大きな拍手をした。空気が和んだからか、もともと物怖じしない性格なのか、聴者の中にいた小学校に上がるか上がらないかの女児が手を挙げて、ツィゴイネルワイゼン弾いてください、と言った。その可愛らしく、しかしきっぱりした物言いに、壇上の青年は困ったなあと笑った。ヴァイオリン習ってるのと訊かれると、女の子はこくりとうなずいた。すると、ニコニコ笑いながらステージに女性がひとり上がってきて、ヴァイオリンを持った青年と目配せし、ピアノの前に座った。これはこないだ来た時も今日もピアノの前に座っていた奏者であった。この病院の専属ピアニストなのかもしれない。じゃあすこしだけ、と言って青年はヴァイオリンをまた顎に当てた。ピアノの伴奏が始まり、ヴァイオリンから短調の旋律が紡ぎ出され、ホールの空気は暗い情念に染まった。聴きながら、これは人気が出るのももっともな名曲だと真行寺は思った。とにかく派手で技巧的で後半に行くにつれ加速してぐいぐい盛り上がる、まるで昔のハードロックのようである。曲が終わり、こんどは前よりも大きな拍手が起こった。青年は上気した顔をほころばせた。

真行寺は手を挙げた。そして、

「パガニーニのカプリースを」と言った。

とたんに青年の顔がこわばった。真行寺はできるだけにこやかな相貌をつくって、

「できましたらさわりだけでも」と頼み込んだ。

どんどん難しくなるなあ、と苦笑しながら青年はヴァイオリンと弓を構えた。弓が弦に触れ、そこからすさまじく速い連音が紡ぎ出され、ロビーに放たれた。三十二分音符の連続で見るからに難しそうな、そしてハッタリの利かない難曲であることが、手や指の動きを見ていると理解できた。曲そのものは二分足らずで終わった。青年は顎からヴァイオリンを外すと、

「いつ弾いてもむずかしいなあ」と言って照れたように笑った。

真行寺は盛大に拍手をした。周囲もこれに倣った。伴奏の女性がピアノを弾き出し、またベートーヴェンの「春」の合奏が始まると、黒木がロビーを横切って院外へ出て行った。

真行寺も後を追った。病院の前で黒木が乗り込んだタクシーは真行寺を置いてけぼりにして走り出した。真行寺は客待ちの別の車に乗り込んでバッヂを見せると、追ってくれと言った。刑事になって久しいが、こんな真似を演じるのは初めてだ。しかも、追っているのは犯人ではなく相棒である。

黒木を乗せた車は相模湖駅のロータリーに入って行った。このまま直進してくれと言い、どんつきを左に曲がってもらったところですぐに停め、結局ちゃんと金を払って領収書をもらい、いま来た道を引き返した。ロータリーへ戻る手前の道の脇から駅舎へと続く階段があったのでそれを上がった。

駅舎の中に入ると、黒木は一番大きなコインロッカーの扉を開けてスーツケースを引っ張り出していた。そして券売機の前に立ち、現金で切符を買うと、改札をくぐった。真行寺はあえて声をかけず、すこし距離をおいて黒木についていった。ホームに出ると真行寺はあたりを見渡した。自分たち以外には五人いるのみで、中年女性のふたり連れと制服を着た高校生の男女、そして爺さんだった。尾行されている気配はない。上りがやって来た。スーツケースを提げて黒木が乗った。真行寺は隣の車両に乗り込んだ。

車内はすいていた。どこまで行くのかな、と連結部を仕切る貫通扉の窓越しに眺めていると、十分ほどでふいに立ち上がり、降りた。おいおいと思いながら真行寺も腰を上げた。黒木はスーツケースを転がしながら、高尾駅に隣接するスーパーのほうに向かった。真行寺は左右を見てから振り返り、尾行がないことをいまいちど確認した。もっとも、ここで尾行されていることに気づいたとしても、ここまで尾行《つ》けてこられたならもう完全にアウトなのだが……。とにかく、真行寺は黒木の横に並んだ。

「今晩なに食べましょうか」と黒木は言った。

やはり、うちに来るつもりなのだ。来るなとは言えない。もともとあのレンガの借家には黒木が住んでいた。真行寺はいきなり訪ねて行って、オーディオを聴かせてもらったり、泊めてもらいさえした。連泊したこともある。自由とロゴの入ったマグカップは黒木が真行寺のために用意してくれたものだ。泊まると黒木が言えば、自分が台所で寝ても泊めてやらなければならない。しかし、黒木のほうは真行寺が独り身でいると思ってるにちがいないのだが、実はいまは居候がいて、さらにそのガールフレンドがちょくちょく泊まっていく。ここを説明しなければいけない、とは思った。お願いできますか。そう言って黒木が店の隅にあるカートを指さしたので、真行寺は一台引き出して、それにプラスチックの買い物籠を載せて黒木のところに戻った。すき焼きにしませんか。そう言って黒木は肉売り場のほうにスーツケースを引きながら歩いて行った。真行寺はカートを押してついて行った。

すると、肉売り場に意外な人影があった。森園とサランが豚肉のパックを手に取りながら何やら話し込んでいる。先にサランが真行寺に気が付いた。

「おかえりなさい、ですか？」

帰宅にはすこし早い時刻である。しかしこれからわざわざ杉並署に出向くこともないだろうと思って、ああ、とうなずいた。

「じゃあ、二百五十グラムじゃ足りないよ」とサランは森園に言ってから真行寺を向いて「生姜《しょうが》焼きでもいいですか」と訊いた。

「今日はすき焼きだ、お客さんがくるからな」と真行寺は言って、隣の黒木を指さした。

「ボビーです。真行寺さんの友達です」黒木はそう名乗った。ボビーというのはジャニス・ジョプリンの名盤『パール』に収録されている「ミー・アンド・ボビー・マギー」から取った偽名というか通名だ。もっとも、黒木というのも偽名なのだが。

「すき焼きですか」と森園は客人ではなく肉のほうに反応した。「てことは牛食えるんですか、今晩」

「ああ、その代わり、これを頼む」と言って黒木のスーツケースを森園に引かせた。

牛だ牛だと森園は喜んだ。両手が空いた黒木は、日本の牛はうまいですよね、と言いながら、すき焼き用の和牛のパックをカートの中にどんどん放り込んでいった。

これを見たサランは豚肉を棚に戻し、森園を連れて野菜売り場に向かった。そうして、豆腐や玉子や白滝や椎茸《しいたけ》や葱《ねぎ》や春菊《じゅんぎく》やらで籠を一杯にして戻ってくると、

「四人で食べるとなると大きめのすき焼き鍋があったほうがいいんですけど」とねだるように真行寺に言った。

「そうだな餃子《ギョーザ》焼くときにも使えるしな」と真行寺は承諾した。

土曜日にサランが泊まる夜には、三人で餃子を具材から作ることがある。最近は、テフロン加工がはげ、フライパンの底に皮が貼り付いてうまく焼けないよとこぼしていた。

「選んでくれるかな」と真行寺は言った。それと食器や箸や黒木用のスリッパやタオルや歯ブラシも買ってくれ、と頼んだ。

真行寺と黒木はビールや菓子を買って、レジの前でサランのカートと合流し、三台列を作ってレジの前に並んだ。順番が来て、勘定はまとめてくださいと真行寺が言い、精算が済んだ籠を袋詰めするためのカウンターに移したすきに、さっさと黒木が払ってしまった。和牛ごちそうさまです！　と妙にきっぱりした調子で森園が言い、恥ずかしいからやめなさいとサランにたしなめられた。客に払わせるわけにはいかない、と真行寺が言ったが、黒木は、宿代《やどだい》がわりですよと言って森園からスーツケースを受け取った。

黒木はタクシーのトランクにスーツケースを入れ、真行寺から家の鍵を受け取ると、山のようなスーパーの袋とともに、後部座席に乗り込んだ。

これを見送った三人は、駐輪場からクロスバイクを引き出してまたがった。そして、一緒に坂を登った。

「ボビーさんて何やってるんですか」

サドルの上から森園が訊いてきた。

「コンピュータ関連だがよく知らん」

「プログレっぽい人ですよね、ピンクフロイドとか」

「いや、クラシックだよ」

「そういうふうには見えないなあ、ロックですよあの人」

そうかもしれないなと真行寺は言った。

「あのFOSTEXのユニットを使ったスピーカーと真空管アンプ、それからDACを作ったのはボビーだ」

「すごくいい音じゃないですか。俺にも作ってくれないかな」

「お前の曲を気に入るかどうかだよな」

クラシックファンかあ、プログレファンならひょっとしたら、などと言っていたが、坂道にやられて森園の口数はしだいに減っていった。サランは意外な健脚ぶりを見せ、ヒョイヒョイと軽やかにダンシングし、きつい登坂をうまくこなしていた。

家に着いてあがると、黒木はスーパーの袋をいくつも床に置いたまま、オーディオセットの前に屈み込んで、なにか細工をしていた。

「ずいぶん変わりましたね、ここ」と黒木は言った。

「同居人がいるんでね。こいつがまた変な音楽を制作しているから」

真行寺は森園をさして言った。

「見ましたよ。奥はスタジオのブースになってるんですね」

「ドラムだけはリビングで録ったほうがいいんだそうだ。――なにをやってるんだ」

「Raspberry Pi《ラズベリーパイ》という子供用のコンピュータです」

「ラズパイですか」と森園が言った。

「知ってるのなら話が早い。こいつを使ってハードディスクから再生します。選曲操作はスマホでこうやって――」

黒木がスマホをいじると、スピーカーからかすかな重低音がボン、ボンと流れてきた。

「これがワーグナーの『ニーベルングの指環』の冒頭部分です。ショルティがウィーンフィルを振ったやつです。――ところで、スピーカーコード、結局すごく高いのを買ったんですね」

えっ、と思ってスピーカーの後ろを見ると、赤いきしめんがつながっている。森園！　と真行寺は鋭く呼んで、

「お前これどうしたんだよ」

そばに来た森園に問い質した。

「え、もらってきたんですよ、あの家から」森園は悪びれずにそう言った。「もう使わないならくださいって言ったら持ってっていいって言われたんです」

まいったな、と真行寺は思った。もともとこいつが虫のいい奴なのは承知しているのだが、使いに出した先で、初対面の相手にこんな高価なものをくださいと言われては面目が立たないじゃないか。それに、アイスランドから直しの催促が来て、泡を食って引き上げたにしては、やることがちゃっかりしている。しかしまあ、そういう事情なら頭ごなしに怒鳴るわけ

にもいかないので、向こうはちゃんと承知してるんだろうなと確認し、本当ですよ、なんなら電話してみてください、などと森園が威張ったように言うので、信じてやることにした。

黒木が、真行寺さんの机を借りたいんですけど、と言った。もちろん使ってくれと答えた。

黒木はノートパソコンを持って、一緒に来てもらっていいですかと言って、奥に消えた。

すこし遅れて部屋に入ると、黒木は真行寺の机の上に自分のノートパソコンを置き、そこからケーブルで机の上のモニターにつなぐと、隣に座った真行寺にそれが見えるよう角度を調整した。

「病院でなにしてたんだ」と真行寺は訊いた。

ようやくこの質問ができた。

「精子を提供したいんですけどって相談に行ったんですよ」

やはり、と真行寺は思った。

「偶然ですが、応対してくれたのは真行寺さんが聞き取り調査をした山口って医師でした」

で、どうだったんだ、と真行寺が訊いた。

「是非とも提供していただきたい、そう言って丁寧にもてなしてくれました」

俺が接見した時とはずいぶんちがうじゃないか、と真行寺は思った。

「で、アカウントを作りました。これがそうです」

真行寺の目の前に、相模湖バイオテック・メディカルセンターの提供精子のドナーのページが開かれた。ログインの画面を呼び出し、黒木はそこに緒方均《おがたひとし》（もちろん偽名だろう）

と書き、さらにパスワードを打ち込んだ。目の前に緒方均の情報が現れた。血液型O型、身長一メートル七十五センチ、体重六十キロ、目立った疾病なし、モンゴロイド、国籍は日本、瞳の色は黒、髪は黒、異性愛者、ハーバード大でコンピュータ科学と哲学を専攻。父親は東京大学法学部卒の元日銀副総裁。

「いくらかは君のデータが入っているのか」と真行寺は訊いた。

「身体的特徴や血液型などは僕のものですね。学歴や名前は友人のものを加工させてもらっています。本格的に提供が決まった時には、さらに細かいデータを採取されるそうです」

「この金額はいったいなんだ」

「精子のチェックを受けて健康的に問題がなければ、これだけの金額を受け取れるそうです。月に一回あそこに行って、個室に入って精子を出すだけで、贅沢しなければ遊んで暮らせるってわけです」

「こんなに払うってのかあいつらは」

「最高ランクをつけてもらいました。ここにAAA《トリプルエー》って出てますよ、証券みたいで面白いですね」

面白くはない。ハーバードならいい値《ね》をつけますよなんて、俺みたいな三流大ならたいして出せませんがって言われてるのと同じで、あまりいい気分じゃない。

「まあ、僕の偽アカウントなんて見てもしょうがない。欲しいのは、麻倉希の情報ですよね。真行寺さんの勘によれば、希はデボラの卵子にだれかの精子を注入して作った受精卵を自分の子宮で育てたってことなんですが、まずこれが当たっているのかどうか。次に、デボラの卵子と結合させた精子はどんなものなのか、それを調べてみましょう」

「できるのか」

「医者はできるはずです。できないと困る。現に山口は、真行寺さんの目の前で希のアカウントを見て、ギョッとしたようになって、その情報は開示できないと言ったんでしょう」

「山口ができることを俺たちがするには?」

「パスワードが必要です」

「パスワードは」

「さっき確認してきました。たぶん取れます」

「どうやって」

「帰り際に、HIV検査について登録するのを忘れたかもしれないと言って、いったん閉じたページをあけてもらったんです。山口はもちろん僕からキーボードを見えないようにしていました。けれどShiftキーは押さず、テンキーも使わなかった。これは目視で確認しました。そして、キーボードの音は十二回鳴った。つまりパスワードは十二文字のアルファベットの小文字で構成されていると考えていい。このくらいならアプリを使って aaaaaaaaaaaa から順に総当たりで試していけば、すぐに出ます。その一方で、医者が閲覧するレイヤーに潜り込む道を探しましょう」

そう言って黒木は手を動かし始めた。いま我々が見ているのは緒方均という個人アカウントだ。これは医者も見るはずである。ここから逆にたどって、その医者がログインする入口まで遡《さかのぼ》る。そこが、ドナーやレシピエントさらに代理出産者の情報を医者が閲覧する入口です、と黒木は言った。ただ画面に現れてきたのはひたすら膨大な、真行寺にとってはまったく意味をなさない文字列である。しかし黒木は、これだな、と言ってその文字列の中から十数文字を選び取り、ブラウザのアドレス欄に貼り付けた。視界が開け、医者専用のログイン情報の窓が開いた。

黒木はポケットから山口の名刺を取り出し、フルネームをローマ字で打ち込んだ。そして、ちいさなアプリを起動し、ログイン画面のパスワード欄にカーソルを持っていったあとで、それを動かし始めた。すると猛烈な勢いで、アルファベットの十二文字が空欄に打ち込まれ、せわしなくEnterキーが押され続けた。

「コーヒーでも淹れてこよう」

真行寺は腰を上げてキッチンに入った。森園はネギを切り、サランはテーブルについてすき焼き鍋の能書きを読んでいた。コーヒーなら淹れますよ、とサランが言ってくれたが、いいよと自分でケトルをコンロにかけた。

「学校はどうだ」

ただ湯が沸くまで突っ立っているのも間抜けな気がして、真行寺はサランにそう声をかけた。

「また言ってますね」とサランは笑った。「もうほとんど単位はとったので、あまり行ってません」

「就活の調子は」

ネギを切っていた森園が振り返り、「言ったら」とサランに言った。サランは黙って首を振った。そういえば就職するかどうかもわからないというようなことを言っていた。

「就職はしたほうがいいと思うぞ」

ドリッパーにペーパーフィルターをセットして真行寺は言った。二社ほど内定をもらったが実は迷っているというサランの言葉を思い出した。そうですか。裏返したすき焼き鍋の底を見ながらサランが言った。すこし機嫌を損ねたような口ぶりが気になったが、気のせいかもしれない。湯が沸いた。コーヒー豆が入った缶の蓋を開けながら、飲むなら一緒に淹れちゃうぞと声をかけたが、結構ですとサランが言ったので、挽いた豆をメジャーカップで二回すくってペーパーフィルターに移した。湯を注ぎ、サーバーにドリップしたコーヒーを、マグカップに注いで、自分の部屋に戻った。

「そのマグ使ってるんですね」と黒木が笑った。

真行寺が把手を掴んでいる〝自由〟の黒い文字が胴に染め抜かれているマグは、黒木がここを借りていた頃、真行寺がちょくちょく訪れては〝自由〟を力説するのをからかって、高尾山口駅近くの土産物屋《みやげものや》で特注したものだ。そして、自由というものはもうないんだ、というのが黒木の考えである。自由という言葉に実体はないが、自由という言葉だけが残った。黒木自由を口にして気分がよくなるのならどうぞご随意に。しかし、すべては情報である。黒木の考えは概《おおむ》ねこういうものだった。こんな具合に言葉にして並べると、大変いけ好かない考えである。しかし、そううそぶく黒木とつきあうのは愉快だ。これは矛盾である。そして、彼の協力を得て追った事件の真相に直面するたびに黒木が正しく思えてくる。これがまた悩ましい。

しかし黒木が真行寺とつきあっている理由もまた謎《なぞ》である。人はみな自由であるべきだ、などと真行寺が言うと、愉快そうに笑っている。馬鹿だと思って憫笑《びんしょう》している可能性もあるが、それにしてはつきあいがよすぎる。

「最近は人気が出てきた。森園って居候も欲しがってる」と真行寺は言った。

「自由ってのはたぶんこの先もずっとキラーワードですね」

これもまた、シニカルな反応で黒木らしい。どう返そうかと思っていると、あ、見つけたようですよ、と黒木がディスプレイを指さした。

『ドナー　レシピエント代理懐胎者データベース』という画面が開いている。総当たり戦で打ち込んでいたパスワードについに当たりが出たようだ。

「じゃあどこから調べますか。やっぱり希さんからいきますか？」

真行寺が考えているうちに黒木は検索欄に麻倉希と打ち込んだ。画面が変わり、正面を向いた希の写真の横に膨大な文字情報が浮かび上がった。

「さすがですね。Surrogate って書いてありますよ。つまり代理出産、借り腹をしています」

「ということは、希は確かに瞳を産んだが、希の遺伝子は瞳には引き継がれていないんだな」

「そういうことです」

「じゃあそれはだれの？」

「卵子はデボラ・ヨハンソンのものです。これも真行寺さんの予想通りです。あとは精子がだれから提供されたかということなんですが。……ちょっと待ってくださいよ」

黒木がキーボードを鳴らした。するとディスプレイに英語のサイトが開いた。それを見て、

「精子はデンマークから買ってますね」と黒木は言った。

アイスランド、スウェーデン、こんどはデンマーク。また北欧かよ、と真行寺は思った。

「このクライヨアーツ社の宣伝文によれば、『わが社が調達できない精子などない』そうです。ちょっと他のサイトでこの会社を見てみましょうか。——ふむふむ。ぶっちぎりで世界最大の精子バンクらしいですね」

「だったら、きみの精子も、日本からここに送られて、ここからまたレシピエントに購入させるんじゃないのか」

「そうかもしれません。じゃあ、デボラと希はどんな精子を買ったのか、調べてみましょう」

相模湖バイオテック・メディカルセンターの希のアカウントのページにいったん戻り、そこからまたデンマークの精子バンクに飛んだ。そここそが精子提供者のアカウントだった。

黒木はそれをじっくりと読み始めた。そして、

「まいったな」と言った。

「なにが」

「まずこれは非常に特殊な精子です」

「どこが」

「一般的に多くの精子バンクでは、提供者に精子を提供できる回数を制限しているようです。特定の遺伝子が世の中に広まりすぎることを恐れているのでしょう。けれどこの会社は、さっき読んだ規約によると、ＡＡＡの精子に限って提供回数に制限を設けていません」

「つまり、君のような人気のある精子はどんどん世界中に売られていき、君の知らないところで君の子供が大量に生まれるわけだ。君のように頭がよく、すべては情報だとか言って俺のことを馬鹿にするような奴が増えていくってことだよな」

「えーっと、皮肉はともかく、真行寺さんの理解は正しいです」

「で、そういうＡＡＡ《トリプルエー》の精子ってものがあるってのはわかった。ところで、デボラが購入した精子はそういうものとはちがうのか」

「ちがいます。但し書きには、今回のみ提供する特殊なものである、と」

「それはどんなものなんだ」

「スペシャルなＤＤＤ《トリプルディー》。――そう書いてあります」

最低ランク、しかも特殊な。それは一体なんなんだ。そして、それがなぜ売り物になるんだ。

「ここの注意書きを読むと、この精子はデボラのリクエストによって調達されたとあります。

読みますよ。『本精子は、日本在住のアメリカ人でレズビアンの女性であるデボラ・ヨハンソンの希望に応える形で、特別に調達されたものである。〝あらゆる精子を取りそろえている〟という我が社のキャッチフレーズを裏付けるために、調達したものだったが、さまざまな議論を呼び起こす可能性があるという見解に達し、本精子は秘匿項目とすることにし、レシピエント側とも精子調達のプロセスについては口外しない旨の契約を交わした』」

いったいどんな精子なんだ。

「精子の提供者は、日系とゲルマン系のハーフです。ニューヨークのコロンビア大学を出て研究職に就いています。専門は経済学。ゲーム理論をもちいた適正な軍事費の算出ですって。――これは面白そうですけど、いまは深入りはよしましょう。身長百八十二センチメートル、体重七十一キロ、髪は栗毛、瞳はダークブラウン」

「AAAじゃないか。なんでDDDなんだよ」

「なにか理由があってのことなんでしょうね」

デボラが購入した特殊な最低ランクの精子。それは一体なんだ。

「これだな」と黒木が言った。

そして黙ってコーヒーを飲みながら英文字を読んでいた。時々、小さな声で、うあ、とつぶやいたり、思わずため息を漏らすのが気にかかったが、ここで邪魔をしないほうがいいと思い、そのまま読ませておいた。最後に黒木は深くため息をついて、画面を閉じた。

「わかりました」と黒木は真行寺のほうを向いた。

「なにが」

「これはやはりＤＤＤです」と黒木は言って、「しかも特殊な」と付け加えた。

「しかしそれは、デボラの注文には適《かな》ったものなんだな」

「そうなんでしょうね」

「聞かせてくれ」

　そう言って真行寺はベッドの上に飛び乗って胡座をかき、寝台が寄せられている壁を背もたれにした。いままで木製の丸椅子に腰かけて黒木の横でパソコンの画面を覗いていたのだが、尻が痛くなったのと、落ち着いた姿勢で黒木の言葉を受けたほうがいい気がしたからである。一方、黒木はワークチェアをくるりと回して、背もたれをぐっと後ろに倒し、両足をベッドの上に投げ出した。こうしてふたりは脱力した姿勢で向かい合った。

　沈黙が流れた。

　黒木が、「実はこの精子提供者は」と口を開いた。

　真行寺は目を閉じて、次に来る一言《いちごん》を待った。

「聾者です」

　それは真行寺の胸をまともに打ちつけた。と同時に、その言葉に刺激され、脳内のあちこちでニューロンが盛大に発火し、またたく間にいくつもの物語が編み上がった。真行寺は瞬時にそれを片っ端から検証した。そして、もっとも過激なものを選び取った。

「デボラは聞こえない者の精子、つまり、聞こえない者が生まれる可能性が高い精子をわざわざ調達したわけだよな」

「イエス。この精子提供者は三代続いて聾者のいる家庭に生まれ、育っています」

その念の入れようが、真行寺の恐ろしい推理を裏付けるようで、それがまた恐ろしかった。

真行寺は口を開いた。

「デボラも聾者だ。聾者の精子を聾者である自分の卵子に注入して受精卵を作り、意図的に希に聾者を産ませた」

「その可能性は高いと思います」

「では、なぜそんなことをする」

黒木は考えてから言った。

「それは私の自由だ、そう思ったからではないですか」

「自由？」

「ええ、そういう子を欲しいと思うのも、そういう子を持つのも私の自由である」

「生まれた子供から自由を奪ってるんだぞ」

「それは偏見です、――おそらくデボラに言わせれば」

「詭弁《きべん》だろ、それは」

「いや、過去に同じようなケースがアメリカでありました」

黒木はベッドの上から足を下ろすと背もたれを起こし、ワークチェアをくるりと回転させて、キーボードの上で指を走らせた。

「これだ。二〇〇二年の記事です。レズビアンのカップルがいて、この二人ともが聾でした。そして、聾は文化的アイデンティティであり、障害ではないのだという信念を持って生きていました。いわゆる〝障害は個性だ〟ってやつです」

「まあ俺も聞いたことがあるよ。ハンディキャップを背負った人間を、哀れむのではなく、健常者と差異のないように処遇しよう、処遇するべきだってことなら俺は賛成なんだが」

「そういう微温的なヒューマニズムにこのふたりは安住していないんです。聾はライフスタイルのひとつであり、素晴らしい面を持っている。聾であることの豊かさを子供にも与えてあげたい、そう思って、家族が五代にわたって聾であるドナーを見つけだし、精子を提供してもらった。そして目論見《もくろみ》通り、聾の子を産んだ。このエピソードを真行寺さんは忌まわしいと思いますか」

「思う」

「なぜでしょう」

真行寺は自分の感情を表現するための適切な言葉をさがした。しかしそれはすぐには見つからなかった。

「真行寺さんは、もし自分の子供が大きなハンディを抱えて生まれる可能性があるとわかったとき、それを技術的に取り除く処置を望みますか」

実際に真行寺の子供は真行寺の元妻から負の遺伝子をもらい、成人になってから発病した。そして、最先端の医術を求めて中国に行き、その施術でいまは小康状態にある。そのことについて、よかったな、と真行寺は元妻に言った。

「望むかもしれない」と真行寺は言った。そう言わざるを得なかった。

「なぜですか」

「そうすることが、その子が幸せになる可能性を高めると思うから」

「このふたりもそう考えたんですよ。聾者として生きることは幸せだと」

「なぜそんなことが言える」

「聾者として生きている自分たちが幸せだからです」

「自分の幸せを子供に押し付けて子供が幸せになるとは限らないだろ」

「それはそうですよね」

「その子供は幸せだって言っているのか」

「それはわかりません。赤ん坊に訊いたって答えてくれませんからね。これは新聞記事ですからその後のことは書かれていません。ただ、この赤ちゃんもいま生きていれば十七歳になります。聞けるもんなら聞いてみたいですね」

十七歳。それは麻倉瞳の年齢でもある。

「けれど僕が思うに、デボラ・ヨハンソンはもうちょっと過激なことを考えてるんではないか、と思うんです」

これ以上に過激なことがあるのか、と真行寺は驚いた。

「このアメリカの記事によればふたりの目的は、要するに自分と似た子供が欲しいってことです。聾だってなんだって関係ないだろ、私は私なんだから、私は私と似た子供を持ちたいんだ。つまり、真行寺さんの言葉で言えば、『俺は俺だ、文句があるか』ですよ」

それはちがうんじゃないか、と思ったがすぐには反論できなかった。

「でも、デボラ・ヨハンソンってのはもっとその先を考えてるんじゃないかと思うんです」

「というのは」

「技術を使って人間はどこまで自由になれるのか、フェミニストでレズビアンのデボラは、技術によって、女ではなく人間になることを目ざしているんじゃないんですか」

確かにそんなことを水野課長も、横町れいらの小説を引き合いに出して、言ってた気がする。

「というのは、このところずーっと、思想界ではいろんな二分法をチャラにしようって動きが活発なんですよ。物と心、自然と文化、世俗と宗教、これは真行寺さんとちょっと前に議論しましたよね、それから主観と客観、こんなところかな。まあ色々あるんですが、そういう二元論や二項対立を無効化しちゃえって動きは無視できない程度にはあって、その中に、男も女もない、そんなもの文化的な構築物だ、チャラにしようと思えばできるんだってフェミニズムの潮流もあると思うんです。すくなくとも、あっても僕は驚かない」

「いやあるらしい。それは上司から教わった。そして君とちがって俺はおおいに驚いてる。俺はこれまで、セックスは肉体の性でこれには曖昧なところはなく、ジェンダーってのは心の性でこちらには個人的なバイアスが色々ある、そういうふうに理解していたんだ。つまりジェンダーは心の問題で、心の問題のケアが大事だ程度に考えていたんだが、上司に言わせると、その手前のセックスってのがすでにあやしい。生物学的にも男と女が明確に分けられる保証なんてないって言うんだよな」

「そうなんです。そもそも科学なんてものは客観的な真実を表しているのかってツッコミが最近は頻繁に入っているわけです」

頭が痛くなってきた。

「ちょっと昔までは、科学ってのは自然ってものをありのままに捉える、ピュアな認識活動だと考えられていたわけですよ」

「色眼鏡《いろめがね》なしでありのままに見ようぜ、そしてありのままを理解しようぜってことだよな」

「そういうことです」

「そうじゃないって言うのかよ」

「ええ、そうじゃないという意見が出てきてるわけです。客観的と思われている科学だって実験室なんかでかなり主観的に作られているのではないか、もっと言えばそれを使う社会の都合のいいように〝科学的事実〟なるものが生産されているんじゃないかってことです」

「そんないい加減なもので飛行機が飛んだり、高層ビルが建ったり、摩天楼が建ったりするのかよ」

「逆ですよ。飛行機を飛ばしたり、高層ビルが建ったりする、つまり社会に役立つからこそ科学的真理だと認定されているわけです」

「その理屈を使えば、男と女の二分法も、社会に役立つから使っているだけって話になるわけか」

「そうですよ、そういう主張をしているんだと思うんです」

「じゃあ、どういう風に社会的に役立つんだ」

「まず生物学で人間を男と女に分ける。それ以外はなしってことにして、人格に男もしくは女の烙印を押す。そのあとは、性交・出産・育児ってものを中心にして、この社会における男と女の役割を強制していく。強制された役割をジェンダーって呼んでるだけなんですよ」

「だから、それが社会にどう都合がいいんだ」

「資本主義社会を回すのには便利でしょうね。男は工場で労働する。女は家にいて子育てをして子供を工場労働力として一人前に育てる」

「ただ、いまは労働力というのは工場の労働者ってわけじゃないだろう」

「そうです。つまり労働から男らしさがそぎ落とされてしまったってことです。となると、女が労働市場に進出してくる。オフィスオートメーション・システムによって、女は男から解放されつつあるんです」

　黒木の意見が、水野から受けた講義と重なった。機械に接続されることによって、つまりサイボーグになることによって女は男から解放される。しかし――、

「けれど、いくら職場の軽労働化が進んでも、子供を産むのは女じゃないか。男と女の二分法を解消するなんて言っても、セックスして妊娠して子供を産むのは女だけだぜ」

「それでとりあえず、代理懐胎、〝借り腹〟なんだと思います。むかしはそんなことしたく

てもできなかった。科学技術によって可能になったわけです」

そう言えば横町れいらの小説『サイボーグは電気猫の夢を見るか』のヒロインも妊娠したら、すぐに受精卵を人工子宮に移してそこで出産するという設定で書かれていた。

「問題はその先です」と黒木は言った。

その先と言われても、これ以上なにを？　という気がした。それに、デボラの思想を追及するのも大事だろうが、事件捜査にとってはその前に確認しなければならないことがある。

「ちょっと待ってくれ。デボラと希はかなり過激な方法で聾の子供を産んだ。そうして生まれてきた麻倉瞳はそのことを知ったのかどうか、これがまず問題だ」

「真行寺さんはどう思いますか」

「知ったと思う」

「それは母親に聞かされて」

「そうじゃないだろう。あのふたりは父親の人物像については瞳にはなにも伝えてないと思う」

「だとしたら、麻倉瞳は病院に行って尋ねて知ったことになります」

「けれど病院が言うには、提供精子の詳細は子供には明らかにしないんだそうだ」

「さらに備考欄には、重要秘匿事項と書かれているくらいですからね」

「となると君のように裏技を使ってデータベースに侵入したのか」

黒木は笑った。とうてい無理なんだろう、と真行寺は受け取った。

「でも病院には行ったんですよね」

「行ったんだ。けれど、受付でうまく意思疎通ができなくて、医者と面談できずに帰ったと言っていた」

「それは信用していいんですかね」

「わからん。来院履歴には記録がない、と山口は言ってたんだけどな」

「調べてみましょう」

黒木はログインしたままの画面に向き直り、来院者のデータベースを検索してから、首を振った。

「たしかに記録にないですね」

真行寺は考えた。

「とにかく行ったんだとしたら、病院の防犯カメラには映ってるんだろうな」

「防犯カメラっていうのは、ある程度日数がすぎると消してしまうんです。行ったのはいつですか」

「二ヶ月ほど前だと言っていた」

「微妙ですね。でもまあやってみましょう。正確な日にちはわからないんですよね」

「わからないな」

「まず、病院の防犯カメラの映像を見てみましょう」

黒木がカチャカチャとキーボードを鳴らすと、一覧表になった文字列が画面の上から下までを覆った。「ロビー」とか、「受付前」とか、「三階通路」とか、「ナースセンター」とか、「デイルーム」とか、場所が明記された項目の下に、映像ファイルのサムネイルと、日付を表す数字が添えられた文字が並んでいる。ああ、三ヶ月保存しているようですね。ラッキー。黒木はそう言うと、いったん画面を閉じ、こんどはGoogleで麻倉瞳を検索し、その画像と動画をどんどんダウンロードし始めた。

「何をやってるんだ」

「警察犬に犯人を追跡させる前に、衣服なんかをくんくん嗅がせるシーンが昔の刑事ドラマであったじゃないですか」

「ドラマじゃなくて、いまも警察で実際にやってるよ。散歩に出たまま帰ってこない爺さん婆さんを探すときにはよく出動願っている」

「へえ、そうなんですか。それと同じですよ。まず、徘徊しているおじいちゃんを探し出す前に、ワンちゃんにおじいちゃんの匂いを覚えてもらうわけでしょ。麻倉瞳を見つけ出すためには、コンピュータに麻倉瞳を覚えてもらわないといけないんです」

「それって、あの」と言って真行寺はその先を言《い》い淀《よど》んだ。

黒木は口の端に薄笑いの影をちらつかせ、

「そうです、あのブルーロータスがやっていた深層学習です」と言った。

去年の秋に真行寺は、ブルーロータス運輸研究所という自動運転技術を開発している施設を北海道に訪ね、そこが開発した深層学習のアルゴリズムを逆手にとって、インド人の所長をそのテクノロジーの暗黒面に突き落としたことがあった。

「あの所長はどうしてますか」と黒木が訊いた。

「先月退院したそうだ」と真行寺は言った。

「それはよかったですね」

返事はしなかったが、よかったのかもしれないと真行寺は思った。少なくとも黒木にとっては。ふたりは気が合っていた。

黒木はなにやらアプリを立ち上げて、ダウンロードした麻倉瞳の画像や動画をそれに読み込ませ始めると、すこし時間がかかりますよ、と言った。その時ドアがノックされ、森園が顔を出して、お食事の用意ができましたと呼んだ。じゃあ、パソコンがお勉強している間に俺たちは飯を食おう、と肘枕をしてベッドに寝そべっていた真行寺はむくりと起き上がり、足を床に着けた。しかし黒木は、そうですね、と病院のホームページに戻ってその画面を閉じようとしていたが、そこになにか気になるものを見つけたらしく、パソコンをまたいじりだした。そして突っ立って待っている真行寺に、

「ちょっと先に行って食べていてください、すぐに行きますから」と断りを入れた。

真行寺は黒木をひとり残して部屋を出た。

森園とサランが並んで座っているダイニングテーブルに着くと、ご飯をよそいますかとサランが訊いた。あとにすると真行寺は言った。

鍋はぐつぐつ煮えていた。真行寺はその中を箸で突いた。サランがここにきて食事を一緒

にし始めた頃には、直箸《じかばし》でいいよな、と最初に断っていたが、この儀礼もすぐに省略されるようになった。肉をつまんで頬張ると、青山の紀ノ国屋ではないけれど、一番高い値が貼られたパックを取ったので、じゅうぶん満足できる味だった。森園とサランもうんうんと満足そうに口を動かしている。ボビーさんはと森園が訊いた。まだなにか作業しているみたいだ、と答えた。作業って何やってもらってるんですか、と森園がまた訊いた。どうはぐらかそうかと考えあぐねていると、お待たせしましたと当人が現れた。美味《おい》しそうだなあ、と箸を取って肉をひとくち口に入れると、和牛は最高ですよね、と言った。次はいつ日本を発《た》つんだ、と訊きたかったが、黒木の情報はなるべくなら前のふたりに与えたくなかった。

「ミュージシャンなんですよね」と黒木が森園に向かって言った。

森園は嬉しそうにえへへと笑った。

「音大に行ってるんですか」

「いや高校も出てません。真行寺さんに怒られましたが」

「怒ったわけじゃない」

「でも反対はしましたよね」とサランが言った。

「そうだな、あまり甘く考えるとよくない気がした」

「ずっとフリーランスなんですか」とサランがこんどは黒木に向かって言った。

「どうだろう、そう言ってもいいくらいには長いけど」

これもまた妙な返事である。

「やっぱり大変ですか」とサランは訊いた。「フリーで生きて行くのは」

「まあ不安定だね、やっぱり」

「でも自由ですよね」とサランは訊いた。それはフリーランスは自由でいいぞと言ってくれと言わんばかりの口ぶりだった。

「僕の考えだとフリーランスで生きて自由を感じられるかどうかは、その人の能力によるところが大きいと思う。もちろん運やめぐり合わせもあるけれど。サランさんだっけ、君に能力があれば、満員電車に乗ったり、無内容な定例会議に出たりなんていう嫌なことをやらずにすむという意味での自由は手に入ると思う。もちろん、真行寺さんのように、半ば強引にそういうものをぶっちぎって自由を満喫してる人もいるけれど、やっぱりそれは能力があるからだと僕は思う」

「満喫なんかしてるものか」と真行寺が言った。

「能力あるんですか、真行寺さんは」と森園が黒木に訊いた。

「ありますあります」と黒木が請け合った。

笑って二回くり返すと本気かどうか怪しくなるじゃないか、と真行寺は思った。

「能力あるのにどうしてヒラなんですか」

「自由になるために、というか自由になったような気分を味わうために、あえて選んだ結果ですよ」

黒木が妙な補足を加えたために、若いふたりは首を傾げた。

この人はね、自由なんてないというご意見なんだよ、と真行寺は解説した。

「本当の自由と、自由になったような気分を味わうのとはどうちがうんですか」

「人によってはどっちも同じですよ」と黒木は言った。

「ボビーさんにとってはちがうんですか」

「ちがいます」

「どうちがうんですか」

「それは真行寺さんに説明してもらうといいんじゃないかな」

これを聞いた森園が驚いて、そんなめんどいこと真行寺さんが説明できるんですか、と言った。すべては情報なんだよ。真行寺はいつも黒木が口にする決め台詞を真似して言った。

「でも、たとえ自由になったような気分にすぎなかったとしても」とサランが口を挟んだ。

「不自由を感じて生きるよりはいいんじゃないですか」

「そう思う」と黒木はうなずいた。「でも、そう思うのなら人と同じことしてちゃ駄目だよ」

サランは森園を見た。森園はちょっとまごまごしたような表情になった。明らかに、なにか打ち明けるべきことがあるのにそれができないでいる、そんな気配がふたりの間に漂っていた。

「ひょっとして」と真行寺が口を切った。「就職しないつもりなのか」

サランはまた森園を見た。そのまなざしが言いなさいと森園に命じていた。森園は真行寺のほうを向いた。

「アイスランドのあとでまた仕事が入ったんですよ、こんどはデンマークとノルウェーからなんですが」

「それはよかったじゃないか」

「よかったんです、それは」

「ひょっとして北欧に移住でもするのか」

「いや、移住する必要はなくて、ここで作ってネット経由で音源を送ればいいんです。いちおう大抵の音はここでも作れるので」

じゃあ、いまと変わらないじゃないか。真行寺はサランを見つめ、

「相談したいことがあれば、言ってくれ」と水を向けた。

「あの、起業したいんです」

疑っていた通りだった。困ったな。真行寺はそう思った。サランの思惑はきわめて単純である。いましがた黒木が話題にした能力なら森園が持っている。仕事は徐々に増えていくだろう。ついてはふたりで会社を興したい。会社を登記するにあたってここを住所にできないだろうか。そして真行寺には、役員になって、資本金も少しばかり出してもらえると大変ありがたい。聞けばその金額はずいぶん控えめなものだった。機材は森園がすでに持ち込んだものでたいてい間に合うし、森園をここに住まわせると決心した時に、真行寺が大家の許可を取って自腹で改築し、録音ブースを設《しつら》え、完璧ではないが簡易な防音もしてある。あとは出費を抑えて、ほんのすこし使える金があれば、なんとか回していけるはずだと考えている

のだ。若い人間の多くが抱《いだ》く、憧れとロマンと情熱と希望的観測に支えられたプランである。

けれど、たまたま二、三連続した注文が、この先いつまで続くのかはわからないぞ、と真行寺は心配した。森園は器用な職人的ミュージシャンではないし、作れる音の傾向も限定されている。ちゃんとした音楽教育を受けたわけでもないので、オーケストレーションとか編曲とかそういう仕事は舞い込んでこないだろう。とはいえ、発注元の視点で見れば、そういうタイプの仕事なら地元でいくらでもオーダーできるから、わざわざ日本に依頼する必要はない。海を越えて仕事が舞い込んだのは、森園のへんな個性が金になっていることの証《あかし》である。

「ジャンルでいえばどんなものなの?」と黒木が横から訊いた。

この簡単な質問に森園が妙にどぎまぎして「まあ、かっこいい変態というか、へんなプログレっぽいのを目ざしているんですが」などとわけのわからないことを言い出したので、真行寺は助け船を出してやることにした。実は黒木はひょんなことから森園がアレンジした楽曲を聴いたことがあったのだった。ほら、ブルーロータス運輸研究所のお祭りで俺がDJの真似ごとをしたことがあったろう、あの曲をアレンジしたのがこいつだ。アレンジというか、ほとんど作ったようなもんだ。二番のボーカルは彼女だよ。ああ、覚えてますよ、あれはよかった。すごく盛り上がりましたね、と黒木が言った。あれもここで録音したんですよ、とサランが注釈を加えた。そうか、それでここを録音スタジオ兼事務所として使いたいんだね、と黒木が納得した。

真行寺は悩んだ。出してやれない金額ではなかった。定年後はかなりまとまった金額が退職金としてもらえることになっているし、八王子で住んでいた家を売却した際に、ローンの残金を払っても少し手元に残った。不動産屋を通じて大家からここを買わないかと持ちかけられてもいた。公務員は信頼されているんだな、とそのとき実感した。金の問題ではない。けれど、真行寺がオーケーすることによって、ふたりの人生を、表向きは退学だが実のところは放校になった森園はともかく、もう少し堅実な道を選ぼうと思えば選べるサランにそんな危なっかしい方向へ舵《かじ》を切ることを後押ししてもいいんだろうか。

この世間をつつがなく渡っていける能力は、森園よりもむしろサランのほうが高い、と真行寺は鑑定していた。それなのに、森園の異形な才能に賭《か》けて、一緒に突き進むというのはリスクが大きすぎやしないか、とも思った。その前に、サランはいつまで森園とつきあっているだろうかとも疑った。別れた後で、大胆な選択のツケを払わされるとしたらサランである。女が男の才能に惚《ほ》れてついていくなんて古いんじゃないのか、とも思った。余計なお世話である。いちどサランにそう叱られた。そこで真行寺は、「親はなんて言ってるんだ」という、こういう場で口にするに実に無難でつまらない質問をした。

「母親とは色々ありましたが、自分が好きなようにしていいと言われました」

そうかと言った後で、言わせたんだろうな、と真行寺は思った。

サランにも森園にも父親はいない。ともに母子家庭のふたりと日頃から接していると、父親然とした態度をとらなきゃいけないような気分に自然となってくる。

「事業計画書は作りました。損益計算表も付けてありますので見ていただけますか」とサランが言った。

そんなもの見てもわからないし、そういうことじゃないんだ、と真行寺は言いたかった。そういうことじゃないならどういうことなんだと言われると、それもまた言いにくい。横を見ると、黒木がニヤニヤ笑いながら箸を鍋に伸ばしている。その笑いに込められた意味は明らかだ。人はみな自由であるべきだと日頃からお題目のように唱えているくせに、若い連中から自由の荒野を目ざしたいと打ち明けられた時には二の足を踏むのはおかしくないですか、と面白がっているのである。確かにおかしい。しかし笑われるのは癪だ。

考えておく、と真行寺は言った。自分がここで断ってそれでサランが断念するならいいが、それでも突進してこっぴどい目に遭ったりされたら、すこしは手を貸してやればよかったと後悔するにちがいない。

この住所で会社の登記をし、ここで寝起きすることは法的には問題ないだろう。ということはこれについては真行寺が許すか許さないか、がほぼすべてである。しかし真行寺は、「ここは賃貸だから、登記するとなると、そのようなことが可能かどうかは、まず大家に確認する必要がある」ともっともらしい留保の理由を付けた。

サランは不満そうだった。真行寺さんならわかってくれると思っていたのに、と言いたげである。断ったら言うかもしれない。実際言われたことがある。サランは言うときには言う女だ。

突然森園が、

「牛はうまいなあ」と言った。雰囲気を和らげるため、話題を変えようとする魂胆が見え見えだった。森園が黒木に訊いた。

「よく海外で仕事をしてるんですか」

「そうだね」

「北欧には行ったことありますか」

「あるよ」

「飯はうまいですか」

「僕の舌だと、日本のほうが断然うまいね」

「そうか。やっぱりここで仕事しよ」

まるで北欧のどこかから、移住してこちらで活動しないかと勧められてるような口ぶりである。

食事が終わり、黒木と一緒にオーディオセットの前のソファーに移動した。森園とサランは台所にいて、並んで食器を洗いながらふたりでボソボソやっていた。黒木がクラシック聴いてもいいですか、と言ったのでどうぞと言った。黒木はプリアンプのセレクターを切り替えて、手元のスマホを操作した。オペラだった。最初はおごそかに始まっていたが、どんどん盛り上がり、ものすごく重厚なオーケストレーションを背後に、狂ったようなソプラノの熱唱がすさまじい高みまで上り詰めていく。黒木が組みあげたオーディオシステムがこれをふんだんに鳴らしきり、部屋全体がとどろいているようだった。その深くて暗くて高い音響の熱量に惹かれたのか、台所から森園とサランが出てきて、ソファーの前のカーペットに尻を着けて聴きだした。

「これって、なんですか」

曲が終わると森園が訊いた。

「ワーグナー。『ニーベルングの指環』の最後のほうだよ」

「これがワーグナーなんだ」

「はじめて聴いたの?」と黒木が訊いた。

「いや、YouTubeでちょこちょこっと聴いたんですけど」

「なんでそんなもの聴いたんだ」と真行寺は森園に尋ねた。

森園はなぜかサランを見た。

「アイスランドから注文をもらったときに、聴いといてくれって言われたんですよね。アルバム全体はワーグナーの『ニーベルングの指環』の世界を目指すんだって言われて」

「たしかにマジ聴きするとちがうなあ」と森園は言った。「すごかった」

「だからちゃんと聴けって言ってんの」

「だって長いんだもん」

「長いよね、その気持ちわかるよ」と黒木が笑った。

「これはなんてタイトルですか」とサランが訊いた。

「『ブリュンヒルデの自己犠牲』って曲だよ」

「自己犠牲？　ざまあみやがれオッホッホみたいに聞こえた」と森園が言って、

「まあ、ブリュンヒルデは炎の女だから」と黒木が返し、

「サランみたいだな」と真行寺がつないで、男三人が笑った。

サランも照れたように笑ってくれたので、つい口を滑らしてヒヤリとした真行寺はほっとした。すると、黒木が森園に向かって、

「森園君だっけ、君が作った曲を聴かしてよ」と言った。

「え、マジですか」と森園が驚いた。

真行寺もギョッとした。森園には才能を感じるものの、その曲をじっくり聴くのは体調がよくないとキビシイぞと心配になった。長旅で疲れてるのならよしたほうがいい。

「長いのと短いのと、どっちがいいですか」と森園が訊いた。

「長いのってどのくらいなの」

「三十分くらいありますけど」

「じゃあ、長いの」と黒木は言った。「クラシックを聴いてれば三十分なんて普通だよ」

わかりましたと言って、森園が白い盤をＣＤプレイヤーに読み込ませた。あのオーディオショップでかけようとしたやつだなと思った。

真行寺はそそくさと腰を上げた。

「俺は部屋で待ってる。さっきの話の続きもあるから、聴き終わったら来てくれ

真行寺は、さっき食事に呼ばれた黒木がそのまま部屋に残ってなにを調べていたのかが気になっていた。わかりました、と黒木はうなずいた。

「それじゃあ、ここでぼくが聴いてる間に、明日いっしょに京都に行けるようスケジュールを調整してくれませんか?」

京都? ポカンとしてる真行寺に、詳しい理由はあとで話しますから、と黒木は言った。

富士山が見えたので注文どおりに肩を突いて起こしてやると、隣の席で黒木はうーんと伸びをしてから窓の外を見て、やっぱりきれいだなあと言った。

「なにも食わないでいいのか」

真行寺はこんどは通路の向こうからやってくるワゴンを指さした。食べましょうと黒木は言った。

「急に申し出てすぐ出張命令を出してくれるなんていい上司ですね」

幕の内弁当の蓋を開けながら黒木は言った。事件が解決したわけじゃないからな、と真行寺も色とりどりの箱に箸をつけた。

この日、ベッドを抜け出してリビングに行くと、黒木はソファーの上で寝袋にくるまったまままだ寝ていた。森園とサランの声も聞こえなかった。真行寺はひとりでコーヒーを淹れるとラスクをいちまい囓《かじ》り、家を出た。

登庁するとすぐに水野を捕まえて、話がありますと言った。水野は自分のデスクの横に置いてあるパイプ椅子を指さした。込み入った相談や報告を受けるときには、部下をここに座らせて聞くのが水野の流儀である。真行寺も腰を下ろした。しかし、

「遺伝子的には麻倉瞳は希の子ではありません。希の役割は子宮の提供です。つまり瞳はデボラの卵子と提供精子で設計されたデザイナー・ベイビーです」そう切り出すと水野はその先を制して立ちあがり、真行寺を応接室に連れて行った。

「確かなの」腰を下ろすと水野は言った。

「いや勘です」真行寺はそうごまかした。

「本当に勘なの？　また変なことしてませんか」

いえいえと真行寺は首を振って、

「人工授精であることは病院側も認めています」と言った。

だからそこを踏み切り板にしてえいやと想像力を跳躍させた結果を申し上げたんです。そんな曖昧な言い訳を付けた。水野は黙ってこっちを見ている。考えてみてください、瞳が聾唖であることも、デボラに似ていることも、これだと理解できます。課長から講義を受けたデボラの思想講座の内容とも矛盾しません。横町れいらの小説とも符合するような気がしませんか。――などと追加した。

「けれど、京都でその人と会っても、誘拐事件の解決には直接関係ないじゃない」

「誘拐事件のほうはだいたい見通しがついてます。これについてはまた別途」

「え？　だったら先にそっちを詰めるべきじゃないの」

「いや、詰んじゃいたくはないんです」

「どういうこと」

「犯人を捕まえる前に京都に行って確認しておきたいんです」

「だめ。誘拐事件のほうをまず解決しなさい」

「気が乗らないんですよね、それは」

「ふざけるな」

「すみません。ただ課長も知りたいんじゃないですか」

「なにを」

「デボラがこの先何をやろうとしているのかを」

「この先？」

「いいですか、犯人はデボラに自分がまちがっていたと認めろと要求したんです」

「そうね」

「ではなにがまちがいだと犯人は思ったのか。デボラがどう考えているのかは課長から教えていただきました。その過激さも理解しました。けれどいくら過激であっても、考えというのは頭の中にあるものです。文字として頭の外に出ることはあるかもしれないが、それを文字にしてるだけなら、あんなふうに脅されることもないんじゃないんですか。これはもうちょっと早く気づくべきことだったんですが」

「言ってることがよくわからないんだけど」

「まず、世間一般に流布《るふ》しているセックスやジェンダーにまつわる話ってのは、大まかに言えば、ジェンダーの多様性を認めろってことですよね。認めればいいと思いますよ、そして認める方向に動いていくでしょう世間は。なぜならばそんなことどうでもいいわけですよ、マジョリティの異性愛者にとっては」

「どうでもいい……」

「ええ、その程度なら。けれど、デボラの過激な思想を過激に実践するなら、これはどうでもいいというわけにはいかない。犯人が撤回しろと求めてるのは、考えではなく、行動なのではないか」

「行動か。デボラは意図的にハンディキャップのある子供を産ませた。つまり、彼女がやったことは許せないというわけね」

「過去にやったことについてはその通りです。そして、さらにデボラは新たになにかやろうとしている」

「新たにって」

「それは京都に行って確認しないと正直言ってよくわかりません。それを課長は知りたくないんですかと訊いているんです」

「わからないっていうけど、それは刑法に違反することなの？」

「それもわかりません。因《ちな》みにデボラがやったことについては、アメリカで似たような例がありまず。これは大きな議論を呼んだものの、聾唖のデザイナー・ベイビーを作った母親は刑務所に入ったわけではないようです」

「それはそうでしょうね」

「けれどデボラがやろうとしていることについては、逮捕するかどうかはともかく、警戒を強める必要はあると思います」

「どういうこと」

「この社会のありかたを根本的に変えようとしている可能性がありますからね」

真行寺がそう言うと、水野は呆れたような笑いを口の端に浮かべた。

「だったらそれはテロじゃない。たぶん公安にすぐ引き渡すべきだよ」

「そうしたいところですが、たぶん公安もどうしようもないと思いますよ。また、こういうことを言うとなんですが、ひょっとしたらデボラがこれからやろうとしてることに、水野課長は賛成するかもしれません」

水野はまじまじと真行寺の顔を見ていたが、しだいにその顔には呆れたような笑いが広がり、

「まったくいつもこういう思わせぶりな交渉術に引っかかっちゃうんだから、われながら呆れるよ」と言って首を振った。

二時すぎに京都駅のホームに降りた。約束の時間まで約二時間あった。大きなスーツケースを曳《ひ》いていた黒木は、先にホテルにチェックインして身軽になりたいと、二条《にじょう》通と鴨川《かもがわ》

が交差する角にある外資系ホテルの車寄せにタクシーを着けた。

チェックインカウンターで手続きをしている間、真行寺のほうはいかにも外国人受けしそうな幽艶《ゆうえん》なロビーのソファーに腰かけて待った。

黒木はカウンターを離れると、真行寺にちらと目配せをした後、スーツケースを載せたカートを押すベルボーイとともに、エレベーターホールに向かった。この日のうちに東京に戻る予定の真行寺は、そのままそこに腰かけて贅を尽くしたホテルのロビーを眺めていた。

いったい黒木の懐具合はどうなっているんだろう。政府や巨大組織からハッキングを請け負っているなどと聞かされているが、それが本当だとしたら相当もらっているんだろうな。とはいえ身なりはいわゆるセレブとはかけ離れている。真行寺が接する限りにおいては、着ているものはいつだってくたびれたジーンズ、フランネルのシャツ、地味なセーターなどだ。しかし、あそこまでカジュアルでシンプルだと、かえってそれなりの人物に見えてくるから不思議だ。よれたスーツにノーネクタイ、履き古したスニーカー、さらにファスナーが壊れかかったリュックを背負っている自分のほうがよっぽどこの空間にはそぐわない、そんな気がしてくる。

フロントのスタッフが近づいてきて、お部屋にお越しくださいとのことです、と言われて立った。真行寺を呼んだ宿泊客の名は黒木でもボビーでもなかった。真行寺はスタッフの後ろをついて行った。どうやらルームキーがないと客室に上がるエレベーターには乗れないらしい。

部屋のドアとドア枠の間には、スニーカーが突っ込まれ、オートロックがかからないようにしてあった。一応ノックしてから靴を拾い上げ、扉を押して中に入った。広々としたツインルームである。黒木はベッドの上に寝そべって、広い窓の外に流れる鴨川を眺めていた。

「俺ん家《ち》のソファーとは段違いの寝心地だろ」

黒木はただ薄く笑った。

「待ち合わせの場所はこの近くですよね」

「ああ、すぐそこの鴨川沿いにある喫茶店だ。まだすこしあるから寝てていいぞ」

黒木は、窓の向こう、春の光をきらめかせている鴨川の水面《みなも》を眺めながら、

「そうですね。ここんとこ色々と疲れました」と言った。

黒木には似つかわしくない台詞だった。あまり混み合っていない遠くの支流を優雅に泳いで、ときどきふと流れのきつい濁った本流にやってきては、なにかしら有益な知識を授けて、また支流へと去って行く、そんな風にどこか頼もしく思っている黒木の口から、疲れた、などと弱音に近いセリフを聞くことは意外だった。彼の視線の先では、鴨川沿いの桜並木がいまを盛《さか》りと花びらを散らしていた。

「春ですね」と黒木は言った。

真行寺も窓際に据えられたひとり掛けの肘掛け椅子に座ってそれを見た。すると、スマホが鳴った。

「もしもしお忙しいところすみません」

出るなりサランはそう言った。そして、すぐに済みますので、と断った。

「ボビーさんが近くにおられたら、ワルキューレでアカウント作れましたと、それだけ伝えていただけますか」

そう言えばわかるのか、と真行寺が念を押すと、はい、お願いします、頭文字はWのほうです。とサランが応え、切れた。

「ワルキューレでアカウントを作ったって、サランから伝言だ」

真行寺は、ベッドの上に長々と寝そべって首だけを横にして窓の外を眺めている黒木に声をかけた。

「ああ、取れたんだ。じゃあ早速やってあげよう」

「ワルキューレってなんだ」

「真行寺さんにも前に聴いてもらいましたよね、ワーグナーの『ワルキューレの騎行』のあれですよ。北欧神話に出てくる戦娘《いくさむすめ》です。勇ましいサランちゃんにぴったりだ」

などと訳のわからないことを言って黒木はスマホをいじっている。

「そのワルキューレってのはなんのアカウントなんだ」

「仮想通貨です。ちょっと待ってください。よっと、いま送金完了しました。僕、彼らの起業に出資することにしたんです」

「え、なんだって」

真行寺は驚いた。

「昨夜、森園が作った曲を聴いたんだろ」

「ええ、聴きましたよ」

「よかったのか」

「というかね。僕、一席ぶっちゃったでしょ。能力があるならば、自由にはなれないけれど、なれたような気分にはなれるだろうって。だから、能力があるのかないのか自分の耳で確認しなきゃなって思ったんですよ」

「で、どうだったんだ」

「短いほうにしとけばよかったと後悔しました」

「じゃあなんで親切面《しんせつづら》して無謀なことやらせんだよ」

「無謀と言うなら、高校中退して人ん家《ち》に転がり込んであんな音楽作ってる時点でもう無謀でしょう。あんな音楽というのは、僕の耳では到底理解できないっていう意味で。それでも一応どこからか声がかかっていることを考えると、無謀であるけれどもチャンスがないわけではないってことですよね。だから彼はこうなったら猛進するしかないわけです」

「そうだ、森園はしょうがない。問題は白石のほうだ」

「どういうことですか」

「彼女にはまだ他に選択肢があるんだよ。それに男の才能にくっついて生きて行くなんてのもつまらないじゃないか」

「ロック聴いてるくせに保守的なこと言いますね」

真行寺は一瞬ぐっと詰まった。

「それにそういう言い方はサランちゃん、いや白石さんに失礼ですよ」

「失礼、とは？」

「たとえ森園君に才能があるのだとしても、白石さんがいないと、どうしようもないと思います」

「ちょっと待て、別にあの子がなにをしているわけでもないぞ」

「していますよ。めちゃくちゃしています」

真行寺は、黙って、黒木の解説を待つしかなかった。

「興味を持ってもらえそうな海外のミュージシャンに音源を送ったり、向こうから来る英文メールを翻訳したり、ギャランティーを交渉したり、依頼してきた側が求めているのはおそらくこういうことなんだという解説や、海外からの送金がちゃんと着金できるようにアレンジまでして彼のお尻を叩いているのは彼女です。あの子がいないと森園君はただの変人ですよ」

昨夜一泊しただけの珍客にそんなことを指摘されようとは思いもよらなかった。

「それで、出資に当たってはなにか条件つけたのか。きちんと事業報告しろとか」

「いや、出した条件はふたつだけです。聞きますか」

「聞こう」

「ひとつは真行寺さんをなんとか説得しろということです」

「俺はワンクッション置いて断るつもりだったぞ」

「入れ知恵もしました」

「なんだそれは」

「のたれ死にしてもいいから自由に生きたいと言えば真行寺さんはきっと折れる、そう言いました」

真行寺は呆れた。

「そんなこと教えれば、そんな覚悟もないのにそう言うに決まってるじゃないか」

「そうですよね。まあ、それは最後の切り札にしろとは言いましたが」

「いまの日本じゃ、大衆音楽って商売は成り立たなくなりつつあるんだぞ。本当にのたれ死にしたらどうするんだよ」

「それは簡単ですよ。真行寺さんが助けてあげるんです」

「助けるったって、そんな度量はないぞ、俺には」

「とりあえずあそこに住まわせてやればいいじゃないですか」

確かにそのくらいなら、とは思った。

「たとえ失敗しても破産しちゃえば借金が残るわけじゃないし。まあ、たいして儲かることもないでしょうが、デカく事業展開しなければ大怪我もしないでしょう」

真行寺は唸った。商売のこととなると、ずっと刑事を続けてきた真行寺には、その方面の常識がまるでなかった。

「けれど、不幸にも進退窮まった場合は、なんとかしてやるしかないでしょう」黒木はそう言った後で「家族なんだから」と妙な一言を付け加えた。

「じゃあ、もう一つの条件はなんだ」

「もうひとつはねえ。これは僕のお遊びです」

「とりあえず聞かせろ」

「会社の命名権をくれって言ったんです」

「……それでか」

「ええ、ワルキューレです。代表取締役は白石沙蘭《さらん》、取締役のひとりは真行寺弘道になるはずですのでよろしく」


黒木は、サランが真行寺にオファーしたおよそ二倍を出資していた。そのくらいは運転資金を確保しておいたほうがいいとサランにアドバイスし、黒木のほうから増額を申し出たらしい。

確かに俺は保守的なのかもしれない、と真行寺は思った。ソファーに座って高級オーディオでロックを聴くなんて行為は保守的で、俺が特に好む七〇年代後半のパンクムーブメントまでのロックはもはや懐メロなのかもしれない。保守的でないロックがあるのかどうかさえ、よくわからない。プログレッシヴ・ロック、通称プログレというジャンルがある。直訳すると進歩的なロック。進歩は保守の反対だが、音楽としてはプログレももはや懐メロだ。そん

なことを独り言のようにつぶやいていると——、

——そういう意味ではデボラはプログレッシヴですよ。

耳に入れたイヤホンの中で黒木の声がした。真行寺が座る席から後方にすこし間を置いて席を取った黒木は、テーブルの上にノートパソコンを置き、ノマドっぽく仕事してるように見せかけながら、無線で真行寺に話しかけている。

——それにしてもちょっと遅いですね。

そう言われて、真行寺はテーブルに置いたスマホの時計をチラと見た。約束の時間から三十分が経過している。真行寺は周りを見渡した。店はまちがっているはずがないので、先方がこちらを見つけられずにいるのだろうか。

——あれかな。入口です。

視線を振り向けると、テラス席エリアの入口で女性が白衣のポケットに手を突っ込んであたりを見回している。ちがいないと思い、真行寺は手を挙げた。これを見て相手もうなずき、案内のために寄ってきた店員を断って、こちらに近づいてきた。

「お待たせしてすみません」と女は言った。

「いえ、こちらこそ。ご足労いただき。——どうぞ」

女は腰を下ろすと、通りがかったウェイトレスにレモンスカッシュを頼んだ。

「きれいですね」

真行寺はテラスから見える鴨川の風景を褒めた。日は少し傾いて、川辺に遊ぶ子供たちの声は、しんみりとした色合いを帯びてこのテラスにまで届いている。

「もうしだれ桜が咲く季節なのね」と女は言った。

陰影を湛《たた》えた川面を見つめる横顔から察すると、五十になるかならないかくらいだろう。ということは当時はおそらく三十過ぎくらいだったはずだ。

「言葉に訛《なま》りがありませんね。京都には？」

「ええ、大学院からです」

「それまでは東京？」

「ええ、京都の人に言わせると田舎者《いなかもの》ですよ」

「なぜわざわざ京都に？」

「私がやっているような研究はやはり京都がメッカなので」

「そのあたりもお聞かせいただければと思って参りました。改めまして、警視庁の真行寺弘道と申します」

「小久保さおりです」

ふたりが改めて挨拶を交わすと、小久保が頼んだレモンスカッシュがやってきた。

「相模湖のあの病院をやめられたのはいつですか」

「やめるというか、いちどお手伝いしただけです」

「お手伝いとは」

「あの出産です。デボラに頼まれて。——そのことでお越しになったんでしょう」

真行寺は驚いた。

「ヨハンソンさんとはまだ交流があるんですか」

「ええ、東京の刑事さんから連絡があったよ、とデボラのほうにはメールで伝えました」

「ヨハンソンさんは何か言っておられましたか」

「いえ、特には」

「産婦人科医ではないのですよね」

「私ですか？　いえちがいます。広い意味で生殖医療にはかかわっておりますが」

「山口医師との二人体制ではどのような分業がされていたんですか」

「山口先生は胚が着床してから出産まで。私はその手前です」

「手前というと、体外授精でつくった受精卵を遺伝子検査するわけですよね」

「そうです」

「受精卵を作って子宮で個体となるところまでを担当された」

「はい。受精卵を複数作って、それらの受精卵が〝適切〟かどうかを判断する。いわゆる着床前診断、そして着床です」

真行寺が投げ込んでいく直球を気持ちのいいくらい素直に打ち返してくる。

「ということは、ヨハンソンさんがなにをしようとしていたのかもご存知だった？」

「なにをというのは？」

「いわゆるデザイナー・ベイビーです。彼女は意図的に自分と同じ聾唖の子供を持ちたいと思い、あなたは技術者として協力した」

「その言い方は語弊があるわね」

「それは失礼しました。では、どのように適切でないのか教えていただけますか」

「デボラはそんな素朴な考えを持つ人間じゃありません」

「どの辺が素朴なんですか」

「つまり、自分と似た子供が欲しい、なんて動機ではないと私は思います」

「自分と似た子供が欲しいという考えは素朴ですか」

「だと思いますね」

「では複雑な動機とはなんでしょう」

「別に複雑ではない。タフだということです」

「タフとは」

「デボラは自分と同じような子供が生まれても、なんとしてでも幸せにしてみせると誓ってそうしたんです」

　真行寺は、口の中で小久保がいま口にした言葉を反芻《はんすう》し、その意味を理解しようと努めた。聾啞であっても幸せにしてみせる。その言葉はまったくもって正しく響いたが、同時に違和感もまとわりついていた。返す言葉を探していると、先に小久保が口を利いた。

「ただし、それには条件があります」

聞かせてください、と真行寺は言った。

「その子をひたすら愛することです」

小久保の口上は愛という美しい言葉で装飾されていたが、拍子抜けするものでもあった。愛《LOVE》は、愛聴しているロックミュージックには頻繁に出てくるが、日本語の対話の中で使うと浮くような気がするのはなぜだろう。しかし、真行寺は相手の流儀に倣って、

「愛されることで、かえって子が自分の個性に不幸を感じるということはありえませんか」

と訊いた。

相手はレモンスカッシュのストローを銜《くわ》えたまま怪訝そうな顔つきになった。

「どういう意味でしょうか」

「いや、この話は後回しにしましょう。小久保さんは相模湖バイオテック・メディカルセンターで出産の担当医をなさったのはデボラの時だけですか」

「ええ、私はもともとその方面の人間ではありませんし」

「小久保さんの専門とは？」

「当時は遺伝子です」

「もう少し詳しく言うと」

「受精卵の中の遺伝子を検証・操作して、遺伝病などが発症しないようにする、ひとことでいうとそういう研究です」

「親が遺伝病の遺伝子を持っていても、それが子供に引き継がれないようにするわけですか」

「そうです」

真行寺は言うべきかどうか躊躇《ちゅうちょ》しつつも、

「個人的なことで恐縮ですが、離婚した妻との間にできた子供が遺伝病を患っておりまして」と言った。

そこには、小久保の医療活動の当事者なのだと自己紹介することが、彼女の舌を滑らかにするのではという下心が含まれていた。

小久保は表情ひとつ変えず病名を尋ねた。真行寺は元妻から教わった長ったらしい名前を口にした。ふむ、それはお気の毒に、と小久保は言った。

「でも、今なら治りますよ」

「そうなんですか」

「中国に行けば」

「ええ、妻と息子もついこの間、中国から戻りました」

それならひと安心ですね、と小久保は言った。そうなんですかと真行寺が問い質すと、本当は中国まで行かなくてもいいんですけどね、馬鹿な厚労省と政治家がわけのわかんない倫理を振り回して、わかったような顔をしたいだけなんですよ。

「最先端の治療にはリスクがあるんじゃないんですか」

「どんな治療にもリスクは伴います」

「まあ、そうでしょうが」

「遺伝子をいじるということになると、警戒する人間が出てくる。突然フランケンシュタインみたいな怪物ができるんじゃないかって。でもいまは、遺伝子の配列の特定部分を狙《ねら》い撃《う》ちして切ったり貼ったりできるようになりましたから」

「小久保さんがやられていたのも、そのような研究ですね」

「ええ、近いと言えるでしょう。いま挙げたのは疾病という負《マイナス》を消す例ですが、正《プラス》を増強することも研究していました」

「プラスとは」

「一番簡単な例で説明すると、音楽家の夫婦が自分の子供を音楽家にしたいとします。もちろん、親からその方面の才能は遺伝子として引き継がれていると思われますが、プロの登竜門にはそのようなサラブレッドがゴロゴロしていますよね。そこで、さらに鋭敏な聴覚が得られるようにしたいと思う。また、自分は実演の才能はないけれど、非常に熱心なリスナーが、自分の娘にピアノを習わせ、音大に合格できる程度にはしてあげたいとか。これらに治療という言葉を使うのは適切ではありませんよね。こういう場合はエンハンスメントと言います。これが増強です」

「ということは、麻倉希の出産に当たっては、その技術を逆に使ったということですか」

「大ざっぱに言うとそういうことになりますね。ただ、私は出産においては遺伝子の操作はまったくしていません。そのような遺伝子が受け継がれているかどうかを確認したのみです」

小久保の落ち着きがどこに由来しているのか理解した。小久保は手を下していないというのだ。あくまでも、これなら確実に生まれてくる子は聾になるということを確認して、その受精卵を麻倉希の子宮に着床させせただけだと。倫理的には問題のような気がするが、どう問題なのかは言葉にできなかった。起訴となると、かなり難しい気がする。この場合、おそらくデボラや小久保を起訴できる被害者は、デボラが「ひたすら愛する」麻倉瞳だけなのではないか。

「相模湖のあの病院を選んだのはデボラですか」と真行寺は訊いた。

「いえ、私が紹介しました」

「それはどのような理由で？」

「あの病院は産科婦人科学術会議のガイドラインなんかあまり気にしない大胆なところなので」

そう言ったあとで小久保は苦笑した。真行寺は、その病院でさえ、デボラがやったことについては極秘事項にしていることを思い出し、その苦い笑いにつきあった。

「それにあそこは、私が所属していた研究グループとは協力関係にあったんです」

「それはどういった？」

「受精卵の提供をしていただいていました。いや、いまもしていただいているんですが」

「え、受精卵ってのは、それを体内に戻して胎児にするためのものでしょう」

「そこなんですが、不妊治療を目的として行われる体外授精の場合、同時に複数の受精卵を作成するんです。当然のことながら子宮に戻される受精卵はひとつだけです。いくつもの受精卵の状況を調べ、大きな疾病がないか確認し、最適なものを選んで着床させる。余った受精卵は普通は冷凍保存されます。これは余剰胚と呼ばれます」

「なぜ冷凍保存なんかするんですか、最適な受精卵は子宮の中に入っているのに」

「だから、あまり意味ないんです。いつかまた利用することがあるかもしれないと思って取っておくんだけれど、保存期間が過ぎてたいていは処分されます。だから、この病院では人工授精を行うときに交わす契約書には〝余剰胚は冷凍保存せずに病院で処理する〟という文言があります」

「余剰胚、つまり余った受精卵を研究所がもらうわけですか」

小久保はうなずいた。

「それはもらって嬉しいプレゼントなんですかね」

「なんて言ったって人間の生命活動は受精卵から始まるんですからね、それはもう大変な宝物です」小久保はそう言ったあとで、「われわれ研究者としては」とつけ加えた。

そうですか、と真行寺は言うしかなかった。

「けれど、病院のほうにはどういうメリットがあるのですか」

「研究の成果にいち早くアクセスできる、と期待していただいているのだと思います。とにかく医療は莫大な利益を生む産業なので」

金か、と思うと暗澹《あんたん》とした気持ちになった。

「で、いまはちがう研究をされているんですね」

「そうです。デボラに勧められて進路を変えました、まったくちがうわけではありませんが、扱っているのは細胞そのものです」

「ひとことで言うと、どういう研究なんですか」

「始原生殖細胞が作られるプロセスを解明する、ということになりますかね」

真行寺は黙った。

「ひとことで言うと、とおっしゃったので」と小久保は笑った。

その笑いに、これだとわかりませんよね、という含みがあった。ええ、わかりませんね、というような笑いを返し、真行寺は話頭を転じた。

「小久保さんとヨハンソンさんの関係はどういうものですか」

「同志ですね。共闘関係にあります」

「おふたりはそもそもどのようにおつきあいを始めたのでしょう」

「真行寺さんは私の名前を聞いてもなにも覚えていませんか」

真行寺は首を振った。「もっとも、ここに来る前にすこし調べさせていただき、あの件についてはいちおう頭に入れて参りました」

小久保は薄く笑ってレモンスカッシュを飲んだ。

「実験が、厚生労働省が出した倫理規定に抵触するのではないか、ということでしたよね」

「ええ、その指針もいまはもう撤廃されているんですけどね」

「具体的にはどういういきさつで騒ぎになったんですか」

「遺伝病を発生する因子を持つ親は子供を持ちたいが子供の発病が怖くて踏み込めないという実状があります」

それはまさしく真行寺と元妻の問題でもあった。もっとも彼女は自分の家系が遺伝病のリスクを抱えているなんてことは真行寺には話していなかったのだが。

「それを受精卵の遺伝子を編集することによって、子供に負の影響を与えないようにできるという研究発表をしたんです」

「いい話じゃないですか」

そう言ったあとで真行寺は、つい一年程前の俺は、なんでもかんでも科学技術で解決するのは考えもんだという立場だったなと思い出し、ひとりで苦笑した。

「その発表の場にたまたまジャーナリストがいて、それは倫理規定に反するのではないかと嚙みつかれて、そんな研究をしているのかと世間で騒がれてしまったんですね」

「倫理規定に反しているというのは本当だったんですか」

「微妙なところですね。欧米の倫理規定ではアウトでしたが」

「欧米のほうがキビシいんですか」

「ええ、キリスト教では受精卵を命の始まりとみなすので、受精卵に手を加えることには総じて慎重です」

「日本はどうなんですか」

「だって江戸時代には、間引きなんてものが半ば公然と行われていたところですからね」

「だったら、どうしてそんなにバッシングされたんですか」

「そこは私も脇が甘いところがあったので、猛省してるんです」

「というと」

「データの取り扱いが杜撰《ずさん》でした」

「でも、それはまた別問題ですね」

「なんだけど、お茶の間に報道されるときにはごっちゃになるんです。なにせテレビクルーは私が当時つきあっていた恋人まで追いかけたんだから」

「小久保さんにお尋ねするのもなんですが、あれはやっぱりマズいわけ？」

小久保はうなずいて、いまから思えば、と言った。

「データというのは理系の世界では厳密に取り扱うべしということになっていますので」

「ルール違反なんですね」

「そうです。そのことについては今も相当に悔やんでいます。当時の私は、論文の主旨については指導の先生からかなり褒められていたこともあって、時間がないとか言い訳にならないことを言い訳にしてしまってたんですね」

「ただ、一般人には学者のデータの扱い方など、どれならセーフでどれはアウトかなんてことはわからないでしょう。被害者が出ているわけでもなし、なぜそのことがワイドショーのネタになったんですか」

「ええ、当時の私は研究所の人寄せパンダみたいなこともやらされていたので、多少は学会の外にも顔が知られていたんです」

真行寺はあらためて小久保の顔を見た。そして脳内で時間を巻き戻し、その相貌を二十歳ほど若くした。美人というよりは可憐《かれん》という表現が似つかわしい女性が浮かび上がった。理系という堅物なイメージを覆《くつがえ》す、茶目っ気のある若い女性研究者。その外見に似合わない斬新《ざんしん》な学説。まるでNHKの朝ドラのヒロインだな、と思った。清純派のタレントが実は不倫していたみたいな騒ぎ方だったのではないか、と真行寺は勝手に解釈した。

「私は仕事の情報を取る以外はテレビをいっさい見ないのですが、当時は騒がれたんですか」

「住んでいたマンションに帰れずに、ホテルを転々としてそれで貯金が飛びました」

小久保は呆れたように笑ってから、話をデボラのほうに戻すと——、と言った。

「とにかくそんなダメダメな時に、公の場で擁護してくれる人がデボラだったんですね。個人的にも手紙をくれて励ましてくれました。そして、気晴らしに東京に出てきたら、とまで言ってくれたんです。私はその時に女どうしの連帯というのはあるのだなとはじめて知り、いいものだと思いました」

「それ以前にはデボラ・ヨハンソンという評論家の存在は知っていたんですか」

「フェミニストの論客というくらいには」

「で、デボラに会いに東京へ？」

「ええ、当時デボラはあの杉並の家に麻倉さんと住み始めたばかりで、そこに私もやっかいになって、私を広告塔に使っておきながら掌《てのひら》を返したようにバッシングする男どもの悪口なんか言って憂さを晴らしていたんだけど、そんな私にデボラは自分の考えを伝えだしたんですね。もちろん麻倉さんの通訳を通じてですけど。そして、いまこういうことを考えてるので、出産時にはアドバイザーとして来てくれないかと言われて、いったん京都に戻ってから、研究室でも私の扱いに困っていたので協力することにしたんです」

「なるほど。麻倉希さんとはどういう関係ですか？　彼女ともデボラと同じような精神的な結びつきがあるのですか」

「私にとって麻倉さんが、ですか？　麻倉さんは、やっぱりデボラの恋人という感じかな」

「では、小久保さんの目から見て、ヨハンソンさんと麻倉さんは同志でしょうか」

「わかりません。ただ麻倉さんはデボラのことをただただ好きなんじゃないかと思いますけど」

「同志と言うよりは恋人だと？」

「ええ、だから瞳ちゃんを産んだんでしょう」

「うん？　デボラのことが好きだということと、あの出産とはどう結びつくんですか」

「え、それは素朴に好きな人の子供を産みたいということですよ」

「そうなんですか。ただ、希が産んだ赤ん坊には希の遺伝子は入っていませんよね」

「ええ、だからこそ、と麻倉さんは言ってましたよ。レズビアンはどんなに愛し合っていても、ふたりの遺伝子を持った子供は持てない」

「いまのところは」と真行寺は言った。

「そう、いまのところは。だとしたら、自分の身体で、好きな人の受精卵に栄養分を与えて人間にしてあげたい。彼女はそう言ってました」

真行寺は考え込んだ。理解しづらい感覚である。それは自分が男だからなのか、自分の共感力が及ぶ範囲が猫の額ほどの広さしか持ち合わせていないからなのか、それとも麻倉希が特異な感受性の持ち主なのか、判断しかねた。

「不躾《ぶしつけ》な質問で大変失礼ですが、小久保さんもまたレズビアンでしょうか」

「いいえ、私は異性愛者です。だから、麻倉さんの感覚は私にはピンとこないんですね。ただ、出産というのはとても難行なんです。このことを大抵の男の人は理解していない。難行ゆえに、そのぶん子供が愛おしいし、また愛する人の子供ならその苦しみも喜びに変わる、と信じようとする傾向はあるでしょうね」

「では、どうしてデボラは自分で産まなかったのですかね。出産という難行を経て産んだ子は難行ゆえに愛おしいというのであれば、生まれた子を心の底から愛するためにも、そして、愛するということがその子を幸せにするための肝心だと主張するならば、なおさら自分で産めばいいじゃないですか」

こういうと小久保は薄く笑った。

「そこがデボラしいところです。彼女にはそういう論は通用しない」

「ということは、〝生命を腹に宿して出産するという喜び〟を希に譲ったわけではない、と」

「ちがうでしょう」と小久保は言った。「そんなフィーリングは女の本質からもたらされたものではなく、環境で培《つちか》われたものにすぎないとデボラなら喝破するでしょうね」

ふむ、とうなずいて真行寺はアイスコーヒーをストローを使わずグラスから飲んだ。

「小久保さんは、横町れいらという小説家を知っていますか」

小久保の表情がぱっと明るくなり、

「ここでれいらの名前が出るなんて」と笑って「知ってますよ」と言った。

「彼女の小説で、妊娠したら、すぐに受精卵を人工子宮に移して自分は労働を続けるという設定があったでしょう」

「ええ、ありましたね。『サイボーグは電気猫の夢を見るか』だったかな」

「そうです。つまりあのヒロインにとって、出産は難行ではない」と真行寺は確認した。

「機械がやってくれるわけだから」

小久保はうなずいた。

「私の上司は女性でしてね、彼女に教えられたところによると、女性が労働市場に進出できたのは、機械化によって労働の現場から男らしさみたいなものが消えたからだって言うんです」

「まあ、そうかもしれません」

「そして、資本主義社会は、労働力を女性に求めることによって、同時に女性にも権利を与えざるを得なくなったんだ、と」

「そういう言いかたもできるでしょう」

「ということは、女性の権利獲得は、運動家の努力によってというよりも、むしろ機械化によってもたらされたたってことになりますよね」

小久保は薄く笑って、

「それで」と言った。

「ただ、権利が獲得できたあとにもあるくびきが残った。それは社会の偏見とか、男どもが牛耳ってる権力構造とかではない、とデボラは考えた」

「デボラが考えてることはデボラに聞いたほうがいいとは思うけど」

「いや小久保さんに関係があるからこそ聞いていただきたいのです。その理由はあとでわかります」

小久保はすこしおどけるように、おお怖い、と言った。

「男が牛耳っている権力構造、そういうものはあるかもしれない、いやきっとあるにちがいないが、そこを標的にして戦うのは合理的ではないとデボラは考えた。それよりも、このくびきを取り去ることが自由への近道だと考えた」

「じゃあそのくびきとはなんですか、――そう私が訊けばいいのね」

そう言って小久保は笑った。真行寺は相手に自分の推理を見抜かれていることを察した。

そしてそのことが、自分の推理が正鵠《せいこく》を射ていることの証のように思われ、口を開くと、

「妊娠と出産です」と宣言するように言った。

　暮れ方の川縁《かわべり》で遊ぶ幼子のはしゃぐ声が川面に跳ねて薄暮の中に消えていく。

「妊娠と出産だけは女に課せられた使命になっている。産む産まないは女の自由だと言い、いまの社会の風潮では首を縦に振らざるを得ない主張だとしても、一定の女が子供を産まないことには国は滅ぶ。そのことを反映してか、『サイボーグは電気猫の夢を見るか』の特殊な国家公務員のヒロインには、避妊も中絶も許されなかった。とはいえ、妊娠と出産は女を労働の現場から否応なくいったん退場させることになる。事務仕事なら、大きなお腹を抱えてでもやれるだろうが、あのヒロインの仕事は娼婦なのでそういうわけにもいかない。このあたり、実際にセックスワーカーだった著者にとってはリアルな問題だったのでしょう」

　真行寺はアイスコーヒーをひとくち飲んで息を整えた。

「そこで人工子宮が登場する。妊娠の早い段階で受精卵もしくは胎児を人工子宮に移すことによって、ヒロインは労働の現場にとどまる。デボラは産む喜びを自分のパートナーである希に分け与えたのではない。妊娠と出産のくびきから解放されようとたくらんだんだ。希の〝借り腹〟は、言ってみれば、人工子宮のベータ版だ」

　小久保は小さくため息をついてぼんやりとした視線を川面に落とした。真行寺はその横顔に言った。

「問題はここからです」

　小久保はまだ幼さが残る顔をこちらに向けた。

「この先があるわけね」

「ええ、ここまで話したのは、デボラがすでにやったことです。これから話したいのは、デボラがこれから何をしようとしているのかってことです。これを知りたい」

小久保は黙っていた。

「では、小久保さんのいまの研究についてお話ししたいのですが」と真行寺は切り出した。

小久保はレモンスカッシュのストローを銜えた。グラスの中のほんのり白濁した液体は飲み干され、ストローの先端部でにごった音がかすかに立った。

「あなたは再びこの京都に戻り、研究の仕事を再開した。えっとさっきなんと説明していただきましたっけ、なんとか生殖細胞がなんとか、と」

「始原生殖細胞が作られるプロセス、です」

「そう、始原生殖細胞、こいつを研究してるんですよね。そしてこれはこの京都が研究のメッカであるｉＰＳ細胞、われわれ素人の言葉で言うところの万能細胞からそいつを作る研究なのでは」

にごった音がやんだ。小久保は唇からストローを外して、曖昧な笑いを浮かべて、なーんだ、と言った。

「全部わかってていままで話をしていたんだ、ひどいなあ」

4 シグルズは語る

咲き満ちて湖畔の桜が花片をひっきりなしに散らす中、水辺の道をぐるりとまわって、真行寺は相模湖バイオテック・メディカルセンターの駐車場に車を入れた。ドアの前で、例によってスマホの電源を落とし、この日はすぐにガラスドアを抜けずに、入口にはめ込まれてある、ステンレスのプレートに目をやった。相模湖バイオテック・メディカルセンターと黒く彫られている。そしてその下に、院長塚谷《つかたに》剛《つよし》という名があった。

玄関を抜けた。ピアノとヴァイオリンの音が聞こえてきた。確かこの曲はヴィヴァルディの『四季』の第一楽章の「春」だ。ステージの上ではピアニストを背後にあの青年が弓を動かしていた。真行寺はそのままホールを横切って、掲示板のポスターの前で立ち止まった。

なごみのコンサート　～春風に乗せて～
場所　一階多目的ホール
演奏　ピアノ　塚谷愛子　ヴァイオリン　塚谷翔《しょう》
主催　相模湖バイオテック・メディカルセンター
共催　新しい生殖医療を考える会
　　　新しい医療と音楽を考える会

真行寺はエントランスホールに引き返した。ステージの前に並べられたパイプ椅子には、若い女が三人、まばらに座って、各々くつろいでいた。ひとりは病院のシールが貼られたソフトカバーを読み（その表紙に妊活という文字が読めた）、もうひとりはピンク色の毛糸でせっせと編み物をして、最後のひとりは膝の上に乗せたやはりピンク色の弁当箱から苺《いちご》をつまんでいた。曲の途中で、同じ年格好の男が現れて、彼女を連れて行った。夫が迎えに来るまで暇をつぶしていたのだろう。

真行寺は後方の端っこの椅子に腰を下ろして、聴衆に加わった。青年が奏でているヴァイオリンはいくらくらいするのだろう、と真行寺は考えた。本格的にクラシック音楽を学ぶには、まず資産家の家に生まれなければならない。ストラディバリウスというのは、億はかるく超えるそうだ。青年が肩に乗せてるのも一千万円くらいはするのだろうか。エレキギターなら二十万ほど出せばそれを携えてスタジオに行ってプロとして仕事ができる。ヴィンテージものだってせいぜい百万前後だろう、大変な差である。

ピアノの黒い胴には Steinway & Sons という金文字がペイントされている。アメリカ製の高級ブランドだそうだ。奥様が弾くとあって、院長も奮発したようである。このようなクラシック音楽界の相場は、数日前、彼が泊まりに来た夜に「スタインウェイのコンサート用グランドのB型ですね。これは高い」などと言いながら黒木が教えてくれた。

その夜、バイオテック・メディカルセンターの防犯カメラの映像の中に瞳を見つけるようパソコンのアプリに命令してからすき焼きを食べに部屋を出た。たらふく食べたあと、森園の曲を聴きたいなどとややこしいことを黒木が言い出したので、真行寺はひとり先に自室に引き取った。戻ってみると、ディスプレイ上の映像がフリーズし、その静止した画面の中でひとりの人物が四角い線で囲まれ、その四角が赤く点滅していた。点滅する四角の中に麻倉瞳がいた。

「見つけたようですね」

部屋に戻ってきた黒木が言った。黒木がクリックし、画面は再び動き出した。四角で囲まれた瞳は、エントランスを映し出している画面からいったん消えると、こんどは受付あたりを捉えた画面に入ってきた。瞳は受付の前で止まった。バッグから紙を取り出し、それを見せてなにか説明していたが、これに応対するスタッフは明らかに戸惑っているようだった。やがてスタッフは、メモを取り出し、三人がかりで筆談にて対応し、途中どこかに電話をかけたりもしていたが、結局、麻倉瞳は受付カウンターを離れると、やってきた道を引き返した。真行寺の目には体《てい》よく追い返されたように見えた。瞳は再びエントランスホールに現れ、疲れ切ったように、いま真行寺が座っているこの席に腰を下ろしたのである。

やがて、演奏が終わったのか、椅子に座っていた全員がいっせいに立ち上がった。そして、手荷物を提げて出入口から院外へ向かった。通路を行く人もみな出入口から外へと出て行った。しかし、瞳はたったひとりでぼんやりと椅子に座ったまま前方を見つめていた。

「なぜかひとりっきりになっちゃいましたね」と画面を見つめて黒木が言った。

「業務の終了時刻になったのかな」と真行寺がつぶやいた。

いや、と黒木が画面の右上に出ているタイムコードを指さした。一番右端の数字が刻一刻と増えている。これが秒の単位だとすると、この画面に映っているのは午後三時頃の出来事になる。病院が閉まる時間にしては早すぎる。やがて、ヴァイオリンケースを提げた青年が瞳の脇を通り越し、入口に向かっていった。瞳はひとりになり、真行寺は心配になった。

「あら」と黒木が言った。

瞳がひとりきりで座っているこの画面にフレームインしてくる者がいた。あのヴァイオリンケースの青年だった。戻って来ると瞳の傍らに立ち、彼女の肩を叩いて話しかけた。瞳は驚いたように青年を見上げた。青年の口が動いているのが防犯カメラの荒れた画面でも見て取れた。瞳は指で自分の耳と口をさしてからその手を目の前で振って、聾唖であることを示すサインを青年に送った。青年は瞳の腕を取って立ち上がるように促して、彼女を連れて行った。なにが起こったのかさっぱりわからなかった。

いま、ヴィヴァルディの「春」が終わった。真行寺は拍手をした。読書に耽っていた女も編み物をしていた妊婦もこれに倣って手を鳴らした。

青年はお辞儀をすると、ステージを降りた。玄関を入ってすぐの大広間に設えられたこのステージには演奏者が退場する袖《そで》はなかった。青年はピアノの陰になったところで、ヴァイオリンをしまうとそのケースを手にこちらに向かってきた。

青年はそのまま真行寺の脇を通りすぎた。肩を叩いて声をかけたりしてくれそうにはなかった。当然である。こちらはむさ苦しい爺さんだ。だから、真行寺は立ち上がり、その背中に、すみませんと呼びかけた。

「楽しませていただきました」真行寺は心にもないことを言った。

振り返った青年は、あっと小さく声を上げ、思い出したような表情になった。

「先日は失礼しました」と真行寺は言った。「少しお時間よろしいでしょうか」

「パガニーニのカプリースみたいな難曲はもう勘弁して欲しいんですが」

青年は多少の茶目っ気を込めてそう言った。

「いや、お話を聞かせていただければじゅうぶんです」

そう言ってポケットに手を突っ込むと、その笑顔の前に真行寺はバッヂをかざした。

「警視庁の真行寺です。お待たせしました」

「僕が待っていたと?」

「のではないのですか」

塚谷は曖昧な笑いを浮かべたまま真行寺を見返していた。

さて、と真行寺は玄関のガラス扉の向こうを見やった。

「この近くにどこかいい場所はありませんかね。静かで、ほかの人に話を聞かれる気づかいのない、喩《たと》えて言うならば練習スタジオのようなところは」

塚谷は、練習スタジオですか、とまた笑った。とぼけているようでもあり、真行寺がそこまで察していることを喜んでいるようでもあった。

「行きましょうか。車を用意してあります」真行寺はそう言った。

「いや、車なんて必要ありませんよ」と塚谷翔は病院の奥へと歩き出した。

ヴァイオリンケースを提げて歩く塚谷についていくと、向こうから来る医師や看護師たちが、恭《うやうや》しく挨拶をよこしてきた。裏手に入り、病院関係者以外立ち入り禁止のエリアですれ違った山口医師は、塚谷に頭を下げた後、顔を上げると後ろを真行寺が歩いていたので、ギョッとしていた。塚谷はスタッフ専用エレベーターに乗り込むと、エレベーターの掲示板の下の鍵穴にキーを差し込み、〝5〟を押した。5は最上階の数字だった。おそらくキーを差し込まないとボタンを押しても光らないのだろう。

扉が開いて目の前に現れたそこは、病院の施設には見えなかった。通路には厚い絨毯が敷かれ、それは通路の奥で待ち構えている焦げ茶色のやたらと幅の広い扉まで延びていた。扉に向かってふたりは進んだ。塚谷が扉に鍵をさし入れると、重そうな扉は横にスライドして開いた。

どうぞ、と靴を脱ぎながら言って塚谷が先に中に入った。真行寺はスリッパをつっかけてそのあとを追った。幅広い通路の壁面に扉が二枚嵌《は》め込《こ》まれていた。おそらく浴室と手洗いだろう。通路づたいに奥へと進む。突きあたりにまた重そうな扉がある。戸板の上のセンサーボードに塚谷が手を置くと、横に開いてふたりを通した。その奥の扉をこんどは手で押し開けると、視界が開け、広々としたリビングが現れた。

中央にグランドピアノがあり、やはりその横腹には Steinway & Sons の文字があった。どうぞ、と塚谷翔が勧めたソファーの上には銀色のフロアランプが大きな弧を描いて垂れ下がっていて、それを重そうな大理石の支柱が支えていた。新婚当時、妻が欲しいと言ってカタログを見せられたやつじゃないか。めん玉が飛び出るほど高いので、冗談じゃないと怒鳴って喧嘩になったことを思い出した。

「想像していたところとまったくちがったな」と真行寺は言った。「ここに住んでいるんですか」

「ここは、この病院を建てた当初に、父と母とが一年の半分くらいをこちらで過ごすつもりでセカンドハウスとして作ったんですが、父はもういまは銀行や学会とのつきあいのほうが多いし、母も生徒さんにここまでレッスンに来いとも言えず、いまは僕ひとりが使っています」

部屋の隅には大きな机があり、そこに16チャンネルのミキサーとパソコンと機材が組み込まれていた。二台並んだディスプレイを挟んでアンプ内蔵のモニタースピーカーがあった。

「ここでレコーディングするんですか」と真行寺は訊いた。「カルテットくらいならここで録れそうですね」

「まあ、録ろうと思えば。ただ、この部屋には完全な防音を施《ほどこ》してないんです。それに、クラシックの場合は、自然な響きが欲しいので、ホールを借りて録ることが多いですね」

「録音ブースはあるんですか」

「あまり大きくはないんですが、この先にありますよ」

そう言って塚谷翔は立ち上がり、真行寺を奥へと案内した。キッチンの向かいに厚い金属製の扉があり、ちいさなガラス窓から中を覗くと、縦に長い六畳ほどのスペースに椅子と譜面台が見えた。椅子の斜め前にはキューボックスという小さなミキサーがある。ボックスの角にヘッドフォンが引っかけられていた。椅子の上からかぶさるように、マイクスタンドのアームに取り付けられたコンデンサーマイクが垂れ下がっている。壁にはあの防音パネルが貼られていた。瞳の動画はここで撮影されたのだろう。

「これもここで録ったんですか」

真行寺は上着のポケットからCD‐Rを取り出した。塚谷翔はそれを怪訝な表情で見つめた。

「パガニーニのカプリースの全二十四曲です」

「これはどこで」

「麻倉瞳の部屋に置かれたラジカセの中にありました」

ああ、と塚谷は言った。「ええ、ここで録りました」

「このCDの無音部分と瞳さんの人質映像の音とを比べると、似てたんです。暗騒音がほぼ同じだと思いました」

「それが手がかりだったんですか」

「いや、手がかりの手がかりくらいですかね。最終的には病院の防犯カメラを調べました。──リビングに戻っても？」

「もちろん。──なにか飲みますか」

「いただけるのなら」

ブースを出ると塚谷は、向かいにあるシステムキッチンに備え付けられた冷蔵庫の扉を開けた。中は清涼飲料水のペットボトルだらけだった。塚谷はコーラをふたつとってリビングへ向かった。

「ところで、病院にはどう言って録画の提出を求めたんですか。うちはわりと秘密ごとが多いので、それ相応の理由がなければ協力しないと思うんですが」

「いや、ハッキングですよ、ある技を使って」

コーラを摑んだ塚谷の手が口元で止まった。

「それって証拠になるんですか」

「いや、なりません」

「ということは」

「あの誘拐騒動があなたと瞳さんの狂言だってことは見当がついています」

昨日、詳しいことを省いた上で四竈にこのことを告げると、どうするんだよ今更、と泡を食っていたが、

「四竈さんが最初に唱えた家出説がやはり正しかったんだということで納めちゃえばいいで

しょう」

真行寺がそう言うと、とたんに機嫌がよくなった。

四竈を連れて麻倉邸に赴き、狂言であると判明した場合は、共謀者だけを告訴するわけにはいかなくなりますとデボラと希に説明した。そして、この件は刑事事件にしないほうがいいのではと提案し、単なる家出事件として処理することを、ふたりに了解させた。そしてその約束を握ってここに来たのである。

「だから安心して正直に話して欲しい」と真行寺は塚谷翔に言った。

「でも、警察がそういう捜査をしていいんですか」

「ハッキングのことですか」

「そうです」

「警察がじゃない、俺がやったんですよ。個人的にね。だから証拠には使えません。けれどまあいいんです。さっき言ったように、君や瞳を訴えることはないんですから、使えなくて困ることはない。それにハッキングならあなたもやったんでしょう」

「ハッキング……。まあ、そうなりますかね。でも、ハッキングしたことを伏せたままで、誘拐が実は狂言だったってことを瞳の両親にどうやって説得したんですか」

「握った事実から逆算してそれらしい推理をこしらえたんです。身代金もない、要求も奇妙すぎる、あまりにも簡単に解放した、被害者が危害を加えられた形跡もない。犯人に対する処罰感情もない。また起きた事実から考えて、瞳のひとり芝居とは思えない。だとすると、だれかと組んではいるんだろう。けれど、もしそうなら相方だけを処罰するというわけにはいかない。ここは穏便に収めたほうが……と説き伏せたんです。——がっかりしましたか」

「多少は」

「さらに残念なことがあります。我々警察はデボラ・ヨハンソンを逮捕できません」

塚谷は黙っていた。ここで真行寺はコーラの栓を切って、ひとくち飲んだ。ダイエットコークだった。ちくしょう、どうせなら普通のが欲しかったと真行寺は悔しがった。

真行寺は塚谷翔に訊いた。

「君はデボラを逮捕して欲しいんですか」

塚谷は黙っていた。そして、

「真行寺さんはどこまで知っているんですか」と逆に訊いてきた。

「彼女がやったことについて？」

「ええ」

「おそらく君と同じ情報は持っているでしょう。——ひょっとしたらそれ以上かも」

そうなんだ、と塚谷は言った。

「いまおいくつですか」と真行寺は訊いた。

「今年の夏に二十八になります」

「どこかにお勤めされているんですか」

「いえ。まあ、形だけはこの病院の嘱託《しょくたく》職員ということになっていますが」

「それはサロンコンサートの……ということですね」

塚谷翔はうなずいた。しかし、あのような演奏なら彼の代わりにだれが弾いてもなんの苦情も来ないだろう。自分の音で金を取っている森園のほうが音楽家としてはマシだな、と真行寺は思った。

「デボラ・ヨハンソンがやったことについては、法律には抵触しないんですか」と塚谷翔が訊いた。

「倫理的には大いに責められると思いますが、それを追及するのは警察の領分ではありません」

真行寺は水野に言われたままを塚谷翔に伝えた。塚谷は黙った。

「今回の件、だれが被害者だと思いますか」と真行寺は訊いた。

「瞳です、もちろん」と塚谷は即答した。

「そうでしょうね」と真行寺は言った。「けれどこういうふうにも考えられませんか。デボラ・ヨハンソンの卵子に注入したのが、聾者の家系の精子ではなかった場合、どんな子供が生まれたのか。そんなことはわかりっこないんですが、少なくとも、その子は麻倉瞳ではないということだけは言える」

塚谷は、うつむき、そして黙った。

「だから、加害がなかったとしたら、被害者である瞳はいなくなるわけです。ややこしい話なんですが、そう考えると、被害者であることでしか瞳は存在し得ないということになるんです」

　顔を上げ、塚谷は怒りが混じった視線を真行寺にぶつけてきた。真行寺はかまわず続けた。

「生まれた人の命はすべて等しく尊いのでしょうか。答えはイエスです。そう俺たちは言わなくちゃならない。それがヒューマニズムってやつだ。言わないやつは人非人。けれど、このヒューマニズムってやつの基盤もかなりあやしいと俺は思っているんです。この社会を生きづらい命ってものはあるでしょう。となると、社会に合わせて産むべき命と産むべきでない命は区別したほうがいいと考える親はかならず出てきます。実際、こういうことは現実にどんどん起こっているようです。出生前診断でダウン症だとわかると堕胎に踏み切るなんてのはもう珍しくもないんだそうです。つまり、先の質問にはイエスと答えつつ、ノーを実行しているわけです。君はこういう病院を経営する事業者の息子さんなんだから、そういう知識もあるんでしょう」

　塚谷はうなずいた。

「たしかにダウン症で生まれた子供はこの世の中を生きづらいでしょう。ゲイの人間もレズビアンの人間も、トランスジェンダーの人間も、そして女も、その程度はいろいろあるかもしれませんが、俺のような女好きの男より、ある部分では確実に生きづらいだろうとは想像できます。じゃあ、生きづらいのは、だれのせいなんだろう、ダウン症で生まれた本人の責任だろうか、ゲイやレズで生まれたからしかたないのだろうか、トランスジェンダーはそれに耐えるしかないのだろうか。――どう思いますか？」

「そんなの本人が悪いわけないじゃないですか」

「デボラもそう考えたんです。不幸なのは社会に適合できない本人ではなく、うまく受け止められない社会のほうだと。どんな命であっても幸せを追求できるような社会でなくてはならない。自由でなくてはならない。みんなでなんとかする社会でなくてはならない、個々人の自由をみんなで培うような社会であらねばならないんだ、と」

「でもそれもキレイゴトのような気がしますが」

真行寺は、ああそうですね、とうなずいた。

「みんなでなんとかしてやればいい。似たようなことは俺も言っています。そして俺はそれを口先で唱えているだけです。けれどデボラはちがいます。彼女は実行したんです。つまり、キレイゴトを口にしているだけだと非難されてしかるべきなのは俺なんです。俺のことはともかくとして、デボラはヤバい賭けに出ました。聾に娘を産み、そして、娘をなんとしてでも幸せにしてやると決意した。その原動力は金ではなく、愛だと思った」

「けれど、母親ひとりに愛されても幸せになんかなれっこないですよ」

「君に愛されても――？」

塚谷は答えなかった
「いや、君だから、か」

「どういう意味ですか」

「提供を受ける精子の遺伝子にデボラがアレンジできなかったことがあります、それは君も知っていたはずです」

「聾であること以外に――？」

「そうです。ここの病院が、デボラから要請を受けて、デンマークの精子バンクにリクエストした項目を君も読んだはずです」

塚谷は黙ってうなずいた。

「すくなくとも三代続けて聾であること。そして、ゲイであることです」

「刑事さんはどうやってそれを読んだんですか」

真行寺はまたコーラをひとくち飲んで、この質問は無視することに決めた。

「同性愛という性的指向が遺伝子的に決定されるかどうかは異論があるところだそうです。けれど、完全に否定されたわけでもないようです。ともあれ、このリクエストを見ると、聾でかつ同性愛者の子供をデボラが持ちたいと思ったことは明らかです。しかし生憎《あいにく》、デンマークの精子バンクには該当する精子がなかった。ここに因果関係を認めるかどうかは微妙ではあるのですが、ともかく、瞳が異性愛者に育ったのはデボラの操作の影響の及ぶところではなかったということです。そして瞳は君と出会った。ヴァイオリン弾きの君と」

ひと呼吸おいて、真行寺は一気に前に出ることにした。

「瞳が君のことを好きになれば、君の世界を知りたい理解したいと思うのは自然な流れでしょう。けれど、君の人生で重要な位置を占めている音楽という領土は、瞳にはどう頑張っても到達できない場所です。なぜ自分は聞こえないのだろう、という瞳の胸になんども浮かんだ疑問は、さらに大きなものになったにちがいない。けれどこの問いは、大抵の聾者にとってはむなしいものだ。そういうものだ、で終わりにせざるを得ないからです。西洋ならば、神様がそのようにお作りになったからだ、というのがファイナルアンサーになるのかもしれません。けれど、両親がともに女である瞳にとっては、自分が人工授精で生まれたことは、いつかは知ることになる事実であり、実際に瞳は中学卒業時にそのことを告げられています。となれば、ここに因果関係を嗅ぎつけるのは道理でしょう。生物学上の父親はどんな人物なのかを知りたいという思いが芽生えてきてもなんら不思議はありません。ところがこの望みは大きな壁に阻まれることになります。とりわけこの病院は、厚労省や日本産科婦人科学術会議のガイドラインを無視しているというお家事情もあり、精子提供者の情報については個人情報保護を盾に、たとえ子に対してでも、非公開を貫き通しているからです。このような事情を知らない瞳は、深い考えを持たずにやって来て、受付で追い返されるはめになり、はるばる杉並から来たことを思うとすぐに帰る気にもなれず、さりとて身の置きどころもない彼女は、とりあえずエントランスのパイプ椅子にぼんやり腰かけていました。前のステージでは君が演奏していました。やがて、君はステージを降りると、いったん瞳の横を通り過ぎたものの、なにか気になったのか引き返してきて、彼女に声をかけた」

真行寺は摑んだボトルの底を上に向けると、呷《あお》って中身を空にし、ふーっとため息をついた。

「さあ、そのあたりからお聞かせ願えますか」

車に乗り込んでキーを回す前に電話した。夕飯は家で食うからな、と言うと森園が、え、あ、はあ、などと生返事をするので、大丈夫だろうな、ちゃんと用意しておいてくれよ、と念を押した。森園は飯と掃除のことを話すとよく狼狽《うろた》える。

「なんだよ、ないのかよ」

「いや、あるにはあるんですが」と森園はへどもどしている。

「炊事はお前の仕事だぞ。苦手だからってサランに作らせるなよ」

ちょっと脅かすように言ったら、また、あ、いや、でも、とかやっている。

「なんなんだよ、もう」と自然に追い詰めるような調子になった。

「じゃなくて、今日カレーなんですけど」

「カレーならなんだってんだ」

「いや、しばらくカレーを作るなと言われてたので」

これを聞いた真行寺は、そうだったと思い出した。去年の秋にインドがらみの事件を担当してさんざんカレーを口に入れたので、しばらく出さないでくれ、と言いつけてあったのだ。一方の森園は、以前やっていた自分のユニットに〝愛欲人民カレー〟なんて変な名前をつけるくらいのカレー好きだったから、真行寺が内食しない時を見計らって、作ってひとりで食っていたのは知っていた。カレー禁止令を解除しなかったこちらも悪いが、もう何ヶ月も前の話じゃないか。

「カレーで大いに結構だ」

真行寺はキーを回しながら言った。


ドアを開けると日本のカレーの匂いがした。

リビングに入ると、ソファーからサランが、おかえりなさいと声をかけた。

「私が手伝うと怒られるからと森園君が言うので、サボらせていただいてます」

サランは機嫌が良さそうだ。真行寺の説得と資金調達に成功し、ワルキューレをぶじにスタートできたからだろう。サランが機嫌がいいと悪い気はしない。森園が作ったカレーもうまかった。

早めに自室に引き取った真行寺は、ＰＣを立ち上げ、ワープロソフトの新規作成を選択し、白紙の画面を開き、こう打ち込んだ。

報告書
杉並聾唖女子誘拐事件（仮）の主犯による証言
警視庁刑事部捜査第一課課長 水野玲子様

警視庁刑事部捜査第一課巡査長　真行寺弘道

序文

二〇一九年四月×日に発生した杉並聾啞女子誘拐事件の鑑取りのため、真行寺は四月××日、相模湖バイオテック・メディカルセンターに赴き、当院の嘱託職員であり、また院長の長男である塚谷翔（二十七歳）と面会し、以下のような証言を得たので御報告申し上げます。

ここまで書き上げると、真行寺は一枚のDVD‐Rをパソコンのディスクドライブに吸い込ませ、その中に収められた音声ファイルをクリックした。

＊

＊

波形、出てますか。出ているなら録音できてるってことなのでOKです。僕の証言をわざわざこんな高音質で録らなくてもいいと思いますが。……はい、あとでDVD‐Rで焼きます、FLACにすれば一枚で全部収まると思います。

さて、どこから話しましょうか。僕の出生？　で、まず名前から？　わかりました。塚谷翔　二十七歳　相模湖バイオテック・メディカルセンターの嘱託職員をしております。所属は総務課。レクリエーション担当。病院のエントランスホールで行われる来院者向けのサロンコンサートでヴァイオリンを弾いています。

生まれは東京です。父の塚谷剛はもともとは関西、奈良の出です。京都の医大を卒業しました。父の仕事については詳しいことはわかりませんが、京都医学界にコネクションが強いそうです。父は医者ではあるんですが、医術よりも錬金術のほうに長《た》けていました。金儲けのセンスがあるのでしょう。病院経営に乗り出してからはトントン拍子で事業を拡大していったと母から聞いています。その秘訣を父は、「いち早く情報を取ることだ」と僕に教えてくれました。父の商売が順調なことは、引っ越しを重ねるにつれ住まいがどんどん高級になっていくことで実感していました。荒川《あらかわ》のそばのマンションから、練馬《ねりま》に引っ越し、そして渋谷の高級住宅街に家を建て、さらにこの病院の上にこんなペントハウスもどきの別宅を持つまでに至ったのです。

父は若い頃から熱心なクラシック音楽のファンでした。ゴルフも酒もやらない父にとって、クラシック音楽を聴くことはほとんど唯一の趣味だったようです。え？　オーディオですか。はい、ここにもでっかいスピーカーを置いていたんですが、いまは、銀座《ぎんざ》にある医療法人事務所の理事長室に移したみたいです。渋谷の家にもやたらと大げさな装置がありますよ。

――えっ、メーカー名ですか。たしかタンノイとかいうやつです。イギリス製なんですよね。機種まではわかりません。オートなんとかとかいったかな。そんなこと、今回の事件と関係あるんですか。あ、ないんですね。びっくりした。ただ、父はＣＤやレコードなんかより、コンサートに足を運んで聴くのが本筋だと言っていましたけれど。

母はピアニストです。伴奏がうまく、またやわらかい音色で、モーツァルトなど簡単な曲を弾かせると上手だと言われています。父とはコンサート会場で知り合ったようです。といっても母のコンサートに父が出かけてそこで、というのではありません。父が高名なポルトガル出身のピアニストのコンサートに出かけた時のことでした。このコンサートはもともとスケジュールが合わずに諦めていたのですが、当日になって最後の予定がキャンセルされ、その夜は突然フリーになったのだそうです。当日券も若干出ると知り、父はコンサートホールに急行しました。ところが当日券は父の目の前で完売となってしまいました。参ったなと思って突っ立っていると、すこし離れたところから見ていた若い女性がツカツカとそばに寄ってきて、よろしければチケットを買ってくれませんかと言いました。当日会場で手渡すはずだった一枚が、友人がインフルエンザにかかったために余ってしまったのだ、とその女性は言いました。渡りに船の提案だったので、父は喜んでそれを買い、その女性と肩を並べてショパンを聴いたのです。そうです、この女性が僕の母です。

コンサートはとても充実したいいものだったようです。父は満足して、母をディナーに誘いました。お礼のつもりなのか、母が気に入ったのかわかりませんが、母は若い頃はかなりの美人だったそうなので、後者の可能性も高いと思います。

父はコンサートホールの隣にあるホテルのレストランに母を連れて行き、そこでフレンチをご馳走《ちそう》しました。一流レストランの料理に母は緊張しつつも感激していたようです。ここまではよかった。そもそもクラシックのコンサート会場で出会ったのですから、お互いに趣味は通じ合っています。父はここぞとばかりに自分がこの分野で一家言あるところを示そうとしました。父は自分が好きなピアニストを挙げて、この人のシューマンは独特の渋みがある、あの人のベートーヴェンの解釈は比類ない、などと自説を披露したんです。ちょっと気《き》障《ざ》ったらしいけれど許せる範囲でした。母も父の言葉を自分の言葉に置き換えたりして、話は盛り上がりました。しかし、それに比べて日本人は指がやたらと器用に動くだけで西洋音楽というものがまるでわかっていない、などと言った時には母の顔から笑みが消えました。父も目の前にいる女性がピアノを生業《なりわい》にしてると知っていたならば、このような物言いはしなかったのかもしれませんが、とにかく覆水盆《ふくすいぼん》に返らずです。

このとき、母がデザートもそこそこに席を立ったならば、ふたりの関係もここで終わっていたでしょう。しかし、母はそんなおとなしい性格ではなかった。猛然と父に嚙みついて、あなたはなにもわかっていない。日本人には西洋音楽は無理だと決めつける偏見に私たち日本人演奏家がどれだけ苦しめられているか。そして、さっきあなたが口にした批評も知ったかぶりだらけ、お門違いの鼻持ちならない戯言《たわごと》だと責め立てたのです。

この日は気まずく別れたのですが、日を改めて父がまた母を食事に誘い、その時に先日の非礼を詫びた上で、和解を申し込んだのです。この段になっても母はぷんぷん怒って、日本人がクラシック音楽を学ぶことがいかに大変かという先日の演説の続きを始めました。自宅で思う存分練習できる環境を整えるのにも相当なお金がかかります。母親は、普通のサラリーマンの家庭に育ったので、貧乏とまでは言えませんが、この業界の中ではつましい部類に入ります、希望していたニューヨークへの留学も金銭的な理由で断念したことがあったそうです。あの日のコンサートだって勉強のためだと思い、高額なチケットを買ったのだ、と訴えました。すると父は、わかりました。こうして知り合ったのも何かの縁です、自分にできる援助があればしたいと申し出たのです。

間《あいだ》をはしょると、母はこの申し出を受け入れました。父と結婚したのです。その頃の母は、ソリストとしての自分の限界に気づきつつありました。手の小さい母は超絶技巧の曲が苦手だったのです。リストのような難曲を難なく弾きこなせるというような奏者ではない。どちらかと言えば、簡単な曲を弾かせれば艶《つや》やかな音色で歌心豊かに奏でるというタイプのピアニストでした。自分はむしろ伴奏や室内楽での合奏に向いているのではないか、という迷いが母の中で徐々に大きくなりつつある頃でした。優秀なヴァイオリンやチェロ、ヴィオラなどの弾き手を見つけ、デュオやトリオ、時にはピアノ五重奏などを録音したいと考えてもいました。そして、そんな胸算用を父に打ち明けたのです。母はそれらをシリーズにしてCDを出したいのだと父に申し込みました。ちょうどその頃は父の事業が軌道に乗り始めた時期だったのです。それにクラシックのレコーディングは簡素なものです。室内楽ならば、会場とマイクと録音機材とエンジニアがひとりかふたりいればじゅうぶん可能です。多重録音がないのでレコーディングにかかる日数も少ない。マスタリングという作業が残りますが、これだって父の懐具合からしてみれば大した金額ではないのです。このシリーズの中で母は、同年配かすこし若い世代の、海外留学から帰ってきたばかりの弦奏者と共演したCDを何枚も出すと同時に、モーツァルトのソナタを録音した自分のソロも二枚出しました。また弦楽四重奏のCDをプロデュースして余裕も見せました。二百人程度収容できる会場を借りて、コンサートを頻繁に行いました。留学して帰ってきたはいいが、これからどうやって活動して行こうと迷っていた彼らに母が声をかけ、CDを出し、コンサートも開く、そのCDや東京でのコンサートがちょっとした評判になって地方にも呼ばれる。そういった流れがすこしずつできあがり、母の活動は軌道に乗り始めました。しだいに、若手のほうから母に相談だったり売り込みだったり、とにかくそういうオファーが舞い込んでくるようにもなりました。そんな頃に僕が生まれたのです。

母の情熱はこんどは僕をプロデュースすることに向けられました。つまり、僕を演奏家に育てようと目論んだのです。ところが、僕をピアノの前に座らせた母は、どうやらこの子にはピアノの才能はなさそうだとすぐに気づきます。するとこんどはヴァイオリンを持たせました。ピアノはものにならなかったけれど、ヴァイオリンを与えるとみるみるうちに上達し、一流のヴァイオリニストとして大成した日本人女性がいたので、母親はその例にあやかりたいと思ったのでした。

僕のヴァイオリンはピアノよりはまだマシでした。幼い頃からいい先生をつけてもらい、コンクールや試験の傾向も母親のネットワークから入手できたので、中学まではそこそこの成績を残せました。しかし、才能に満ちあふれているような連中でも壁にぶち当たるキビシイこの世界でのし上がっていくのは、自分の腕ではとても無理だと僕はしだいに痛感するようになりました。

さてはこの方面の遺伝子は母のほうから受け継がなかったんだなとも疑うようになりまし

た。父は確かにクラシック音楽の熱心な愛好家ではありますが、自分はまったく演奏せず、譜面だってろくに読めないのです。

さらにまずいことに、僕はあがり症でした。もともと人前が苦手な性質《たち》な上に、ぎりぎりに曲を仕上げて試験に挑むことが多く、緊張のあまりハチャメチャな演奏になってしまうことがありました。最初にこの兆候が出たのは、音大附属高校の入試の実技試験ででした。この時は腕がブルブル震えて、弾き出す前に弓が弦に当たって音が鳴ってしまうほどでした。いちどこれをやってしまうと、次もまた同じことをやってしまうのではないか、という恐怖からまた緊張してしまい、それいらい試験や発表会の時に、緊張が極限に達して演奏が空中分解してしまうようなことを突発的にくり返していました。

ヴァイオリンを弾くことが楽しくなくなってしまいました。僕はとりあえず緊張をしない精神が欲しいと思いました。ただでさえ、ぎりぎりのレベルなのに、緊張してしまうと話にならない状況に陥ってしまいます。そこで、母に内緒で父に相談しました。なにか緊張を緩和する薬はないか、あれば処方して欲しい、と頼み込んだのです。

父はこの申し出に最初は快い返事をくれませんでした。座禅や瞑想《めいそう》などを試してみてはどうかなどと言って、実際に著名な演奏者がそのような精神修行を試みている例を、音楽雑誌から切り抜いて見せてくれたりもしました。

しかし、座禅も瞑想も、高い精神状態に達するためのトレーニングです。トレーニングをしてなにかを達成するということは、才能のあるなしによって獲得するレベルがちがってくるということです。つまり、座禅や瞑想にも才能というものがつきまといます。僕はそのようなまともなやり方では、自分のような凡人はこの窮地からとうてい脱出できないと思っていました。スポーツを例に取ればドーピングをしたかったのです。そこで僕は、父に対してクレームをつけるような物言いをしました。目を見張るような音楽的才能が自分にないのは、親からの影響が強いのではないか。このことは、母がピアノ弾きとして地歩を固めつつあることを考えると、その責任は父であるあなたにあるのだと暗に言っているわけです。

いっぽうで父は、母からも僕の低迷について悩みを打ち明けられていました。母にとっては、僕が最大のプロデュース作品になるはずだったのに、僕の体たらくは逆に母へのプレッシャーになっていたのです。そこで父は、僕から受けた相談を母に持ちかけました。母は、もしそのような薬があるのならば、処方してやって欲しいと返事したようです。あがらなければ実力を発揮できる。緊張しなければなんとかなる、と母は親の欲目でそう思い込もうとしたのです。しかし本当は、大した実力がない役者に大役が振られていることこそが問題なのですが。最終的に父親は投薬を了解しました。そして、日本ではまだ認可が下りていない強烈な薬をこっそり処方してくれたのです。

薬の効果はてきめんでした。僕はあまりアガらなくなり、落ち着いて試験に対処することができるようになりました。しかし、やはり薬は慣れてくると効果が薄まってきます。僕は緊張が地雷のように爆発することを恐れて、これを封じ込めようと、薬の量と頻度を増やしていきました。すると、それはやがて演奏の質のほうに影響を及ぼしていきました。演奏は落ち着いてできるのですが、高揚しなければならないようなところでいまひとつ盛り上がれないのです。さらに、薬を飲まないと不安で電車にも乗れないようにもなりました。そんな僕を見た父は、投薬はいったん打ち切ったほうがいいと母に言い、母もこれに同意しました。ただ、投薬によってある程度の効果が出たことは事実なので、僕はなおもこの方面に希望を見出《みいだ》そうとしました。僕はまた父に相談しました。もっとラディカルな方法で自分を根本的に変えられないか。つまり、遺伝子の配列をいじったり、しかるべき脳の神経を鋭敏にする処置を施すことによって、音楽的な能力をもっとアグレッシヴに開発できないか、と訊いてみたのです。そして内心僕はこれを、音楽的な才能はないが医学的な知識と技術を持ち合わせた男を父に持つ音大生の当然の権利だと考えていたのです。

しかし、父親はこれは頑として受け付けませんでした。というか、それは不可能だと言うのです。そして、そんなことをして弾けたとしても、そんな音楽に意味はないと言います。この回答には、性質の異なるふたつの意見が混ざっています。できないからやってやれないということと、できるようになっても意味がないというのは別の話です。気に入らないのは、特に後者の意見でした。やれるのならやってやるのが親ではないか。親には、遺伝子改良でも、脳神経の取り替えでも、できることはなんでもやって、息子が幸せな人生を送れるようにする責務がある、というのが僕の本音でした。さいわいスポーツ界とちがって、音楽業界には、手術や投薬による演奏を禁じるルールはありません。

その時の僕の頭の中にあったイメージはこんなものです。まず楽譜という、音楽を音符などに移し替えた記号列がある。テンポ、音程、強弱などを表現した記号もろもろが僕の目に入る。この視覚的な刺激が脳細胞をエキサイトさせ、聴覚Aとして頭の中で鳴る。同時にその聴覚Aにしたがって僕の身体は自動的に動き、左手の指は指板の上を走り、右手で摑んだ弓はしかるべき弦をこする。すると弦と弓が作った空気の振動が、僕の鼓膜を震わせ、聴覚Bとして僕はこれを聴く。つまり、記号（インプット）→運動→発音（アウトプット）という図式が滞りなく行われるようにすればいいというだけの話です。それをするために日々の練習があるのですが、僕の場合、いくら練習しても、インプットされた信号がスイッチを入れているのに、体がうまく動かない。簡単に言ってしまえば、音楽家として運動神経が鈍い。つまりポンコツなのです。ポンコツならば、油を差したり部品を取っ替えたりして、メンテナンスすればいまよりずっとマシになるだろう、そういうイメージを抱いていました。こんな考えを披露すれば、芸術というものの理解があまりにも浅薄にすぎるという批判を投げつけられるのはわかっています。しかし、その時の僕は一流になるつもりなど毛頭なく、とにかく狂いなく弾けるようになること、頭の中で鳴っている音を自分が出せるようになることを望んでいました。

　しかし、このような自説をたずさえて迫っていっても、父親はそういうことは不可能であるの一点張りです。それは断固としてはねつけると言うよりも、どこか逃げているように僕の目には映りました。この頃になると、僕も父の医療事業がよそとはちがうということに気づいていました。僕は父に、受精卵の段階で遺伝子を操作するなりしていたら、僕のパフォーマンスはもっといいものになっていたのかと詰問しました。これに対して父は、なっていたかどうかはわからないが、もしそのような細工をするのならば、それがもっとも効果があっただろうな、ということは認めました。僕は父に、ならばどうしてそれをやってくれなかったのか、と言いました。父は、そんなことをやってしまったら、人間が人間でなくなる可能性があるというようなことを言いました。僕は笑ってしまいました。父の主張は、自分が展開し推し進めている医療に照らし合わせるとまったく矛盾したものです。僕は頭にきて、人間でなくなったっていいじゃないか、と怒鳴りました。それ以来、僕と父の間にはまともな会話はありません。

とにかく、僕は弾けなくなり、部屋にこもってゲームばかりしていました。そんな僕を見かねて、もっと気楽に音を出してみたらどうか、と母が声をかけました。この頃は、僕を音楽家として世間に出すというのははかない夢だったと、母の中でもう諦めがついていたんだと思います。

母は、相模湖の病院のエントランスホールを使って、サロンコンサートをやってみたいと父に相談しました。昨今ではこういう催しを病院で開くことはさほど珍しいことではありません。ですから母の提案もあながち度外れたものではなかったのでした。ただし、たいていの病院では、職員の中で腕に覚えがある人たちがその腕前を披露する程度なのに対して、当院では、専門的な音楽教育を受けた者、アメリカやヨーロッパへの留学経験のある者がステージに立つわけです。もちろん病院のホールで演奏するなどというのは、真剣に音楽を志す者にとって、意気が揚がる仕事ではありません。そこを母は、発展途上にある演奏家たちの生活を少しでも安定させるためという名目で、それなりの出演料を約束しました。演奏者のほうも、これからさまざまな面で母から援助を受ける可能性も含めて考えたのでしょう、誘いを断る者はほとんどいませんでした。けれど、実状を言えば、それはほとんど僕のために企画されたようなものだったのです。

父のほうも、それが息子のためになるのならと、エントランスホールにちいさな円形ステージを作り、グランドピアノを一台買い、駅からここまでの演奏者たちの送り迎えのために、専用のバンまで用意してくれました。

僕としても、自室に引きこもってゲームをしていても楽しくはありません。こういう生活からは早く抜け出さなければと思いつつもきっかけが摑めず、惰性でコントローラーのスティックを動かしていたのです。母の言葉に僕のこわばった心も反応しました。専門家でも、口さがない愛好家でもなく、聴いているのかいないのかわからないような聴衆の前で、やさしい曲を弾く程度なら大丈夫だろうと、壇上に上がることを決意しました。ただし、僕が参加するのは母とのデュオだけにしました。トリオやクァルテットに参加して失敗し、演奏に傷をつけて仲間に迷惑をかけるのが怖かったのです。

この社会の中で僕になんらかの位置を与えてやったほうがいいと判断した父は、病院の総務課の嘱託職員という身分をくれました。僕は母と一緒に演奏会の演目を決めたり、ポスターを作ったり、バンを運転して、相模湖駅まで演奏者を送迎したりしました。

身体を動かし始めるとすこしは気分が楽になりました。演奏のフィジカル面が精神面にうまく作用したところもありました。失敗してもだれもろくに聴いてやしないんだと思うと、不思議なことに、自分が奏でる音を自分の耳がよく捉えられるようになりました。母親が病院に来ない時も、ひとり壇に上がって独奏曲を弾いたりしました。急にバッハの「G線上のアリア」を弾きたくなり、パソコンの作曲用アプリを使ってオーケストラを模して伴奏をつくり、これを壇上で鳴らしながら弾いたりもし始めました。専門家から見れば擬《まが》いものでしょうが、これはなかなか人気を博しました。僕は代々木上原《よよぎうえはら》の家には帰らず、ほとんどここで寝起きするようになりました。セカンドハウスとして設えたものの、父も母も引き上げたので、ここは僕の住処となりました。

ある日、コンピュータで作ったピアノ演奏をバックにエルガーの「愛の挨拶」を弾いていた時でした。ホールにひとりの少女が入ってきて、受付のほうに歩いて行きました。もちろん、来院者はみなホールに入ってくるとステージから見て右に折れ、受付に向かいます。多くの来院者の中でこの少女がことさら僕の目を引いたのは、単純に彼女がきれいだったからです。当院は出産に関わる医療が中心なので、来院者は若い女性が多く、当然、中にはきれいな人もいます。けれど、少女はその中でもとりわけ若く、そして美しかったというわけです。彼女は、テレマンの「無伴奏ヴァイオリンのための12のファンタジー」を弾いている頃、戻ってきました。入ってきた自動ドアからまた出ていくのだろうと弓を動かしながら見ていると、ふと立ちどまり、一番後ろの端の席に腰かけたのです。僕は嬉しく思いながら最後の曲を弾き終わりました。パイプ椅子には五人ほどがそのまま座っていました。曲を聴くためにここにいたのではなく、待ち合わせや暇つぶしのためにいるからでしょう。けれどこの日は、イレギュラーなイベントがあったのです。

ヴァイオリンをケースにしまっていると、放送が聞こえました。

「訓練訓練。防災センターです。一階受付で、火災が発生いたしました。来院された方は係員の指示に従って、すみやかにお近くの非常口から退去してください。また、この防災センターを災害対策本部とします」

そうです、この日は消防署の視察の上での火災訓練となっていたのでした。この放送をきっかけに、パイプ椅子に座っていた人たちがのろのろと立ち上がり出入口に向かい始めました。僕もヴァイオリンケースを持っていったん外の駐車場に退避する予定になっていました。けれど、僕がその脇を通過した時にも少女はまだパイプ椅子に座っていました。いったん通り過ぎてから僕は引き返し少女の傍らに立ちました。そして、「避難訓練にご協力お願いいたします」と声をかけました。それでも彼女はぼんやり前を見たまま席を立とうとはしません。しかたなく、僕は彼女の肩を軽く叩きました。ようやく少女は振り向きました。僕はギヨッとしました。彼女の頰を涙が伝って落ちていたからです。訓練訓練。一階受付で火災が発生いたしました。放送がまた鳴りました。僕はもういちど声をかけました。彼女ははっとして自分の耳と口を指さしたあとで、目の前で手を振りました。僕はやっと彼女が耳と口が不自由なのだと気が付きました。慌ててポケットからメモ帳を取り出すとボールペンで「かさいくんれん　ひなん」と走り書きして彼女に見せました。彼女ははっとしたような顔になって、小さなバッグを手に立ち上がりました。僕は出入口のほうを手で指し示し、彼女と一緒に駐車場のほうに歩いていきました。

これが僕と瞳の出会いとなりました。

駐車場に出て、僕は瞳と並んで立っていました。僕はメモ帳を出して、寒くないかと訊きました。瞳はうっすらと笑って首を振りました。やがて、訓練訓練。各病棟の責任者は被害状況報告書を災害対策本部まで提出してくださいというアナウンスから、訓練終了、訓練終了、以上をもって火災訓練を終了いたします。皆様、ご協力ありがとうございましたに変わるまで、その都度の状況をメモで瞳に伝えました。それを見た瞳は薄く笑ってうなずいていました。

僕は院内のカフェに瞳を誘ってみました。瞳はこくりとうなずいてくれました。カフェに入る前、売店に寄ってノートと細めのサインペンを買いました。筆談するにはちいさなメモ帳よりもノートを使ったほうがいいと思ったのです。

そのノートに、耳が聞こえないのにどうしてあそこに座っていたの、と僕は書きませんでした。なんとなく、それは瞳を傷つける質問になると直感したからです。まず、瞳が妊娠や出産の相談のために来院したのではないということを確認して、僕はほっとしました。

けれどこんどは瞳のほうから不思議な質問がありました。それはヴァイオリンを弾くのは楽しいかというものでした。これは返答に困る質問でした。サインペンを受け取りながら、彼女の心を傷つけない答えはなんだろうと咄嗟《とっさ》に僕は考えました。「楽しくない」と書くべきだろうか。ヴァイオリンが心に重くのしかかっていたことは事実ですし、そう書くのは嘘ではありません。ただ、「楽しくない」とだけ書くことは、どこかで物事を簡略にしすぎて嘘になっている気もしました。さらには耳の聞こえない瞳に対する安っぽいいたわりと取られかねないことを危惧《きぐ》しました。僕が握ったペンの先からは「楽しいよ」という文字が現れました。瞳はその四文字を見て黙ってうなずきました。このときの僕の返事が正しかったのかどうなのかは、いまだに悩むところです。

瞳はＣＤを出さないのかと訊いてきました。ＣＤを出すほど上手じゃないんだと僕は言いました。ではあとどのぐらい上達すると録音することができるのか、とも訊かれました。僕は、録音ならばしたことがあるけれど、それをＣＤにして売るのにはまたひとつふたつ段階を経なければならないんだという説明をしました。録音したことがある、は嘘ではありません。課題曲を弾いてその演奏を自分で審査するために、自宅録音することはよくあります。いまはＩＣレコーダーの音質がかなりのレベルになっていますので、それで録ることが多いでしょう。スマートフォンの録音機能を使う人もいます。ただ、うちにはプロが使うマイクなども備わっていましたから、かなりの高音質で録音していました。あなたからリクエストをもらったパガニーニの『24のカプリース』は難曲な上に、課題曲になることが多いので、もっとも頻繁に録音した曲でした。

瞳は「聴いてみたい」とノートに書きました。僕は驚きました。どういう意味だろうと戸惑いました。そして「ところどころでミスしているから」と書きました。それを見て瞳は笑いました。つられて僕も笑ってしまいました。

瞳の笑顔に勇気付けられて、僕は一番したかった質問をついにノートに書きました。

「だれか交際している相手はいるの」

瞳は少し考えて、

「いないと思う」と書きました。つきあってる人がいるのかいないのかの返事に当人が「と思う」と書くのは妙ですが、僕はこの返答を素直に喜ぶことにしました。

瞳と僕はつきあいだしました。笑われるかもしれませんが、女性とつきあったのは僕にとってこれが初めてでした。中学校から一貫して音楽系の学校に通ってきてわかったのですが、演奏者の女性は、演奏がうまい男を好きになる傾向が強くあります。なかなか腕が上がらない僕は異性の気を引くことができないと決めてかかっているところがありました。もちろん、それは僕が棲息《せいそく》していた環境が特殊だからでしょう。学校から一歩外に出れば別の出会いがあったのかもしれません。けれど、元来が引っ込み思案の僕の社交は、キャンパスの中だけに限られていたのです。思い切って僕は、パガニーニのカプリースをCDに焼いて瞳に渡しました。それは渋谷の映画館でディズニーのアニメをバリアフリーの上映会で見た後、カフェに入ってお茶を飲んでいた時でした。

「聴いておきます」

瞳はそうノートに書きました。

少しずつ僕は瞳のプライベートな情報を知ることになっていきました。瞳の両親がともに母親であることや、片方が聾者であり、アメリカ国籍を持つかなり有名な評論家であること、瞳がなぜうちの病院に来たのか、そしてなぜその目的を果たせずに、エントランスホールのパイプ椅子に座っていたのかもわかってきました。

「お父さんのことを本当に知りたいの」と僕は瞳に訊きました。

瞳はうなずきました。

父も一時《いっとき》ここに住んでいたので、この部屋の壁にはそこから病院のイントラネットにつながるLANの接続端子が埋め込まれていました。僕もいちおう病院のスタッフなのでログイン用のアカウントは持っています。もちろん僕は医療スタッフではないので、覗ける範囲が限定されてはいるのです。けれど僕は、父のアカウントと、僕と母親の誕生日を連ねたパスワードを知っていました。僕は難なくデータベースに入り、瞳の母親の名前を打ち込むと、提供精子の素性を読みました。

僕は驚きました。自分自身が瞳と一緒に、暗い井戸の底に突き落とされたような感情にとらわれました。そして、激しく混乱しました。

混乱の末に、瞳と僕は似ている、と考えるようになりました。ともに親とよく似た存在であれと抑圧を受けてきました。そしてふたりとも技術というものに弄《もてあそ》ばれたり、それを弄んだりしようとしています。瞳は技術によってハンディキャップを課されて生み落とされ、そのことを気に病むようになりました。一方の僕は、技術を行使してくれないことに対して理不尽を感じていた。人間として持つべき感覚を奪われた瞳とお手盛りしてもらえないで八つ当たりしている僕を同じというのは見当ちがいも甚《はなは》だしいのですが、ふたりは似た者どうしなのだという思いを僕は強くしていきました。

瞳の出生にまつわるおぞましい事実を、僕はためらった末に瞳に打ち明けました。ノートを見ながら瞳は黙っていました。こっぴどく殴られたのに静かにその打撃を受け止めているように僕には見えました。このことを母親に話すのか、と僕は瞳に訊きました。わからない、と書いてペンを置くと、両手で顔を覆いました。

だんだんと怒りが沸き上がってきました。僕は瞳に、君のママに会って抗議すると言いました。けれど瞳は、あまり嬉しそうではありませんでした。ただ混乱していました。瞳が言うには彼女の母親は、聾唖であることに劣等感を抱く必要はない、それはあなたの個性なのだといつも瞳を励まし、そして手本になるように自らも聾者として立派に生きているのだそうです。また瞳はどこか冷静でした。聾者である精子と聾者である卵子との結合によって自分がここにいるということは、運命として受けいれるしかない事実なのだ、と言うのです。僕の目から見て、瞳は非常に頭のよい子です。むしろ年長の僕のほうが短絡的で感情的なふるまいに及ぶことが多かったような気がします。

しかし僕の気持ちは収まりません。僕は瞳に、君のママがやったことは神の領域に属する行為であり、人間には許されないことなのだ、と説明しました。〝神の領域〟という言葉は借り物です。当院が施術している高度な生殖医療を批判するときによく使われるので、僕も時々目にしていたのです。けれど正直言うと、僕は神なんてものを強く意識したことはありません。瞳の母親をひどいと思うあまり、とにかく彼女を非難する言葉が欲しくてそこから借りてきたのです。しかし、と同時に、やはり人間が人間を操作してその存在をあらしめるということには納得がいかないという気持ちもありました。

ええ、そうなんです、矛盾しています。操作してもらって自分をチューンナップしたいと考えていたお前に、神の領域だなんだと告発する資格などあるのか、そうおっしゃりたいんでしょう。僕もそういうふうに自分に問うてみました。

操作によって性能が向上するのはよしとするけれど、下向きに手を下すのは許せない、そう僕は言いたいのでしょうか。そうだとすれば、僕の批判はかなり手前勝手なものになります。でも、そうじゃない。そうじゃないどころか、正直に告白すれば、瞳の耳が聞こえないことは、シビアに聴かれることによって評点を付けられてきた僕にとっては、安堵させられるところさえあったのです。けれど、そんな個人的な事情を超えて、許せないと僕は感じてしまった。どうしようもなく納得がいかない、この気持ちをだれかにわかって欲しい、そして一緒に考えてもらいたい、と思ったのです。

すこし時間が経つと、瞳は、デボラを告発し、糾弾するつもりは自分にはない、とはっきり表明しました。一方の僕にはあった。そして僕の目には、そう言う瞳だって、おかあさん産んでくれてありがとう、という感謝の気持ちでいっぱいのようには映りませんでした。

　僕は考えました。さっき言ったように、デボラに反省を促すきっかけを作ると同時に、彼女がやったこと、彼女がこのようなことをしでかすのを許した社会について、だれかに真剣に考えてもらいたい。ただしデボラについては、無傷でいられるのは癪ですが、ネットで晒《さら》し者になるだけという状況は避けたかった。低俗な議論ばかりが横行すれば、たとえ擁護されたとしても、それは瞳を傷つけることにつながりかねない、また僕にとっても、実質的にまだ生活の面倒を見てもらっている父の事業が、はっきりと犯罪であるならばともかく、扇情的なスキャンダルで大きなダメージをこうむってもいい、とまでは考えられませんでした。

　そうして捻《ひね》り出《だ》したのが、今回の誘拐事件です。瞳が誘拐され、デボラは自分の思想を撤回せざるを得なくなる。しかし、瞳が帰ってくると、デボラはまた撤回したことを撤回する。石を投げ入れられて、ひととき激しく波立った湖面は、やがて静かな平面に戻るでしょう。けれど、一瞬波立ったことによって、だれかが気づき、考え、また湖面に石を投げ入れるかもしれない。こんどはもっと激しい波が立つかもしれない。それでもまた静まり元に戻るのならば、デボラの思想はある種の強靭《きょうじん》さを備えているのだと認めてもいい。去年の暮れに、僕はこの計画を話しました。瞳は黙っていましたが、その案をすぐに却下することはありませんでした。しかし、瞳はやはりまだ逡巡《しゅんじゅん》していました。

　けれど、つい二週間ほど前に瞳の態度に変化が起きたのです。それはふたりで湖畔を散歩していた時でした。横に伸びた桜の樹の枝の下をくぐるようにして通る時、枝に開花の兆しが現れているのを、立ちどまって僕らは見ました。すると瞳は、バッグからメモ帳を取り出して、「やる」と書いたのです。僕は何をやるつもりなのかよくわかりませんでした。そして、まだ一片の花びらも落とすまいと咲き始めたばかりの桜の樹の下に座って、魔法瓶に入れてきたコーヒーを飲んでいる時、瞳はまた書きました。桜が満開になる頃に実行し、散り終わる頃にはもう忘れてしまおう、と。

桜に惑わされたように瞳が決心したその詳細は、よくわかりません。けれど、一見すればなんの因果関係も認められないようなことが、誘因となることもあると思います。

ここから先は大した話はありません。まず、午後の郵便配達のバイクが行き過ぎたあと、瞳が家を出るときに、髪どめをポストに放り込みました。そして、家から二百メートルほど歩いたあたりで、僕が停めてあったバン——あの演奏家たちを送迎しているバンです——に乗ってもらいました。あとは、杉並からここまで車で来ると、裏手のエレベーターに乗って、だれにも見られずここまで上がってきました。それから、僕が瞳の家に何度か無言電話をかけ、動画を撮って非公開でYouTubeにアップし、デボラが謝罪動画をYouTubeにアップしたのを確認《かく》してから、また彼女をバンに乗せるまで、瞳にはずっとここにいてもらいました。この間、僕は代々木上原の実家とここを二度往復しました。希とのやりとりは代々木上原の自宅から瞳のスマホを借りておこないました。誕生石などの質問には、僕のもうひとつの携帯を瞳に持たせて、瞳とやりとりし、その答えを希に返しました。ネットで調べたので、瞳が使っているソフト・キングダムのスマホは、代々木上原からかけた場合は、渋谷駅上の東急百貨店の屋上に設置された基地局のアンテナが電波を拾うということを僕は知っていました。であるならば、基地局が特定されたとしても、警察はまずは、スクランブル交差点の雑踏や、センター街の人ごみの中から犯人を見つけ出そうとするでしょう。また、こんな状況では警察は長期戦を覚悟し、犯人を取り押さえるよりもまずは瞳の身の安全を優先し、デボラに謝罪動画をアップするよう説得するにちがいない。また、基地局が特定されても、鳴りを潜めるには相模湖よりも都合がいいとも思いました。

この計画の実行期間中、僕はエントランスホールの円形ステージでの演奏は母親に任せて瞳と一緒にここに引きこもっていました。食事は、一階のコンビニから買ってきたお弁当だったり、ハムと卵とレタスを挟んで瞳が作ってくれたサンドイッチだったりです。空いた時間は、聴覚障害者用モードで一緒にブルーレイで映画を見たり、ゲームをしたりして時間をつぶしました。

訊かれないのにこういうことを言うのもなんなのですが、僕と瞳はいまだに、いわゆる〝一線を越えた関係〟には至っていません。いえ、僕にそのような欲望が希薄なわけではないのです。人並みにはじゅうぶんにあるとは思うのです。ただ、瞳がまだ十七歳という若さだということ、肉体を性急に求めてしまうと、この不思議な交際はとたんにバランスを狂わせて崩れ落ちてしまう気がしていたのです。そんな時に、この計画が持ち上がったので、僕は瞳と同じ部屋にいることになっても彼女の身体を求めたりはしないと決めたのです。なぜかって？　美しい少女が誘拐されたとなれば、犯人との間にはなにもなかったのか、いやなにかあったのではないかという妄想がかき立てられるでしょう。ひょっとしたら身体検査を受けることがあるかもしれない。もし医者が瞳の身体にそのような痕跡を認めた場合、彼女はその方面でさまざまな追及を受ける。僕はこれを排除したかった。むしろ、その手の質問が出た場合には、警察のほうからはっきり否定してもらえるようにして、好奇のまなざしから瞳を守りたかったのです。

事はおおむね僕の予想通りに進みました。けれど一点、これは迂闊《うかつ》だったと反省しなければならない事態が生じました。未明に相模湖側から和田峠に向かって瞳を登らせ、峠の上で保護させるというのは当初からの計画でした。けれど僕の予想以上に、この日は気温が低かったのです。瞳は軽装で外出した、つまりすぐに帰ってくるつもりで家を出た、という風にこしらえたので、外気に対して薄着過ぎたのです。なにか上着を持たせたかったのですが、そこから足がつくことを僕は恐れました。テレビドラマが本当かどうかわかりませんが、科捜研というのはほんのささいな手がかりで犯人を追い詰めていくようです。また、瞳は目隠しをされて登り口まで連れてこられ、そこから登っていき頂上でLinQしろと言われ、そのとおりに実行したという筋書きをこしらえていました。つまり瞳のほうからは住所を告げるわけにはいかない。峠の茶屋とその向かい側にある石碑の写真で、どれぐらいすばやく、そこが和田峠だと察知してもらえるかどうか、それが心配でした。上は麓よりもいくらかさらに気温は低いだろうし、身体を動かした後に冷気に晒されると低体温症になる危険も知らなかったわけではありません。

やる、と言って瞳は登っていきました。万事うまくいったらLinQで連絡が欲しい。けれど、通信を傍受される可能性があるから、それまでスマホは切っておくほうがいい。それでも、寒気に耐えられなくなったり、予想外のことが起きたら連絡が欲しい。最悪すべてバレるのを覚悟でピックアップに行くから、と言いました。瞳からLinQのメッセージが来たのはこの日の夕方になってからでした。それまで、運び込まれた病院のベッドで昏々《こんこん》と眠っていたそうです。

さて、これがお話しするべきことのすべてです。それにしても、いったん閉じた物語をもういちどこじあけにやって来るのが刑事さんだとは思ってもみませんでした。なぜかって？　たぶん警察は、瞳が戻ったことでこの事件にピリオドを打つだろうと僕は思っていたのです。訪ねて来る来ないは別として、この事件をしつこく追いかける人間がいるとしたら、それはジャーナリストではないかとぼんやり想像していました。ただ、彼らが探しているのはもう少しわかりやすい扇情的な話なのかもしれません。僕らはあまりにも複雑で売り物にならないのかも。できれば、デボラの真の論敵が現れていまいちど湖面に石を投げてくれればいいのですが。

え？　デボラがこれから、やろうとしていることについてですか？　さあ、それは僕にはわかりませんし、これまで考えたこともありませんでした。でも、どうしてそういうことを訊かれるのですか？　それっていったいなんなのですか？　なんだ、刑事さんも知らないんですか。え、いいですよ、僕にできることならばご協力いたします。それが僕と瞳に関係することなら、なおさら知りたいところなので。

＊　＊

真行寺はマウスに手を伸ばしてクリックし、音声ファイルを停止させた。そして、部屋を出て台所に行き、コーヒーをいつもより濃い目に淹れた。リビングでは森園とサランが起業の打ち合わせをしていた。ふたりに飲むかと声をかけたが、要らないと言われた。〝自由マグ〟のふち近くまでたっぷり注いで、自分の部屋に戻った。真行寺はデスクにマグを置くと、ディスプレイに向かって座り、猛烈なスピードでタイピングを始めた。朝方までかかって報告書を書いた。刑事が出す報告書としては、奇妙な体裁のものが出来上がった。

これまでにも、調書を取って相手から印をもらうとき、真行寺は時々、報告書という書式が、実際の出来事を素材に事件をまた作り直しているのではないかと怪しむことがあった。取調室という空間、調書独特の文体、そして尋ねる警察と応える被疑者もしくは被害者という、さまざまな関係から紡ぎ出された文字の世界は、起こった現実から離れているのではないか、といまも真行寺を不安にさせる。しかし、現実そのものを言葉で再現することなどできるのだろうか、と疑いだすと調書は取れなくなる。科学の客観性がゆらいでいるなんてことを黒木は言っていた。そいつはこのこととも関係があるのだろうか。現実そのものを写し取っているはずの科学の言葉も、調書と似たり寄ったりなのだろうか。だとすれば、生物科学を根拠にした男と女の二分割にも、確かにつけ込む隙があるのかもしれない。

報告書の最後に真行寺はこう追記した。

「本報告書は、杉並聾唖女子誘拐事件についての被疑者である塚谷翔の言葉をほぼそのまま採用して作成した。これが塚谷翔の目から見た本事件の〝真相〟である。もちろん、塚谷翔が意図的に虚偽の証言をおこなっている可能性はある。この信憑性《しんぴょうせい》については、さまざまな客観的事実と照らし合わせ、検証する必要があることは当然である。しかし、先般提出した麻倉瞳の報告書と並べて検証すべきもう一つの資料と考え、今回はあえてこのような形で採録した」

読み返してみて、これはまた怒られるなと思った。まあいいや、とEメールに添付し、本日は午後まで休みをもらいます、と書き添えて水野に送ってから、歯を磨いてベッドに潜り込んだ。

5　ワルキューレの騎行

昼前に起きてリビングに行くとだれもいなかった。ゆで卵を作り、トーストを焼いて、コーヒーを淹れ、プレーンヨーグルトと一緒に食べた。冷蔵庫を開けたら、透明の四角いプラスチック容器に苺が少し残っていた。これは自分の分だろうなと判断して、食べた。さてとそろそろ出かけるかなと思ってスマホの電源を入れると、いきなり鳴った。

——おはようございます。

水野玲子の声には明らかに皮肉が込められていた。

「そろそろ参ります」

——ええ、お待ちしております。

「報告書、朝方までかかったもので」いちおう弁解してみた。

——私物のパソコンで公的書類を作成しないように。

「はい。正式なものではなく、その下書きをレポートとして書いたまでです」

——大変ユニークなレポートで興味深く拝読させていただきました。

「それは安心しました」と真行寺も皮肉で返した。

——で、これからどうするつもり。

「まぁなんとかデボラを挙げたいと思っているんですが」

――罪状は？

「なんでしょうね、そこは課長にひとつ捻出《ねんしゅつ》してもらいたいんですが」

――馬鹿野郎、早く出てこい。

かしこまりましたと言って切った。

コンビニで買ってきたラージサイズのコーヒーカップを片手に、真行寺が水野玲子の机の前に立ち、一礼してから袖に置かれた椅子に腰かけた時には、すでに二時を回っていた。

「課長はデボラを挙げないでいいと思っているんですか」

「なぜ挙げなきゃならない？」

「もしかして賛成だったりするんでしょうか」

「なにに？」

「デボラがこれからやろうとしていることについてです」

水野は黙った。真行寺は「元ファンだけに」と付け加えた。

「杉並署から連絡が入ったんだけど」と水野は話を別の方向につないだ。「美しい日本を取り戻す会の和久井から抗議が入っているみたい」

「どこに？」

「デボラのところに。今日、麻倉希から署に連絡があったと聞いてます」

「抗議ってなんの？」

「デボラが、YouTube に挙げた動画を取り下げ、ある事情のためにやむを得ずあのような発表をしたが、撤回するというような内容を自分のホームページ上で書いていることに対して」

「〝ある事情のためにやむなく〟ですか……。まあ、あまりこと細かに書くわけにはいかないからしょうがないんですが」

「塚谷翔の自供内容を彼の父親である病院の院長に報告するべきかどうか、これについてはどう思ってるの」

「俺は反対です」

「どうして」

「まず情報提供者との仁義に反する。たしかに塚谷翔は、本来はログインできない立場にありながら、院長のアカウントを使って病院のデータベースに侵入した。これがそもそもの発端です。でもそれは病院側の管理体制の問題、ひいては院長がちゃんとパスワードを管理してなかったからというだけの話でしょう。それこそ警察が関与するところではありません。もっとも、翔がその個人情報を持ち出して企業に売りつけたりすればこれは明らかに犯罪で、摘発するべきですがね。けれど、彼がやったことは瞳の個人情報を瞳本人に渡しただけです。一応、厚労省のガイドラインに則して言えば、提供精子の情報はその子供にもむやみに教えてはならないことになっているらしいんですが、事情があって教えた場合、それは犯罪ですか」

「犯罪だとは言っていない。病院側に情報管理をきちんとしろと忠告するべきかどうかを迷っているの」

「それはまあ、課長がそうすべきだと思うのならしてもいいでしょう。ただフェアにいくのなら、厚労省のガイドラインを無視し、俺に言わせりゃ実に陰険な手段でもって、意図的に聾唖の子供を産んだことも世間にバラしちゃいたいんですがね」

「ちょっと、変なことしないでよ」

水野の声が尖《とが》った。

「変なこととは？」

「匿名でデボラを晒すような真似のことよ」

「そんなこと俺がするとでも」するかもしれないが、と思いながら真行寺は言った。

「したあとだと遅いからその前に忠告してるんです」

真行寺はコーヒーをひとくち飲んで、

「そもそもデボラが生物学上の娘である瞳に出生の経緯を話していないのが悪いんじゃないんですか」

「捜査に私情を挟まないように」

「じゃあ、適用できる刑法を探します」

「どうして、デボラを挙げようとするの」

「まずいでしょう、あれは」

「私はそうは思いません」

「……マジですか。それこそ私情を挟んでるんじゃないですか」

「関係ない」

真行寺はため息をついた。そしてコーヒーを飲み干して、紙コップを机の脇にあった屑入れに投げ入れると、ふてくされたように立ち上がった。

「まだ行っていいと言ってない。座れ」

鋭い声に刑事部屋の何人かがこちらを向いた。真行寺はぼんやりしたまなざしを水野に向けた。切れ長の目の奥には小さな光がゆれていた。真行寺は座った。

「ひょっとして私をナメてる？」と水野は言った。

真行寺は首を振って、いえと言った。本心からそう言った。水野はなにも言わない。人を呼び止めておきながら、ナメてるのかのひと言だけなのはひどいじゃないかと思った。しかし降参して真行寺のほうから口を開いた。

「ひとつ提案なんですが」

聞いてやるぞとでも言うように、水野は身体をひねって真行寺に向き直った。

「あらためてデボラに鑑取りしたいと思います」

「なんのために」

「まずいかどうかを確認するためです」

「なにが」

「あれです。デボラがこれからやろうとしていることです」

「それはもう鑑取りとは言わないな。それに、それをあなたが聞いてどうするの」

「どうするかは聞いてから考えます。そして私だけが聞くんじゃありません。課長も一緒にお願いします」

これは前代未聞の提言である。水野は階級でいうと警視。事件の事情聴取などをおこなう身分ではない。

「デボラの考えを熟知する者として同席するという形は取れませんか。男である私の偏見や不じゅうぶんな理解を訂正するという役柄で」

水野は黙っていた。

「向こうの企てをじっくり聞いた上で、課長ともういちど話し合いたい。そこで私が課長を説得できなければ、デボラにはもう手をつけません。このまま、適当な報告書を書いて終わりにしましょう」

「考えておく」と水野が言った。

真行寺はよろしくお願いしますと言って席を立った。

机の間を横切って真行寺はドアに向かった。何人かの同僚がちらと真行寺に目をくれた。派手なやりとりをして楽しませてしまったなと思いながらドアを開けて出て行った。

杉並署の刑事部屋の出入口に立って見渡すと、四竃の姿はなかった。部屋の隅の机に座ってキーボードを打っていた加藤がふと顔を上げ、真行寺を見つけた。席を立つと寄ってきて、お疲れ様でしたと言った。この挨拶から察するに、署ではどうやら事件は終わったことになっているようである。

「警部補は？」

「連続ひったくり事件の被疑者をしょっ引いたので、留置の手続きを取ってます」

「ということは署内に」

「ええ、います。もうすぐ戻ってくると思いますけど」

本当に戻ってきた。真行寺の姿を見つけると、「おーっ」というがらっぱちな声を上げて破顔した。しかし、そのこめかみあたりが腫《は》れ上《あ》がっている。

「どうしたんですか」と真行寺は訊いた。

「署まで同行を促したとたんに暴れ出しやがって、その時に一発食らったんだ。連れて行った貝山がまたヘボでな、結構手間取ったよ」

「私を連れて行くべきでしたね」不満げに唇を尖らせて加藤が言った。

「そうだったな、反省してる」

四竈が加藤の肩をポンポンと叩いた。

「加藤はな、柔道でかなりのところまでいったんだ。オリンピックの強化選手になるかならないかってレベルでさ、去年の逮捕術大会じゃあ女子の部で二位だった、どうだすごいだろう」

確かにそれはすごい、と真行寺は思った。

「じゃあ、なぜ貝山を連れて行ったんですか」

「いやあ、俺の中であんまり女に手荒な仕事はさせられないという優しさっていうか、思いやりというか、そういうものがあったんだろうな、あははは」

四竈が考えそうなことだ、と真行寺はうんざりした。当の四竈はにやにや笑っている。誘拐事件を解決し、それを自分の最初の見立て通りに家出事件として処理でき、さらに連続ひったくり事件も検挙できたので、いまは上機嫌なのだろう。左遷はもう嫌だと不景気面《ふけいきづら》をさげていた時とはだいぶちがう。

「ところで、美日会の和久井がまた動いてるって話ですけど」と真行寺は言った。

「ははあ、それで来たのか。動いてるって言ったって、抗議のメールを送ったり、Twitterで物騒なことを言ったりしているだけだろう。今日はまた本庁に戻るのか？」

「今日はもう帰ります。疲れた」

「あいかわらずだな。ちょっと一杯どうだ」

真行寺はつきあい酒《ざけ》をほとんどやらない男である。こういう場合はたいてい断って自宅に直行するか、レコード屋か映画館に寄り道するかなのだが、たまにはいいじゃないか、訊きたいこともあるんだ、つきあえよと四竈がことさら熱心に誘ってきて、お前も来るかと横にいた加藤も誘うと、加藤がまた意外なことに、行きますと力強く即答したので、三人での小宴が決まった。

署を出てすぐ近くの焼き鳥屋に入った。三人ともに帰る方向も使う電車もバラバラなので、そうしようと四竈が決めた。店内はすいていた。とりあえず三人とも生ビールを頼んで、乾杯、と声とグラスを合わせた。そのあと、焼き鳥やらサラダやら、枝豆やら冷や奴やら、皮の唐揚げやらピリ辛キューリ漬やら、サラリーマンの定番居酒屋メニューをくちぐちに注文し、こういう飲酒は久しぶりだな、と真行寺が思っていると四竈が、

「物騒なことってのはさ」と切り出した。「これがまた、あいつらも悪知恵ついちゃってよ、〝殺す〟とは書かないんだよな。〝万死に値する〟とかさ、これやっぱり表現の自由ってやつだろ」

「そのくらいですか」

真行寺がそう言うと、四竈は大げさに顔をしかめて、

「おい、飲みの席なんだから、もう敬語は勘弁してくれよ。それに同期じゃないか」と四竈が声を張った。真行寺は加藤を指さして、

「教育上悪いでしょう」と言った。

「いいんだよ、刑事は階級じゃない、年季と実績なんだってこいつには教えてるんだ、なあ」

はい、と加藤はなんの感慨もなさげにうなずいて、やってきた枝豆に手を伸ばした。真行寺たちが若い頃は、割り勘の飲みの席でも先輩や上司より先に皿に箸をつけることはご法度だった。真行寺も鬱陶しいなと思いつつ、一応その因習に倣い、やがて飲みの席を敬遠する

ようになっていった。時代は変わる。変わっていいんだと思う。しかし、それも程度問題だが……。

それじゃお言葉に甘えてと真行寺もやってきた焼き鳥の串を取って、

「和久井らはまたデボラのところに嫌がらせの電話でもかけてるのか」と話題を戻した。

「いや、和久井は子分を数名引き連れて、家に行ってる」と四竈は言った。

「家に？」

「ただなあ、その件もいちおう和久井に連絡とって訊いてみたんだが、あいつの言い分としては、あくまでも話し合いに行ったんだそうだ。つまりこれは戸口訪問なんだとさ。自分たちの主張をデボラ・ヨハンソンにもわかってもらいたくて、会いに行って門前払いされただけだと。そもそも、自分たちの活動の理解を得るための戸口訪問は、キリスト教の布教団体もやっているし、国連の難民支援のＮＰＯ団体だってやっている。どうして自分たちだけが非難されなきゃいけないのか、――とこうきやがった」

「美日会が戸口訪問しながらパンフレット配ったりしているという実績はあるのか」

「パンフは見せてもらったよ。それを持って訪問しているかどうかは確認していない。というか、そういうややこしい議論は苦手だから、このへんで幕引きしたいんだよな、次から次へと事件は起こっているわけだし、それも金取られたり、傷付けられたりしてるんだ、ずっと構ってられやしないよ」

「じゃあ、その情報は警備のほうに渡しといたほうがいいんじゃないか」

「まあ、そうなんだが、あいつらあんまり情報くれなかったからなあ。もらいたがるくせに、出すのを嫌がる。実はちょっとムカついてんだ」

公安にも仲のいい奴がいると言っていた四竈だったが、今回の事件をきっかけに見方を変えたらしい。

「それより聞いたぞ」とニヤニヤしながら肩を小突いてきた。

真行寺はジョッキの取っ手を握ったまま、

「聞いたって何を？」

「喧嘩したんだって、お姫様と」

それでか、と真行寺は四竈の上機嫌の理由を察知した。

「なんで知ってるんだ」

「たまたま本庁にかけたら、橋爪《はしづめ》が教えてくれたんだ」

「あの野郎……」と真行寺は舌打ちした。

「そのことで橋爪をいじめないでくれよ」

「いじめられるわけないだろ、階級はもう向こうが上だ」

真行寺がそう言った時、横にいた加藤が、

「でも、どうして真行寺さんは巡査長のままなんですか」

と毎度おなじみの質問を寄こした。四竈が掌を突き出して待ったをかけ、それはこんど俺が教えてやる、と言った。いったいお前は何を知っているんだと思ったが、面倒なので黙っていた。

「ここはやっぱり水野とのバトルのいきさつを聞こうじゃないか、なあ。どうなんだ、蜜月時代は終わりそうか」

真行寺はつまらなさそうにため息をついた。

「まぁそうむくれるなよ。お前がその階級で本庁の一課にいられるのは水野のおかげだろう」

「へえ、そうなのか」

確かにそういう部分はある、と思いながらも真行寺はとぼけて、

「感謝しなきゃな」と付け加えた。

「そうさ。それにあいつが一課長の机に座ってられるのは幹部連中に色目を使っているからだって噂だが、叩き上げの中にはそれが気に入らない連中も多い。これはお前も知ってるだろ」

「それは、課長の席に座ってるのが女だと気に入らんってだけの話だろ。くだらんこと言ってんじゃないよ、お前も」

「いいねえ。その調子だよ。ただ、これでお前が離脱したら、さすがに水野派もヤバいだろ」

「いつ俺が離脱するって言ったんだ」

「ほお」

「俺は水野派だ。俺の前でボスの悪口言うと全部チクるぞ」

そういうとかえって愉快そうに四竈は笑った。

「あと言っとくが、お前が署に回ったのは課長がトバしたからじゃない。署から欲しいって言われて出したんだ。嘘だと思うなら内偵してみろ」

四竈はふんと鼻で笑ってジョッキを呷ったが、突っかかっては来なかった。そうか、知っているのか、と思った。女に叱責されて腹の虫が治まらない男がその理由を正当化できるネタをさがしていただけか。

「四竈、お前はああいうことをしでかして大目玉を食らったんだから、女へのボディタッチなんかもうやらないほうがいいぞ。親愛の表現だとか本人が嫌がってないからとか言って悠長に構えていると、いつかまたガツンとやられるぜ」

そう言ってこんどは加藤のほうを向いた。

「セクハラとかで悩むことがあったら、本庁一課の水野課長に相談するといいぞ。どうだお前、水野派に入れ。会費は無料だ」

入ります、と加藤は即答した。おかしな奴である。四竈は焼き鳥の肉のかけらを嚙んで串から抜きながら、ニヤニヤ笑ってまだ余裕を見せていた。真行寺はその顔に向かって真顔で言った。

「四竈、時代は変わるんだ。変わらないほうがいいと思っていても変わるからな。俺たち老いぼれは覚悟だけはしておこうぜ」

「バカ言うな。悪いほうに変わるなら俺は抵抗するぞ」

まあなと、とりあえず相槌を打って、真行寺はやってきた鶏ガラスープに口を付けた。俺もそう思う、変わればいいってもんじゃない、と思いながら。その時、真行寺の心が赴き向かうところには別の人物像が浮かんでいた。

スマホが鳴った。真行寺は着信表示を見て笑った。席を立ち、スマホを耳に当てながら店の外に出た。

――例の件だけど。

水野が言った。彼の頭を占めていたのはまさしくその件だった。

――あくまでも参考として話を伺いたいという体裁を崩さずにおこなうことを条件とします。ひょっとしたら、デボラを本庁に呼ばないほうがいいかもしれない。そのへんは参考人の心持ちしだいってところもあるけど。

「同席してもらえるんですか」と真行寺は確認した。

――こうして電話してるわけだから。

「ありがとうございます。すぐ手配します。課長がデボラの愛読者だということは伝えたほうがいいと思うんですが」

――どうかな。罠にかけてるような気もしないではないけど、任せる。

「了解しました」

テーブルに戻ると、ふたりは署内の人間関係についてあれこれ話していた。真行寺が腰を下ろすと、四竈が首をねじ向けて、急用なのかと訊いてきた。

「いやボスからだ」と真行寺は言った。「デボラ・ヨハンソンにあらためて会うことになった」

呆れそして憤慨したような面持ちで、四竈は真行寺を見つめ返した。確かに、解決したも同然の事件を本庁に混ぜっ返されたら、所轄はいい気はしない。

「あくまでも参考意見を聞くだけだ。心配するな」と真行寺は言った。

「それは水野の指示で？」と四竈が訊いた。

「いや、俺が頼んで了解を得た」

そうか、と四竈は言って皿から一本取り、

「蜜月時代は続いてるってわけだ」

そう言って肉のかけらを銜えて串を引き抜いた。

真行寺は何も言わなかった。四竈はいくぶんからかうように、

「馬鹿だなあお前は、あんな女に惚れて。相手は東大出のキャリアだぜ」と付け加えた。

真行寺は黙ってジョッキを傾けた。そのひっそりとした構えがなにかを訴えたのか、四竈は慌てたように、

「おい加藤、お前のほうはどうなんだ」といきなり話の矛先を自分の部下に向けた。

加藤はぼんやりとした顔をメニューから上げた。

「どうなんだって……」

「あの早稲田大学とつきあってるんだろ」

「いや、つきあってるわけでは」

「いいじゃねえか、つきあえば」

「向こうからその後どうなりましたかと、署に電話をくれたので、会って説明したんです」

四竈はニヤニヤしている。

「なにがおかしいんですか」

「おかしかない。若いっていいなと思ってるだけだ。あの早稲田、名前なんてったっけ」

「南原です」

「学部はどこだったっけ」

「教育です」

「じゃあ卒業したら先生だ。いいじゃないか、公務員どうしで、なあお前もそう思うだろ」

いきなり同意を求められて、口に持って行きかけた真行寺のジョッキが止まった。しかし、自分から話題がそれたことはありがたかったから、

「最高じゃないか」と適当に調子を合わせた。

ところが、当の加藤はもうメニューに視線を戻して、

「お腹空いたので、チキンカツ丼いっちゃっていいですか」と言った。

なんだよお前は色気ないなあ、と四竈は嘆いた。けれど真行寺は、この不都合な話題にうまくピリオドを打つための愛嬌《あいきょう》だろうなと思った。

デボラの事情聴取は、荻窪の自宅で行われることになった。水野の予言どおり、デボラは桜田門《さくらだもん》まで足を運びたがらなかった。こちらまで来てくれと希を通じて伝えてきた。ただし、来訪者数はふたりまで、時間は二時間以内。

当日の午後、昼を食ってすぐ、捜査車両の助手席に水野を乗せて、警視庁を出た。後部座席には、デスクトップのパソコン一台と、キーボード四台、ディスプレイ四枚と、マイク付きヘッドセット二台を載せていた。

門口《かどぐち》には希が出てきた。案内されて中に入ると、リビングでデボラが本を読んでいた。上司ですと水野を紹介すると、デボラはにこやかに水野と握手をした。水野はバッグから一冊の本を取り出すと、サインペンと一緒にデボラのほうに差し出した。それは、デボラの出世作『すべてを解体せよ!』の単行本だった。デボラは快くサインに応じた。希を通訳に、ふたりはリビングのソファーで横並びになって会話を始めた。

真行寺はこの間、家の前に停めていた車の後部座席から、機材一式を何度か往復して運び込み、そのあと車を近くの駐車場に入れて戻った。リビングにいる希に声をかけ、ダイニングテーブルを使わせてもらうこと、壁のコンセントから電源を引かせてもらうことの了承をいまいちど得た。そして、ひとりでセッティングに取りかかった。まず、テーブルの天板を傷めないように、持参したクロスをかけた。正方形のそれぞれの四辺に四枚のディスプレイを置いた。ディスプレイは、17インチとやや小ぶりのものを用意して面がやや仰向けになるよう設置した。これは、瞳の時とちがって、それぞれに対話者の顔が見えるようにするためである。

テーブルの下にはPC本体を据えて、ここにディスプレイをみんなインターフェイス経由でつないだ。さらに四台のキーボードと二台のマイクつきヘッドセットもすべてUSB端子につないだ。

デスクトップを立ち上げて、四台のキーボードからの入力の動作確認をし、ヘッドセットがちゃんと働いていることも認めてから、リビングの入口に立って、できましたと三人に声をかけた。

女たちは腰を上げ、ダイニングキッチンにやってきて、テーブルに向かい席に着いた。デボラの向かい側に真行寺が、希の向かい側には水野がそれぞれ座った。

デボラが希に手話でなにかを伝えた。希は、水野に視線を向けて、

「コーヒーを淹れましょうか」と言い、「少なくとも私たちはいただくつもりですが」と付け加えた。水野は「お手間でないのなら」と答えた。

希は立ち上がり、家庭用のエスプレッソマシーンでコーヒーを作ってくれた。できた順から真行寺が、デボラ、希、水野の順で、各人の席に運んだ。自分の分を受け取って、座るとひとくち口に含んだ。酸味と苦みのバランスのいいどっしりした濃厚な味が舌にまとわりついた。うまい。声が漏れた。これを聞いた水野と希が笑った。希が手話を使ってその理由をデボラに伝えたのだろう、これにデボラが手話で返答し、「二杯目からはご自分でどうぞ」

と希が言った。思わぬことで場は和んだ。真行寺と水野はヘッドセットを被《かぶ》り、マイクを口元に寄せた。水野がまず口を開いた。

〈本日はお時間を取っていただきありがとうございます。まず、私のほうから本日こちらにお邪魔した趣旨をご説明したいと思います〉

　水野の発話は文字となって、目の前のディスプレイに、左から右へ伸びていった。同じものがほかの三人の画面にも現れているはずだ。この音声入力ソフトは黒木がインストールしてくれた。なんでも開発中のベータ版なんだそうである。読み取り精度はいま市販されているどれよりもいいと言っていた。つまり、このデスクトップマシン自体が自宅から運んできた真行寺の私物である。水野は個人所有のＰＣを使うことに当初は反対したが、目の前で実演してみせた上で、限られた時間の中で聾者のデボラから聞き取り調査をするにはこの方法しかありませんと説得すると、調査終了後にはドキュメントを移動し、マシンの中のものはすぐ削除するという条件をつけて、了承した。黒木が指定したヘッドセットふたつも自腹で購入して持ち込んだものだ。

〈まず、警察としては、行方不明の届け出を受けて捜査した件については、解決済みという見解でおります。先日、希様宛てに簡便なメモでお知らせしたとおり、あの一件は誘拐ではなく、瞳さんとボーイフレンドの塚谷翔さんによる作りごとであったと判断して差し支えないと思います。ただこの件について、ヨハンソン様と麻倉様の要望がない限りは、ふたりの刑事責任を我々は追及いたしません。行方不明として届け出をしたけれどもその実情は要するに短い家出であった、そして、その家出のさなかに、両親への盤根錯節《ばんこんさくせつ》した愛情表現として、あのようなやや常軌を逸した行動をとったのだということで処理をしたいと思っております〉

音声認識ソフトの誤変換は、発話していない側が即座にタイピングして直すことになっていた。ばんこんさくせつ《盤根錯節》はさすがに〝晩婚作説〟などという奇妙なものになった。真行寺は素早く打ち直した。

デボラがうなずいて手を動かし、希が「この度はご迷惑をおかけいたしました」と言った。目礼し水野がまた喋り出した。

〈ただ、いちどあのような動画を掲出し、これまでの活動を、形だけであれ、撤回したことによって、言論界ではちょっとした騒動が巻き起こりました。ヨハンソン様の活動はいわゆる穏当なリベラルよりもさらに一歩踏み込んだ先鋭的なものとして注目を集めてきたが故に、今回の発表は事件だったわけです。その後すぐに撤回を撤回したわけですが、これの詳しいいきさつについては、「やむを得ぬ事情があり」という曖昧な説明に留《とど》めておいでです。実際に誘拐があったならそれを発表し、撤回の理由をこれに求めることができるのですが、実情はそうではありません。かといって、事実を明るみに出せば、ネット界の〝祭り好き〟が瞳さんに誹謗中傷《ひぼうちゅうしょう》を投げつけることは火を見るよりも明らかです。またなぜ瞳さんがそのような行動におよんだのかについても当然さまざまな詮索がなされることでしょう。瞳さんが家出をした理由、つまり瞳さんが聾者として生まれた原因やプロセスについても、小久保さおりさんや塚谷翔への事情聴取によって我々は概ね把握しております。もちろん我々警察はその是非を問う立場にはありません。ただその内容は、政治に関わることでもあります。デボラ・ヨハンソン様の活動は、個人的なことは政治的なことであるというラディカルフェミニズムの伝統を受け継いでいる、そう私は理解しております。しかし、政治的な対立は時に身の危険をも招きかねません。右派系市民グループが先日この家に押しかけたということを考慮し、今後、どのように活動されていくのかについてお話を伺い、我々になにができるかを考えたい、そう思ってやって参りました〉

即座に誤字を直し、括弧《かっこ》に入れたりしながら、「うまく手繰《たぐ》り込んだな」と真行寺は感心した。

デボラはうなずき、膝に置いていた両手を出した。カチャカチャとキーボードが鳴る音が聞こえて、目の前に文字が並び始めた。

〈ありがとうございます。まずはお礼申し上げます。今回の経緯と今後の活動については発表の場を持つつもりです。これは記者会見ではなく講演会でと考えています。急ですが、一週間後に品川《しながわ》のホールを押さえました。基本的には私の賛同者の集会のようになればと思っておりますが、その模様は録画して YouTube などでオープンにする予定でいます〉

〈そこで発表される内容はどのようなものになりますでしょうか〉

〈考えている最中です〉

真行寺はここで口を開いた。自分の発話が文字になって目の前に現れた。

〈瞳さんの出生については、どの程度お話しなさるおつもりですか〉

〈それについては、あまり具体的な表現はできないと思います。というのは、出生についての具体的なプロセスは外に漏らさないという契約を病院側と結んでおりますので。また、私の今後の活動に影響を及ぼす部分でもあるので〉

すこし気になる言い方だったが、先に瞳のほうを片付けようと思った。

〈退院後に瞳さんとは話し合われましたか〉

デボラはディスプレイに現れた文字列を読むと、その視線を真行寺と水野に振り向けた。

真行寺は手を挙げて、自分の発言だと知らせた。

〈瞳には私のほうから出生の経緯については話しました。もともと彼女が二十歳になれば伝えるつもりでおりましたので、今回のことですこしその時が早く訪れたというだけです〉

〈自分の出生の経緯を知って、瞳さんはどのような反応を示されましたか〉

〈出生の経緯というよりも、私が伝えたのは動機です。そして私がどれだけあなたを愛しているかということを伝えました。私の目から見れば瞳は私の言葉をしっかり受け止めてくれたようです〉

そう言われては、こちらからは否定できない。また、瞳が納得できずに思い悩んでいたとしても、それをデボラがそのままこちらに伝えてくるはずがないとも思った。考えてみると、自分の質問はほとんど意味をなさないものだった。真行寺は自嘲《じちょう》し、こうなったら思い切って踏み込んでやると決意した。

〈瞳さんの出生につきまして、ヨハンソン様が意図されたことを伺いたく存じます。障害もまた個性だという考え方があります。障害という負のイメージではなく、それを個性と認めろ。ゲイもレズビアンもスタンダードから外れた存在ではなくそのようなものとして認めろ。なにもかもそのようなものとして認めろ、排除しないで包み込め、というわけです。そのようにヨハンソン様から教わって育ってきたと瞳さんから伺いました〉

ディスプレイを見つめ、デボラは軽くうなずいた。

〈ヨハンソン様はさらに一歩進んで、スタンダードとなっている異性愛の男と女も個性というレベルに格下げして、大きな袋の中に放り込んでしまえ。模範的な男と女というものはないとおっしゃっている。こちらは私の上司、水野から教わりました〉

デボラは薄く笑ってうなずいた。

〈つまり女なんてものはないってことです。女という基盤の上に立って頑張ると、女であるということを強烈に意識せざるをえず、つらい思いをすることのほうが多い。それよりも男と女の区分を解消してしまったほうが、有効な戦術になる、と。男がいて女がいる。つまり男と女の間には境界線が引かれている。この境界線が女を女にしているだけだ。それなのに、この女ってものの上に立って、現行のシステムに抵抗する。そして、女の主体性を確立しようとする。これは現実的に見ると勝ち目のない戦いだとあなたは言う〉

デボラは文字列を見ながらうなずいた。その口の端に漂う笑みを見て、真行寺は続けた。

〈これはなるほどそうかもしれない、と私も思います。しかし、あなたの戦略を聞いても、男の私は正直言うと大した脅威を感じないのです。というのは、私の耳には、〝男と女の区分を曖昧にする〟なんてのは、知的エリートの言葉の遊戯のように思えるからです。話としては面白い、やれるもんならやってみろと高を括《くく》っていればいい話としか聞こえないのです。たしかに一昔前と比べれば、男女の性は曖昧化しているのかもしれない。オフィスに行けば、性的役割分業はほとんどない。——もっとも警察はこの点かなり遅れているので、私の上司は憤慨してるところが多いと思いますが。そして、心の性の曖昧さ、ゆらぎについても語られることが多くなってきました。さらに、長く広い視野で歴史や地理を見渡せば、異性愛の男と女に収まらない性の形なんてものは、現代になって急に出現したものではなく長い歴史があるものかもしれません。とすれば、強いられた長い沈黙を破って、性的マイノリティと呼ばれる人たちがようやく自らを語りはじめたのだと言うこともできるでしょう。そして、このような性のゆらぎという事態を、急激に押し寄せてきた大きな波のように感じて、うろたえている人もいるのかもしれません。

　しかし、私はそうは思わないんです。映画館に行けば、スクリーンでは男と女が求め合い、泣いたり笑ったり絶叫したりしている。コンサート会場ではポップシンガーが異性への愛を歌い上げている。スポーツの競技会場ではどの種目も男女別に行われています。女子大という、女だけを隔離して学ばせるへんてこりんな教育施設はいまも運営されている。公衆浴場は男と女の二分法を解体したら営業できません。社会のいたるところで男女の二分法はちゃんと機能しているわけです。この二分法はそう簡単には崩れない。ＸＸ女性やＸＹ男性に分類できない染色体変異なんてものを持ち出して重箱の隅を突《つつ》くような生物学の議論をしても、一般の人間からしたら、なんの話をしてるのかてんでわからないでしょう。神は自分の形に人を、男と女に創造しましたと書いている旧約聖書は男女の二分法を採用しているわけですよね。確かに科学的な見地から見れば、旧約聖書こそがまちがっているのでしょう。けれど、この場合どちらが正しいかが問題なのではない。どちらがわかりやすくダイレクトに心に訴えるか、つまりリアリティがあるかが重要です。

なぜなら、この世は男と女でできているという素朴な語りも、そんなことはないもっと世界は混沌としているんだという複雑な論のどちらも、この世界を見るフレームにすぎない、要するに文化だってことです。文化ってものは生物学的な正しさで醸成されるんだろうか、そうじゃないだろ、リアリティだろってことです、真に迫った迫力です、パワフルでロックしているほうが勝つわけです〉

ロックの比喩《ひゆ》は水野によって即削除された。

〈だから、〝男と女の区分を曖昧にする〟のリアリティは、人類はいずれ火星に住むだろう程度のものでしかない。リアリティがないのならば、それは言論界のアスレチックみたいなもんだ、文学や音楽の論争と同じで、難しい言葉をこねくり回して勝手にやってくれればいい。異性愛者の男は枕を高くして寝てりゃあいいんです〉

真行寺は息継ぎをして、デボラを見た。黙ってディスプレイの文字を眺めている。その表情は硬い。こんどは上司を見た。誤変換や文章の校正で忙しく手を動かしているが、真行寺の発言を制止する様子はない。濃いコーヒーをひとくち飲んで真行寺は続けた。

〈しかし、あなたは自分の説にかなり強引にリアリティを持たせようとしている。そこからあなたの戦いのセカンドステージが始まると言ってもいい。では、具体的にはどうやって？　そのヒントは横町れいらが書いた小説『サイボーグは電気猫の夢を見るか』にある〉

ここで真行寺はデボラのほうを窺った。デボラと目が合った。オーケー、カモン、デボラはそんな仕草を真行寺に示した。

〈さっき私は、男女の性の曖昧化が進んでいることは、ある程度は事実だろうと言いました。オフィスワークにおいてはもはや男も女もない時代になった。また、身体は男だけど心は女なんてこともある、という事態も徐々に認識されつつある。そして、あなたの説を採るならば、生物学的な性差なんてのもあやしい、ほとんど妄想だってことだ。だからつまり、仕事も心も肉体も一気に曖昧になって、いよいよ時はきたれり、と言いたいのかもしれない。しかし、これらが曖昧化しただけに、曖昧化していない部分がくっきりと残った。それが生殖です。

精子と卵子からのみ子供が生まれる。男と女からしか子供は生まれない。レズビアンのカップルからも、ゲイのカップルからも、子供は生まれない。生殖という部分では、男女の曖昧化は進んでいない。

生産性がないとか、LGBTが増えると国が滅ぶなどと難癖《なんくせ》をつけられたりするのは、このせいです。子供がいない女性議員が「産めないのか」とヤジを飛ばされるのも、同じ理由です。「産む産まないは個人の自由だ、女は子供を産む機械じゃない」と言われれば「まことにその通り」とうなずかざるを得ない時代になったけれど、ある一定数の女性が産んでくれなければ、共同体は崩壊する。

たとえ精子や卵子を提供してもらい、場合によっては子宮もレンタルして、子供を作ったとしても、遺伝子的にはそれはふたりの子供とは言えない。子供や家族を遺伝子だけで定義することは無謀だとは思うけれど、ゲイやレズビアンのカップルがそれぞれの遺伝子を同時に子供に継承させられないことは事実です。

もうこうなったら遺伝子なんかどうでもいい、養子縁組という形であれば子供を持つことはできるじゃないか、同性愛者にだって再生産性はあるんだ、という意見も出てくるでしょう。実際に我が国では、奉公に出た子が奉公先の商家の主人に気に入られ、養子縁組してもらって家督を継いだなんてことはめずらしくなかった。

けれど、ここでも壁が立ちはだかる。生殖という領域では男と女、普通の夫婦という定式が強固に残っている。だから養子縁組はいわゆる普通の夫婦に限定される。ゲイやレズビアンのカップルは法的に婚姻関係が結べないので、この国では養子縁組はほぼ不可能です。

そこで、あなたは考えた。政治に訴えるのは面倒だ。それよりも科学の力を利用してこの壁を乗り越えたほうが手っ取り早い、と。先日私は京都に行きました。なぜ京都なのか。小久保さおりさんに会うためです。なぜ小久保さおりさんは京都にいるのか。彼女が研究しているのが、万能細胞といわれるiPS細胞だからです〉

真行寺はまたコーヒーを口にふくんだ。苦くコクのある濃い液体が、舌と口蓋《こうがい》にまとわりついたあと、するりと喉《のど》を落ちていった。

「だから、万能細胞ってなにが万能なんだよ」

真行寺は、黒木に訊いた。すき焼きを食べて自室に戻った時、さっき飯だと呼ばれたのにすぐ来ないでここで何をやっていたんだと訊いたら、大変なものを見つけちゃったんですよと黒木はPCを操作して、とある医療系研究所のホームページの画面を開いた。そこにあったのは小久保さおりのプロフィールだった。

「これですよ、この人、万能細胞を研究しているみたいです。これはヤバい。かなりヤバい」

そう言われて、真行寺はプロフィールを読んだ。しかし万能細胞なんて文字はどこにもなかった。

「万能っていうのは本当は嘘なんです。正式には人工多能性幹細胞って言うんですよ。ほらここに書いてある。でも正式名なんて覚えなくていいです」

「じゃあ覚えやしないよ」と真行寺は言った。「でも、この小久保さんが研究しているiPS細胞ってやつが万能細胞と呼ばれるのは、それなりに理由があるんだろ」

「あります。では、iPS細胞の前のES細胞から説明しますよ」

真行寺はげんなりした。

「まず頭に入れて欲しいのは、生命の出発点が受精卵だってことです。我々は、受精卵から育ってここに存在しているわけです。受精卵は個の生命の出発点、まずこのことをしっかり頭に叩き込んでください。で、ES細胞ってのは受精卵から作ります。もうちょっと正確に言うと、受精卵がちょっとだけ成長した胚、胚盤胞《はいばんほう》っていうんですが、こいつから作るんです。この胚盤胞はシュークリームのような構造になっているとイメージしてください。外側に皮があって中にクリームが入っているって感じです。中のクリームが身体のいろんな組織を作る細胞になります。こいつは内部細胞塊《ないぶさいぼうかい》といいますがこの名前も覚えなくていいでしょう。で、このクリームを取り出すと、これが実は粒々《つぶつぶ》で構成されていることがわかります。その粒々をひとつずつ分けて培養皿に入れてやるとどんどん増える。さらに、これをある方向に誘導してやると、皮膚になったり、骨になったり、筋肉になったりするんです。つまり、人体のいろんな部分になることができる細胞だってことです。こいつがES細胞です。なんにでもなれるってことを誇張して、万能細胞って表現が生まれたわけです」

「はあ。ES細胞が万能なら、ES細胞でいいだろ。iPS細胞はいらないんじゃないか」

「そう思いますよね。ところが、この受精卵が成長した胚っていうのは、本来はそのままほおっておくと、子宮の中で成長し、胎児になり、やがては赤ちゃんとして生まれてくるはずのものなんです。ということはこれは殺人ではないかという非難を呼び起こします。このことは特にキリスト教文化圏では大きな問題となります」

「うーん、そうなのかねえ」

「それと、ES細胞ってのは受精卵から作られ、受精卵は精子と卵子が合体したものなので、ここにはふたりの遺伝子が混在しているわけです。受精卵から作ったES細胞の遺伝子組成はふたりの遺伝子が混じり合ったものになる。つまり、いま生きているだれのものとも一致することがない最新型というわけです。だから、ES細胞から作った臓器を移植しようとしても、遺伝子は一致しないから、拒絶反応が起きてしまう。これは医療の現場ではでかい問題ですよね」

「……なるほど」

「あと、受精卵をどこから調達するんだよとか色々あるみたいです。けれど、そこんところはちょっと省いて、iPS細胞のほうに行きましょう。これはいま挙げたES細胞の泣きどころをクリアする画期的なものなんです」

「期待してます」

「iPS細胞は受精卵ではなく、皮膚から作ったんです。つまり、すでに成長・分化した細胞から作ったわけなので、胚とちがって、殺人の容疑はかかりません」

「まあそうだな。それが殺人だって言われちゃ、爪を切るのも殺人ってことになる」

「そういうことです」

「けど、なんで皮膚の細胞が、なんにでもなれる万能細胞になるんだ。皮膚の細胞は皮膚の性質をすでに持っているわけだろ」

「そこです。皮膚の細胞はルーツとなる細胞から分かれて皮膚になった。骨の細胞もルーツの細胞から分かれて骨になっている。本来はいったん分かれたら逆行できないはずなんです。ところが、たった四種類の遺伝子をいじったら皮膚の細胞は逆行しルーツに戻った。言ってみれば、これは細胞の初期化なんですよ」

「なるほど。てことは、そのiPS細胞ってのは、自分の細胞を初期化して作っているから、遺伝子は自分のものとバッチリ一致する。だから、iPS細胞から作った臓器は移植しても拒否反応は起きない」

「そうです」

「すごいじゃないか」

真行寺は感嘆した。よくもまあそんなべらぼうなことを考えるもんだ。

「ただ、iPS細胞の懸念もまたそのすごさにあるんです」

「というのは」

「細胞は本来は時間を逆戻れないはずなんです。そんな細胞に遺伝子的な操作を加え、強引に初期化して作ったのがiPS細胞です。だから、治療に用いて、ようしうまくいったぞと喜んだのもつかの間、癌《がん》になったりしやしないか、また組織を作る能力は本当に大丈夫なのか、といったことは心配されています」

「でもそういう心配ってのは、新しい技術にはつきものなんだろ」

「あれ、真行寺さん、わりと積極的ですね。意外だなぁ」

うーん、と真行寺は唸った。そういえば、去年のいまごろと比べたら、遺伝子をいじることへの抵抗は自分の中でかなり薄まりつつある。ひとつは、自分の息子が日本では法的に不可能と言われていた治療を中国で受け、回復に向かいつつあると知ったことが大きいだろう。案外自分にはこれというほどの信念などないのかもしれないと真行寺は思った。と同時に、胚を利用するのさえ殺人だと信じて疑わないキリスト教者というのはある意味たいしたものだ、と感銘に近いものを覚えた。

「で、ここまでが枕なんだよな」と真行寺は確認した。

「そうです。この万能細胞こそ、デボラがこれからやろうとしていることの起爆剤なんです。さて、なんでしょう」

「なんでしょうって言われてもなあ。俺は生物学者でもなんでもないんだし」

「考えてみてくださいよ、真行寺さんがデボラだったら――？」

「デボラと俺とはあまりにも離れすぎてるだろ。俺は女じゃないし、ヘテロだし、おまけにオーディオ好きだぜ」

「それを考えることが大事なんですよ。とりあえず自分がレズビアンの過激なフェミニストだと思ってこの事件をもういちど眺めてください」

うへ、と思ったが、他ならぬ黒木がそう言うので、とりあえず考えた。提供精子、人工授精、再生産、男と女の間に引かれた境界線を消す……。ん？　まてよ、まさか……。

「えーっと、iPS細胞の売り文句は、初期化されているのでそこからなんでも作れますよってことだよな」

「そうです。心臓が悪い人は、iPS細胞を心臓に育つように誘導してどこかで育てるわけです。なんか豚の体内で育てるとか、すごいこと考えてる人もいるそうなんですが、とにかく自分のiPS細胞から新しい心臓を育てて、古い心臓と取り替えるなんてことはマジで研究されています」

真行寺は唸った。iPS細胞からどんな細胞も作れるんだとしたら——、

「俺がデボラなら、自分のiPS細胞から精子を作る。そして、希の卵子と人工授精させる。そうすれば、レズビアンのカップルからふたりの遺伝子が引き継がれた子供ができる」

「そうです。同じことはゲイのカップルでも可能です。原理的には」

「そうすれば、生産性がないなんてもう言わせないってことになる」

「イエス。男と女の二分法はここで完璧に解体されるわけです」

『すべてを解体せよ！』

鮮烈な文句が真行寺の目を射貫《いぬ》いた。水野がサインを求めたデボラの著書がテーブルに置かれている。

すべてを解体せよ！　すべてを解体して新しい社会へとシフトせよ。同性愛者がどんどん子供を産む社会へ。同性愛者どうしの遺伝子から生まれた子供が同性愛者になる確率が高いかどうかはさまざまな議論があるらしいが、デボラがそれを意図していることは確かだ。瞳を産む際の精子提供者はゲイであって欲しいとリクエストを出しているんだから。そうして

人口におけるLGBTのパーセンテージがどんどん増えても構わない。いやどんどん増やしてしまえ。こうなったらもう生産性がないから国が滅ぶなどと言わせない。止めたって、どんどん産んでやる。日美会の和久井の言う〝できそこないの遺伝子〟をできそこないなんて言えないくらいに増やしてやる。それこそ産む産まないは個人の自由だ。こうして男と女という大きな二分法は急速に解体していく。障害者もトランスジェンダーもすべてが個性として認められる社会へ。男もなく女もない、健常と障害の境もない、世界は二項対立から無限へと移行し、やがては一《ひとつ》に包摂されていく。

しかし、そんなことが本当に可能なのだろうか。

「あと一息ですよ」

黄昏時《たそがれどき》の鴨川が見渡せるテラスで、小久保さおりはそう言った。

「始原生殖細胞を作るところまではもう成功しました。難題は始原生殖細胞から精子や卵子を作るステップなんですが、私の見解ではあと一息です。本当にあと一息なんです」

「ほぼもう完成しているようですね」

相模湖畔に咲く桜が見えるペントハウスで、塚谷翔もそう言った。真行寺が、父上のアカウントでログインして調べて欲しいことがあるんだけれどと頼むと、表沙汰にはしないという約束で調べてくれたのだ。

「動物実験では何度も成功しています。もう技術的にやれることはやっちゃったみたいで、あとは厚生労働省との交渉だけですね。もう宣伝文句までできているようです、ほら」

――あなたが、産みたいと思った時に、あなたのキャリアを損ねずに出産を助けます。オルタナティブ・ウームはもう一つの子宮です。受精卵をオルタナティブ・ウームに移した翌日からオフィスへはもちろん、海外出張にも出かけられるでしょう。夢の人工子宮オルタナティブ《alternative》・ウーム《womb》はあなたが自由になることをお手伝いします。

同性愛者が受精卵を作り、人工子宮でそれを育てる。異性愛者にしても、これまで女と呼ばれてきた子宮の保持者は、労働市場からほとんど一歩も退くことはなく活動できるようになる。

真行寺の脳裏に職場で何度か目撃してきたシーンがまた甦った。それは多少のちがいはあれ、テレビの時代劇で印籠《いんろう》が出てくるシーンのように毎回ほとんど同じだった。同僚の女性が「この忙しい時に誠に申しわけございません。ご迷惑おかけしますが、しばらく休暇を取らせていただきます」と頭を下げ、妊娠を告げる。それを上司や同僚が苦笑いしながら聞く。そして、喫煙ルームや飲みの席で男だけになった時、「たまったもんじゃねえな、まったく」などと言いながら、紫煙を吐き出したり、グラスに口をつけたりするわけである。

これをうすうす感づいている女が、もう面倒だから産まなくていいと思うのも当然だ。

「女性が活躍できる社会を！」といくら政権が宣伝してもなかなか産んではくれないだろう。

業を煮やして「産めないのか」と叫んだり、「産まないのが問題」と嫌みを言ったりしてこれがまた問題になる。相模湖バイオテック・メディカルセンターは「だったら産みやすいように技術で女性を支えましょうよ」などと言って厚労省と交渉しているにちがいない。

しかし、本当にこれでいいんだろうか？

そう思った時、目の前のディスプレイに文字が走り始めた。デボラがキーボードの上で指を踊らせていた。

〈あなたがいま私に説明してくれたことを、私がこれからやろうとしていることとして、そのまま認めるわけにはいきません。ただ、それが現実になったらとても素晴らしいと思う、ということだけは申し上げておきます〉

まあ認めたようなものだ、と真行寺は思った。改行され、文字はまた左から右へ伸びた。

〈逆に、いまおっしゃられたような世界が実現することを、異性愛者の男としてあなたはどう受け止めているのかということを聞かせていただきたい〉

真行寺はヘッドセットのマイクの位置を口元に確認した。

〈一介の警察官にすぎない私に意見を求めていただき、光栄です。私の意見が異性愛者の男を代表しているかどうかはよくわかりません。また実現してみないと、私の本当の気持ちは確認しようもありません。しかし現時点では、私はこのような世界を肯定する気持ちにはなれません〉

〈それは単に、異性愛者で男という既得権益を失うことが怖いからでしょう〉

〈そうではないという証明は難しい。けれどもそれだけではないと思うのです〉

〈先程、あなたがこのテーブルをセッティングしている間、あなたの上司のレイコとお話ししました。レイコによれば、あなたはマシな男の部類に入るそうです〉

マシ、か。真行寺は笑った。

〈多少は他者の立場に立って考える、ある程度想像力のある男だということです。レイコ、彼に点を付けるとしたら、何点くらいですか？〉

すると、水野が微笑しながらキーボードを短く叩いた。

〈70点〉

とりあえず合格という程度らしい。それにしても我が上司は、いつの間にか向こうの陣営に取り込まれているではないか。

〈なかなか素晴らしいスコアだ。だから、ゲイやレズビアンのカミングアウトについても、婚姻を法的に認めることに対しても、あなたは好意的に受け止めるでしょう〉

〈好意的というよりも、どうでもいいんですよ、関係のないことだから〉

〈そうでしょうね。けれどこれからは、私たち同性愛者も子供を産む。このことはあなたたち異性愛者にとって大いに関係がある。なぜならば、子供を持つことは異性愛者だけの特権だとあなたがたが自惚れているから。子供を持つという、ありふれた願いを科学技術によって私たちが実現したとき、新しい社会が生まれる。人間は新しいステージに踏み出す。異性愛はスタンダードではなくなり、私たちはマイノリティと呼ばれなくなる。それはあなたたちの特権を脅かし、自惚れを打ち砕き、代わりに恐怖をもたらすだろう。けれど、私たちはたとえあなたたちが怯えてもそのような社会へと進むのを決してやめないだろう。あなたたちは思う存分怯えればいい。いままで私たちがそうしてきたように〉

真行寺はうなずいて同意を示した。と同時に、果たしてそうか、とも疑った。同性愛者が子供を産むことに対するネガティブな反応を、既得権益を剝奪された異性愛者の怯えという観点だけで語っていいのだろうか。

〈その社会というやつなんですが、社会というのは人間が作るものなんですか〉

自分でも何を尋ねているんだかよくわからなかったが、真行寺はそうつぶやいた。

〈人間いがいのだれが作るんですか〉とデボラが書いた。

〈そりゃあもちろん人間が作ったんでしょうね。人間が社会を作った。でも、作ってからもうずいぶん経つわけでしょう。そして、いまは人間が社会を生きているわけですよ。社会を生きるってことは、無秩序じゃないってことです。意味を生きているわけです。時々はみ出したりしながらね。はみ出すってことは、境界線があるってことです。枠があるからできることなんです。あなたの、すべてを解体せよ！っていうのは、なんて言ったらいいのかなあ、店に流れているＢＧＭが気に入らないからといって、立ち上がってアンプのセレクターを切り替え、ボリュームをぐっと回して、大音量でノイズを鳴らすようなものじゃないか〉

こら、と水野の声がした。そして、ＢＧＭのくだりの文字列が消えた。顔を上げると水野がこちらを睨《にら》んでいる。真行寺は自分の失言にやっと気づいた。自分の心持ちをうまく表現する言葉を探して、手中にうまく握ったと思った比喩が、聾者に対して礼儀を欠くものだったことに。

〈失礼しました〉

そう打ち込んで、頭を下げた。

〈いいえ、かまいません。こういうことには慣れています。それにあなたが言いたいこともわかります。聾者の私にはすこし難しいのですが、お好みならば、あなたの比喩を使って話を進めてみましょう〉

真行寺は驚いた。

〈今の社会には〝男と女〟という調性で書かれた音楽が流れています。この音楽はずいぶんと長い間、私たちがどこにいても遠くでつねに鳴っていたというわけですね。と同時に、この音楽は私たちの気持ちを整える役割も果たしてきました。もちろん、時が経つにつれて、音楽は徐々に複雑さを増し、変奏を余儀なくされていくかもしれないが、一部の人がそれを気に入らないからと言って止めることはできない。なぜならば、音楽は空気と同じだから。音楽のない社会は真空地帯になる。かといって曲のチャンネルは変えられない。大多数がセレクターに手を伸ばすことを見張っているからです。そこで、私はこっそりノイズを加えることを思いついた。あなたは急にボリュームを上げるというが、私にとってはこれでもゆっくりつまみを回しているつもりです。そしていつの間にか、この社会を満たしていたあの音楽は消え、ノイズが社会を覆うようになる。なんて素晴らしいんだろう、そう私は思います。

つまり、あなたが音楽の比喩を使って指摘したことは概ね正解だと認めましょう。そしてこの社会をノイズで満たしてなにが悪いのか、と私は逆に問いたいのです〉
〈悪くないとなぜ言えるんですか〉
デボラは薄く笑った。
〈そういう質問をすることがそもそも鈍い。そうでもしないと苦しむ人があまりにも多いからそうするまでです。ただ安心なさい。無意味だと思ったものにも人はやがてなんらかの意味を見出すでしょう。これまで心地よく癒されていた人たちがノイズに顔をしかめるかもしれません。しかし、やがて慣れます。聾者である私は、あなたが言う音楽を規範、ノイズをカオスに置き換えて理解しました。人はカオスから規範を抽出しようとするにちがいありません。そもそも私が作ろうとするのは真のカオスなどではありません。なぜなら規範なしでは生きられない人間である私が作ろうとしているものだから。あなたがノイズと呼んだものの中に、やがて人は音楽を聞き取ることでしょう。なにも心配することはありません。もちろんこれは、たとえばなしです。今日は楽しいお話ができ有意義な時間を過ごすことができました。心よりお礼を申し上げます〉

真行寺がディスプレイやパソコンを屋敷の前の捜査車両に積み込んでいる時、水野は希の通訳を挟んで、にこやかにデボラと話していた。手伝おうかと言って来たのを、デボラの相手をして欲しいと真行寺が断ったのである。荷積を終え、忘れ物がないかどうかキッチンに戻って見渡し、別れの挨拶をするためにデボラと希の前に立った。

「本日はありがとうございました」そう言ってから真行寺は頭を下げた。

唇の動きで分かったらしく、希の通訳を介さず、デボラはうなずいた。

「ところで瞳さんはどうしておられますか」

これを聞いた希の顔がすこしこわばったように思えた。希は手話で真行寺の言葉をデボラに伝えながら、自らこの質問に答えた。

「昨日から少し疲れが出て自室で寝ております」

「そうですか。よろしくお伝えください」

そう言って真行寺はもういちど頭を下げて、玄関口へ向かった。靴を履きながら後ろを振り返ると、水野はデボラとハグをしていた。男と女の境界線を解体するなんて言いながら、女どうしの連帯には熱心じゃないか、いや別に俺にもハグしてくれと言いたいわけじゃないけれど、と少しひがんだ。

本庁に到着し、自分の車にPCの本体を積み替え、ディスプレイを総務へ返却するのは明日にして、とりあえず自分の机の上に並べて置いた。

時計を見ると七時を回ったところだった。同僚のほとんどはまだ仕事をしている。机がこんな具合だから、もう帰ってしまおうと思っていたら、水野に呼ばれた。そばに行くと、

「もう帰ろうとしてるでしょう」と図星を指された。

「はい」と真行寺は答えた。ちょっと外回りをして帰りますなどという口実は作らない主義

である。

「反省会やりませんか」と水野が言った。

　みごとにボロ負けだったので、正直言ってそんな気力もなかった。

「今日はパソコン積んで車で帰るから飲めないんですよ」

「なに言ってんの。一緒に店に入っても飲むことのほうが少ないじゃない。行こう」

かなり強引な勧誘である。これは断らないほうがいいなと思い、お供しますと応じた。

　水野と一緒に部屋を出るとき、橋爪がちらとこちらを窺っているのが見えた。どうやら関係は修復したようです、と四竈に報告しとけ、と心の中で舌打ちした。


　おつかれさまでした。グラスを合わせた時の水野のひと言が妙に染みた。

挙げたかったなあと真行寺は言って、鰹《かつお》のたたきを箸でつまんだ。それは無理だね、と上司は釘《くぎ》を刺すように言った。デボラは我々警察のリーチの外で試合をしているわけだから。

「課長に聞きたいんですが」と真行寺は言った。「学生時代からしばらく課長はデボラのファンだったと言ってたじゃないですか」

「だったね」

「前に、ファンを離脱した理由を訊いたら自分で考えろと言われたんですが、そろそろ教えてくださいよ」

　水野は笑った。

「だから、それはまさしくきょう巡査長が話したことを私も考えたわけ。この世の中を規定している秩序はフィクションだ、壊してしまえって言うけれど、たとえフィクションだとしても人間は秩序なしには生きられないって身に染みはじめた」

だったら、ちょっとは加勢してくれたってよかったじゃないか。

「で、秩序を守る警察官になったってわけですか」と真行寺は言った。

お、なかなか鋭いところをつくね。そう言って水野はまた笑った。

「だけど、改めてデボラと話してみて、やっぱりいいなと思ったよ」

「マジですか」

「ある意味筋は通ってるしね」

「俺は嫌ですね」

「それはデボラも言ったように、男でヘテロで公務員のあなたはこの社会で安定した地位を得ているからだよ」

「それを言われちゃ話になりませんよ」と真行寺はむくれた。

「でもそうなんだ。男と女や家族のフィクションをうまく生きられない人があまりにも多すぎる。これを無視することはそういう人たちをまともな人間だとみなしていないってことなんだよ」

「それはわかりますよ」

「まあわかってるほうだけど、真行寺さんは」

70点いただきましたからね、と真行寺は言った。

「でもあんまり気にしなくて大丈夫だよ」水野はそう言ったあとで、「残念ながら」と付け加えた。当然、どういう意味ですか、と真行寺が訊いた。

「デボラがやろうとしていることは、私には一理も二理もあるように聞こえた。けれど、理があったって社会は動かないからね。いまの社会システムの中で苦しんでいる人たちへのまなざしには共感し、フェミニズムやLGBT運動の問題点の分析もお見事、ヘテロの異性愛者や保守層の反発の予想についても抜け目ないなと感心するけれど、その激しさについては見通しが甘いと思った。デボラが思い描く社会へずるずると移行するとは私には思えない」

「そうですかね」と真行寺は言った。「科学技術っていうのはあれば使っちゃうんじゃないですか」

「クローンの技術は使ってないね。技術的にはもうじゅうぶん可能だと思うけど」

「クローンよりもハードル低い気がするなぁ。人のためになるんだし」

「甘いな」

「甘いですか」

「でも、やっぱりデボラはいい。頑張ってもらいたい」

これじゃあしょっぴくのはまるで無理だ、と思った。

「デボラのなにが一番許せない？」と水野が訊いた。

「傲慢《ごうまん》なところです」

「傲慢？」

「娘を聾唖にしました」

「聾唖にしたんじゃない。聾唖の子供を作ったんです。聾唖でも絶対に幸せにするぞって覚悟で」

「それが傲慢なんです」

真行寺の脳裏ではR・E・Mの「Walk Unafrraid」が鳴っていた。なにが傲慢？　と水野が訊いた。

「子供を作るってのが。人は作られてはいけないと思うんです。この世に連れてこられ、迷える子羊のように不安におののきながら生きる。そうでないと自由にはなれないし、それが人間の条件だと思う。子供は親を選べないってよく言うじゃないですか。本当は親だって子供を選べないはずなんですよ。それをデボラは選んだんです。やっぱり傲慢だ、許せない。ちくしょう」

「ふーん。それはモロに宗教を前提とした発言のように私には聞こえるな」

そうなんですか、俺にはよくわかりませんが、とふてくされたように真行寺はまた鰹をつまんだ。

「科学と手を組んで、デボラが解体しようとしているもっともぶ厚い壁は宗教になると思う。そしてもっとも強烈な反撃をもらうのも宗教からだとも。デボラが活動拠点をアメリカではなく日本に置いているのは、生殖医療が進んでいることと、キリスト教文化圏の外にあって宗教がユルいからということもあるのかもしれない。それでも、目に見えない形で宗教は存在するからね」

そう言ったあとで、今日はこのへんにしましょう、明日もあるからと水野は言った。そして、今日はいろいろと大変だったからご馳走するよ、そのかわり、自宅近くまで乗っけてってくれると嬉しいなと言われた。かしこまりました、と言って真行寺は奢られた。

首都高新宿線の下道《したみち》を走り、信濃町《しなのまち》あたりでふと横を見ると、助手席の水野は窓ガラスに頭をもたれさせて眠っていた。

笹塚《ささづか》駅の近くで肩を突いて、起こした。

「要するに」と真行寺は、水野がドアを開けて舗道に足を着けたときに言った。「早すぎるってことなのかもしれません」

唐突すぎてこれじゃわからないなと反省したが水野は、

「なるほどね」と理解を示した。「早すぎる。その感覚は理解できます」と。

「デボラ復活のイベント、顔を出されますか」と真行寺は訊いた。

水野は無言のまま首を振った。そうして、ばたんとドアを閉めると細い街路へと歩いていった。その後ろ影がビルの陰に見えなくなるのを見送ってから車を出した。

「早すぎる」と真行寺は同じ言葉をもういちど口にした。

デボラが言うように、人はやがて慣れるのかもしれない。ノイズに満たされた世界にも。けれど、もっとゆっくり行くべきだ。あまりに急激な変調やノイズ混入は、社会に底知れぬ混沌をもたらすだけだろう。行ってもかまわない。行くなら、なるべくゆっくり行け。このように思考が進んだとき、真行寺は去年の秋を思い出して思わず、

「矛盾だ」と言った。

そして、その矛盾は鋭く真行寺を貫いた。

つい数ヶ月前、真行寺は「遅すぎる」と言ったのだった。インドのヒンドゥー教研究の権威に向かって、カースト制度をもっともっと早く解体しろ、遅すぎるじゃないか、よくそんなに悠長に構えていられるな、と悪態をついたのだった。

「矛盾だ」とまた真行寺はつぶやいた。

時代は変わる。つい数日前、真行寺は四竈にそう注意した。しかし、どんな速さで変わるべきなのか、彼にはそれがわからなかった。


デボラの講演会は東京の桜がほとんど散った日曜日に開かれた。風雅な季節がひとつ過ぎて、大型休暇を目の先に控え、世間があわただしくひしめきあっていた。ジーンズに厚手の白い麻のシャツを着て、真行寺は出かけた。

ロビーには女性の姿が目立った。だれかがだれかを見つけて近づいては声をかけ、するとそこに親密な場が生まれる。そんな光景があちこちでできていた。男もいないわけではなかったが、ことごとくがふたり連れだった。手をつないでいる者もいた。女装した者の姿もあった。派手なウィッグに濃い化粧、そしてミニスカートから伸びた脚がヒールの音を響かせ

ながら客席へと向かって行った。

　こうなると男女のカップルはかえって目立った。真行寺に見つかると、近づいてきて、来ていたんですか、と加藤は照れたように笑った。真行寺はうなずき、横に立っている南原に向かって、先だってはどうも、と言った。南原は黙って頭を下げ、先に席を取っておくからと加藤に断って、ひとりで客席へ入って行った。すみません、と加藤は連れの無愛想を詫びた。謝ることじゃない、と真行寺は言った。

「しかし仕事熱心だな、こんなところでデートだなんて」

「美日会のこともあって、ちょっと気になっていたので」

「そんな心配はなさそうだけどな」

　入口のほうに目をやりながら真行寺が言った。会場の前には、物騒な車は停まっていなかったし、それらしき団体の構成員の姿も見当たらなかった。

「でも、どっちかって言うと、来たがったのは彼のほうですけど」そう言って加藤は笑った。

　その口ぶりには自嘲の影が射していた。

「へえ」と真行寺は空疎な相槌を返した。

　南原がデボラに興味を持ったとしたら、好きだった瞳の保護者だからにちがいない。瞳の自宅前で彼女との関係を追及されて意地を張り、そのすこしあとには「片思いだった」と自白した南原は、デボラの謝罪の動画には激しく興味をかき立てられただろうし、その後の捜査について警察に問い合わせてもいた。おそらく、南原の関心はまだ瞳のほうに向いているのだろう。そしてたぶん、加藤もそのことを知っている。

仕事なんか忘れてデートを楽しめよ。真行寺はそう言って加藤を解放した。

ロビーに残って、瞳と翔の姿を探した。ふたりがこの会場に来ているんだとしたら、ふたりが加藤と南原に出くわした時の、特に南原が瞳と顔を合わせた時の反応が気がかりだった。しかしふたりの姿はなかった。代わりに、真行寺は意外な人に声をかけられた。お元気ですか？　と微笑んだ女は白いブラウスに黒いパンツというシックな出で立ちだった。

「読んだよ」と真行寺は言った。「なかなか面白かった」

「書くことを勧めてもらって感謝しています」

かつて取調室で見せていた物憂さのかわりに、艶やかな笑みが横町れいらの口元に浮かんでいた。

「いや本当は書くと思ってなかったんだ」と真行寺は正直に打ち明けた。

「私も内心そうじゃないかなと思っていました。でもなにはともあれ真行寺さんに勧めていただいたのは確かです」

「もうすっかり作家さんだな」

横町れいらは首を振った。

「それだけだととてもじゃないけど生活していけません」

そうして、つやつやしたエナメル地のバッグからピンクの名刺入れを取り出し、いちまい抜いて真行寺に差し出した。淡い桜色の紙片に黒インクで印字されていたのは、横町れいらという名前とURLだけだった。

「いまはなじみのお客さんだけを相手にやっています」

そうか、と思った。つまり、安全で金回りのいい客だけ選んで、前の商売を継続してるってわけだ。おそらく客は、紹介を受けた上でネットで申し込んだろう。あの話、また考えてくれると嬉しいな。そう言い残して横町れいらも客席へと向かった。

予鈴が鳴ったので真行寺も場内に入り、上手《かみて》寄りの中段に位置する通路脇の席を取った。左隣には、四十代くらいの女性のふたり連れがいて、誰々はどこにいる、誰々はあそこで誰それと一緒だなどと話している。加藤と南原は下手《しもて》寄りの最前列に座っていた。

そのうち場内が暗くなり、ステージ後方にスクリーンが下りてきて、「デボラ・ヨハンソン大いに語る」という文字を映し出した。そのとたん、会場から大きな拍手が起きた。

下手からデボラが出てきた。スポットライトが光の輪の中に彼女を捉えて左から右へ移動した。やや遅れて希も現れ、袖近くの演台の前に立った。デボラはスタンドテーブルの前まで歩くと、人さし指でPCのキーボードをちょんと押した。スクリーンに文字が跳ねた。

――それでも私が解体を唱える理由

拍手はまた一段と大きくなった。それを希が読み上げた。壇上でデボラが手を動かし手話で語り始めた。それを希が通訳する。――というよりは、手元の原稿と手話とを照らし合わせ、デボラがどこを話しているかを目視で確認しつつ、原稿を読み上げているようだ。希はマイクの通りのいいきれいな声をしていた。こうして見るとふたりはいいコンビに思えた。

斜め前の観客が手にしたタブレット端末には、デボラのバストショットが映っていた。会場後方に据えられたカメラが望遠レンズでデボラを捉えた映像を、聾者用にホール内に配信しているようである。

デボラの考えはスクリーンに映される文字と希から発せられる言葉とそして自らの手話によって、伝えられた。

真行寺が解明したデボラの具体的な野望がやや抽象的な言葉で語られた。座って聴いていると、補習を受けている気分である。ただ、補習だけによくわかった。なるほどという気さえする。要所要所で拍手が起こる。「私たちが欲しいのは権利じゃなくて自由だ」と述べ、スクリーンにその文字が躍った時、拍手はひときわ力強いものになった。

真行寺は席を立ってロビーに出た。なんとなく聞いていたくなかった。あの話者と聴衆が作る空間の中では、なんだか自分が責められているような気になった。マイノリティというのは日常的にこういう気分なのだろうか。売店でチョコバーを買って、長椅子に座って齧った。厚い扉を通して、沸き起こった拍手がかすかに聞こえた。

さてと帰るか、その前に、と思って、真行寺はトイレに立った。すると女がいた。しまった、まちがえたと思ったが、入る前に「〝だれでもトイレ〟は二階にあります」という出入口に貼られた紙も見たし、さらに男子トイレだということもちゃんと確認したと思い出した。洗面所の鏡に向かった女はウィッグを直していた。ああこれは女装している男性か、もしくはトランス女性だなと理解した。ただ、女性になりたい男が男子トイレに入るのだろうか。

入るのかもしれない、女子トイレに入ると色々と問題が起こるのでこちらを選ぶということは考えられる。しかし、今日はデボラの講演会の日だ。そんな遠慮は無用ではないか。などと思いながら用を済まして、女と並んで洗面所で手を洗った。女は唇にルージュを引くと、スティックをバッグにしまい先に出て行った。

真行寺もトイレを出た。客席とロビーを仕切る扉がゆっくりと閉まり、閉まるドアの隙間から女のミニスカートの赤がちらと見えた、と同時に中から重いどよめきが漏れ聞こえた。

真行寺は数歩出口へ歩きかけたが、踵を返し、ぶ厚い扉を押して、もういちど場内に入った。

「この事実を私は重く受け止め、自分を強く責めています」

希の声が聞こえた。

この事実って？　と思った。真行寺の目にスクリーンの文字が飛び込んできた。

――愛の限界　私の娘が自殺未遂を犯したことについて

瞳が？　いつだ？

「洗面所の薬棚から私のトランキライザーが瓶《びん》ごとなくなっているのに気がつきました」という希の声が聞こえた。

訪問時に瞳がまったく姿を見せなかったのは、そういうことか。そんなことがありながら、デボラはあの態度を貫き通していたのか。冷たいというか立派というか。しかし、ほら見ろ言わんこっちゃない、という気もした。

「けれど、その人を肯定し愛するということがその人に生きる意味を与える。この私の信念については今もまったくゆらいでいません」

デボラがそう言った時、拍手はまばらだった。しかし、ひとつだけ力強い拍手が起こっていた。扉を背にして通路に立ったまま、真行寺は拍手の出所《でどころ》を探して視線をめぐらせた。あの〝女〟は上手の最前列の席で立ち上がって手を叩いていた。壇上では希が、聾者として生きることには大きな喜びがあるということを伝えたかったと言っている。なんとデボラは、意図的に聾者の娘を持ったことを自白したらしい。

デボラがPCのキーボードを叩き、次の画面がスクリーンに現れた。

――それでも私が解体を唱える理由

ふたたびデボラは愛と科学でこの世の中を解体するのだと語りはじめた。異常と呼ばれることには根拠がないことを科学によって明らかにし、生殖機能という最後の壁にも科学の力で強烈な鉄槌《てっつい》を打ち込むのだ。科学と愛はデボラの中でひとつになって交じり合っていた。これは夢物語ではない、とデボラは明言した。あと一息なのだ、と付け加えた。もう待てないとも宣言した。また拍手が強く起こるようになった。

「早すぎる」通路に突っ立ったまま、真行寺は独り言のようにつぶやいた。

ひときわ強い拍手を送りながら上手の女がまた一歩踏み出した。真行寺はスマホを取り出し、通信ボタンを押した。

下手最前列の加藤が不審そうに振り返った。真行寺はスマホを摑んだ手を差し上げて、確かに自分がかけているのだと知らせた。

――急用ですか。

怪訝な声でささやくように加藤は言った。

「上手最前列で立ち上がっている女装の男、ナイフを持っている」

そこまではわからなかったが、断言した。女が拍手をしながらさらに前に進んだ。真行寺も通路をステージに向かって急いだ。ホールはすり鉢状になっていて、前に行くほど低くなっている。だから最前列の床とステージの段差はさほどない。気に入らない、と真行寺は思った。加藤が立ち上がるのが見えた。

女は拍手をしながらさらに前へ。スピーチに感動したトランス女性がスピーカーに歩み寄っているようにも見える。デボラも微笑み返したが、女がひらりとステージに飛び乗った時にそれは凍りついた。たすきがけにしたハンドバッグに女の手がかかった時、真行寺はまだ通路の半分を降りたところだった。取り出した鞘が捨てられ、刃《やいば》がむき出しになった時にも最前列まで数メートルあった。

女は自分の脇に両手で短刀を構え身を低くした。身体ごと突進するつもりなのだ。ナイフは振り回してくれたほうが対処しやすい。マズいと思った。兇漢《きょうかん》は一気に進んだ。

その時、軽やかにステージに飛び乗った加藤がデボラを突き飛ばすと兇漢に突進した。相手も進んだ。加藤は身をひねって刃物を構えていない側に腰をずらすと、相手の首に腕を巻き付け、ぐっと踏み込んで女の足を鋭く刈った。その足が宙に浮いて相手が仰向いたところに体重を浴びせ、後頭部から床に叩きつけた。したたかに床に打ち付けられた頭からウィッグが取れてごま塩頭が露出した。加藤が床に転がった短刀を蹴って舞台の上から取り除いた時、真行寺が「でかした！」と叫んでステージに飛び乗った。

相手は脳震盪《のうしんとう》を起こして意識が朦朧《もうろう》としていた。うつ伏せにして後ろ手に縛ろうと思ったが、動かさないほうがいいと思い、馬乗りになって「もう終わったぞ、諦めろ」と言った。背中で加藤が一一〇番している声が聞こえた。

真行寺はデボラに振り返り、ひとまず退却しろと身振りで伝えた。通じたのかデボラは袖に向かった。

するとひとりの男がステージに飛び乗って、この進路をふさいだ。そいつは短刀を握っていた。加藤が下に蹴り落とした短刀を握ったまま、男はその手を振り回した。手話だった。男は手話でなにかをデボラに訴えていた。

南原君！　と加藤が鋭く叫んだ。

しかしジリジリと前進していた南原は、デボラとの距離を一気につぶして前に出た。真行寺がふたりの間に飛び込んだ。間に合わないので刃物を構えた側から行くしかなかった。さばくとその勢いでデボラに刺さるからそのまま身を挺《てい》した。刃物の先端がシャツを突き、皮膚を破り、筋肉を裂くのがわかった。内臓に達していたら万事休すだなと思った。南原は闖《ちん》入者《にゅうしゃ》に驚き、慌てて刃《やいば》を引き抜いた。その手首をすばやく摑んで関節を極《き》めた。腹に力を入れたとき激痛が走ったが、そのまま投げた。警察大学校時代からさんざん練習させられた小手返しがはじめてきれいに決まった。うつ伏せに這わせて刃物を取り上げた。舞台の袖に投げたところで、限界が来た。そのまま南原の背中に腕を回して後ろ手にして、そこに自分の腹を押し付けて、おっかぶさって動けなくするので精一杯だった。ドタドタとせわしない靴音が聞こえて、警備員が駆けつけてきた。引《ひ》き剝《は》がされ仰向けに抱えられた。腹は真っ赤に染まり、息をするたびに新しい血がドクドク噴き出てきた。おいおいこれはまずいぞと思った。

救急車！　真行寺を背後から抱えただれかが叫んだ。女の声だった。来ないんじゃなかったんですかと真行寺は笑った。傷口が開くから黙っていなさい、と叱るように言われたにもかかわらず真行寺はつぶやいた。矛盾です。あのブルーロータス運輸研究所の時は逆でした。刑法では罰することのできない所長に罰を与えたんですよ俺は。水野は聞いちゃいなかった。救急車は呼んだの、だれか最寄りの交番まで走りなさい、と叫んでいた。けれど、いま俺と同じことをしようとした者を止めてこうして刺されちゃ世話ないですね。黙ってろ馬鹿、と水野が叱りつけてくれたので、この矛盾は少しだけ曖昧になった。

6　時代は変わる

病院のベッドで目覚めた真行寺は、緊急手術を受けた後で集中治療室に寝かされていることを知らされた。職業柄、刺し傷については生半可な知識を溜《た》め込《こ》んでいるので、回診にきた医師に臓器の損傷はなかったかと質問した。運がよかったね。ちょうど胃と横行結腸と膵《すい》臓《ぞう》の間を狙って刺してもらってましたよ、と冗談めかして医師が言った。

二日後に警察病院に移された。休日に勝手に出かけて、勝手に刺されたにもかかわらず、水野が業務上のことと処理してくれたので、個室まで与えてもらった。その水野から、犯人は神道系の新宗教団体の信者で、最近は美日会にも出入りしている区役所の嘱託職員だと聞かされた。

それから、いろんな人間の訪問を受けた。

すぐに加藤が四竈に連れられてやって来て、頭を垂れて申し訳ありませんと泣いた。なに言ってんだ、表彰ものだろう、あんな大外刈り見たことなかったぞ、と言うと、あれは大外刈りではなくて柔道出身のプロレスラーが使っていた技なんです、と余計な解説をしてまた泣いた。真行寺が四竈に目配せし、ちょっと出てろと四竈が加藤に言って、枕元に座った四竈とふたりきりになった。

「南原はどうしてる」と真行寺が訊いた。

ざいて」

「居直ってやがる。悪いのはデボラだ、法が取り締まれないから自分がやったまでだとかほ

やはり南原は、瞳が聞こえないことの原因がデボラの所為にあるとあの場で知って逆上したらしかった。まったくデボラのおばさんも余計な自白をするから、こういうことになるんだよ、と四竈はぶつくさ言っている。

「南原の事情聴取。ちょっと先まで引き延ばしてくれ」と真行寺は言った。

「なんでだよ」

「俺にやらせてほしい」

「ええ、お前は被害者だろ」

「だから名目上はお前がやってくれ。俺はマジックミラー越しに見てるだけだ、建前上はな。ただ、聴取の方針は任せてくれ」

「それならなんとかごまかせるだろうけど、でもなんでだよ」

「俺にはあいつの気持ちがよくわかるんだ」

「刺されたお前がかよ」四竈は驚いて言った。

真行寺は笑ってうなずいた。

まあそれはいいけどさ、とにかくもうこれ以上どえらいものを掘り出してくれるなよ、と四竈は泣き言めいたことを言った。

真行寺は、南原と加藤がつきあってることをお前以外のだれが知っているんだと四竈に訊

いた。いや、まだだれも知らないはずだ、と言うので、加藤がひとりであそこに行ったことにしてしまえ、と言った。しかし、南原の事情聴取と辻褄《つじつま》が合わなくなるだろう、と四竈が言った。だから、そう供述するように南原を導くんだよ。そうすれば被害者の俺もできるかぎり南原に有利な証言をすると言ってな、と真行寺は言った。四竈は自信がなさげだった。

「おい、ちゃんと面倒みてやれよ」と真行寺は声を張った。「お前は俺にそう文句を言ったじゃないか。加藤を麻倉邸におっぽり出したまま俺が勝手に動いている時に」

「しかし、刑事を刺したんだぜ、いくら被害者が寛容だからって言ったって、そんなに簡単にうやむやにできないぞ」と四竈は口を尖らせた。

「水野警視に相談しろ」と真行寺は言った。「一部始終を見てたからな。お前からなんとか加藤を救ってやりたいと頼み込むんだ」

四竈は考え込んで、

「そもそもそこがわからねえんだよ、なんであの場に水野がいたんだ。……まさか、お前らも加藤と南原みたいに……」

四竈の台詞はそこから先がなかった。口に出してみたもののよくわからなくなったらしい。

「よりによって水野かよ」そう言って四竈はため息をついた。

その日の夕方に、サランがやってきて、病室のドア口に立って「お父さん」と言った。

「まだ親族くらいしか面会できないってことなので、娘だってことにしました」と言って枕元に座って、はいこれ着替え、と言ってディスクユニオンのトートバッグを置いた。

「退院したらお祝いしましょう。ワルキューレの決起集会も含めて。何か食べたいものあったら言っておいてください」とサランが言った。

「会社のほうはうまくいっているのか」

「うまくいっているというところまではまだ……。ただ、もうひとつカナダから仕事が入っていま森園君が制作してます」

大したもんだな、と思った。真行寺の若い頃は、日本のミュージシャンが通信技術を介して、海外のミュージシャンのレコーディングに参加するなんてことは想像もできなかった。グローバリゼイションというやつだ。――時代は変わる。

その翌日にまた水野が来た。加藤と南原の措置についてできればこのようにして欲しいと頼んだ。四竃警部補から連絡をもらってます、なるべくその方向で善処します、と約束してもらった。

痛みどめが切れると傷口が痛んだが、起きあがって病院内を徘徊できるまでにはなった。一階の自販機でコーンアイスを買って、初夏の陽光が射し込むロビーで、背もたれのないソファーに座って舐《な》めながら、横町れいらがくれたメールを読んだ。見舞いに行きたかったが病院がわからなかったし、警察にも電話したがやはり教えてもらえなかった。とにかく一日でも早い回復を祈るという旨が何回かに分けられてSMSで送られていた。最後に、あのボディガードぶりは実に頼もしかったから私が前に依頼した件についても再考して欲しいとあったのには笑った。すると突然、放送で名前を呼ばれた。受付まで来いと言われたので、そこで名乗って渡された受話器を耳に当てた。

――ハロー、相棒。

「なんだ、脅かすな」

――いやずっと病院から動かないので、やっちゃったのかなと思って。

「やっちゃったんだよ」

――またですか。でも元気そうですね。こんど詳しく聞かせてください。

「ちょっと待て。サランから伝言を預かってる。投資した分のリターンがあった場合、どうやって渡せばいいのか教えて欲しいと言われてるぞ」

　黒木は笑った。

――気が早いな。商売はね、始めたばかりの時はうまくいくと思うんですよ。いけると目算があるから始めるので。そのあとのほうが大変なんです。

「そんなこと〝寄《よ》らば大樹《たいじゅ》の陰《かげ》〟の公務員に言われたって困るぞ」

――ああそうか。まああれはカンパみたいなものです。万が一利益が出て配分があるのなら、それは真行寺さんが預かっといてくれればいいですよ。そして、うまくいかなくなった時に、そいつを使って助けてやってください。じゃまた。

　退院の日は大型連休の最中だった。サランが真行寺の車を運転して迎えに来た。真行寺は後部座席に乗り込んだ。助手席には森園が座った。中央高速に乗ったあたりでスマホが鳴った。

元気？　と元妻は言った。元気ではないがいまはいくぶんましになった、と真行寺は答えた。そうそれはよかったじゃない。おかげさまで隼雄も術後の経過がいいのよ、と屈託のない声が電話の向こうから聞こえた。すこしは暇になった？　――ていうか連休中だからいくら刑事さんだって休めてるでしょ。このあいだドタキャンした夕飯、どう？　急なんだけど今晩。隼雄も会いたがっているし。あいかわらず息子に会うのは気乗りがしなかった。精子提供者の気持ちってのはこういうものなんだろうか。しかしまあ、いつまでも避けているわけにもいかないだろうとは思った。

「うちに来るか」と真行寺は言った。「今晩は皆で餃子だ。そのかわり一緒に包んでもらうぞ」

行きたいけどいいの？　皆ってだれよ？　と言うので、七時くらいに来てくれ、それからあの八王子の家からは引っ越したからなと注意して、高尾の住所を教えた。

電話を切って、悪いけど二名増えるから食材を買い足そう、と言った。どなたが来るんですかとサランに訊かれたので、元の奥さんだと言ったら、ああ、いちど話してくれた人ですねと言われた。そういえばそんなことがあった気もする。同じバンドでベース弾いてた人ですよね、とサランが言い、ソニック・ユースのキムが来るよと森園に言った。

駅前のスーパーで追加の材料を買い込むとき、サランはアイスランドからのギャラが入ったからと言って、真行寺に財布を使わせなかった。

真行寺は一週間ぶりに、スピーカーの前に置かれたソファーに身を沈めた。ああ、帰ってきたと思った。怪我人《けがにん》の特権で、コーヒーを運んでもらい、アンプのスイッチも森園に入れてもらった。ジョニ・ミッチェルを聴きながら、うとうとした。

客人は七時すこし前にやってきた。真行寺はここを事務所にしている友達だと言ってサランと森園を紹介した。

「じゃあ、あなたがここに居候させてもらってるわけ？」

そんなところだと答えた。持ち前の社交術で元妻はすぐにふたりと打ち解けた。けれど、息子のほうは居心地が悪そうだ。似てますねなどとサランが言ったので、真行寺も決まりが悪かった。

リビングに置いてある録音機材が元妻と息子の興味をかき立てた。音楽の仕事をしていて、この間アイスランドの某ミュージシャンのレコーディングに参加したと言ったら、台所で餃子を包んでいる森園がとたんに尊敬を集めだした。そのくらいアイスランドのミュージシャンは有名で、その価値を実感できるほどには元妻と息子も含めてここにいる全員が音楽ファンだった。

餃子を焼きだしたのは七時過ぎだった。どんどん焼いてどんどん食べて喋るのは主にロックのことだった。思えば全員が、同じ大学の軽音楽サークルに在籍したことがあるのだと元妻が気づき、皆で盛り上がった。盛り上がれる話題はほとんどそこしかなかった。コーヒーを淹れて、元妻が持ってきてくれたアイスクリームを食べ、九時半頃に送り出した。

申し訳ないとは思ったが、ふたりが帰ってソファーに座るとなんだかほっとした。

「泊まっていくんだろう」と台所で皿を洗っているサランに声をかけた。

「いいですか」という妙な返事があった。

「いいもなにも」と真行寺は言ったが、急にその先がわからなくなった。

「泊まっていくならビールでも飲まないか。あいつらが車だからさっきは遠慮したんだよ」

「俺も飲みます」と森園が手を挙げた。

そういえば森園は真行寺の入院中に二十歳になっていた。そうして三人でビールを飲んだ。

けれど、家族のような家族でないような居心地の悪さはまだあった。

まあ、そのうち慣れるだろ、そう思って真行寺はもうすこし酔うことにした。

【参考文献】

『いのちを〝つくって〟もいいですか？　生命科学のジレンマを考える哲学講義』（島薗進著 NHK出版）
『完全な人間を目指さなくてよい理由　遺伝子操作とエンハンスメントの倫理』（マイケル・J・サンデル著 林芳紀・伊吹友秀訳 ナカニシヤ出版）
『iPS細胞　不可能を可能にした細胞』（黒木登志夫著 中公新書）
『iPS細胞　世紀の発見が医療を変える』（八代嘉美著 平凡社新書）
『生殖医療の衝撃』（石原理著 講談社現代新書）
『生命操作は人を幸せにするのか　蝕まれる人間の未来』（レオン・R・カス著 堤理華訳 日本教文社）
『フェミニズム入門』（大越愛子著 ちくま新書）
『フェミニズム』（江原由美子・金井淑子編 新曜社）
『ザ・フェミニズム』（上野千鶴子・小倉千加子著 ちくま文庫）
『オニババ化する女たち　女性の身体性を取り戻す』（三砂ちづる著 光文社新書）
『LGBTを読み解く　クィア・スタディーズ入門』（森山至貴著 ちくま新書）
『オレは絶対にワタシじゃない　トランスジェンダー逆襲の記』（遠藤まめた著 はるか書房）
『現代思想の名著30』（仲正昌樹著 ちくま新書）
『聖なる天蓋』（ピーター・L・バーガー著 薗田稔訳 ちくま学芸文庫）
『占いをまとう少女たち　雑誌「マイバースデイ」とスピリチュアリティ』（橋迫瑞穂著 青弓社）
『哲学入門』（ヤスパース著 草薙正夫訳 新潮文庫）

本作の執筆にあたり、畏友の重枝義樹氏に多くの示唆を受けた。

著者

【執筆協力】
橋迫瑞穂（宗教社会学）
安達真理（弦楽器演奏）
松本進介（ロックミュージック）
明戸隆浩（社会学）

エピグラフは、『国家』（プラトン著 藤沢令夫訳 岩波文庫）によりました。

本書は書き下ろしです。

中公文庫

ワルキューレ
——巡《じゅん》査《さ》長《ちょう》 真行《しんぎょう》寺《じ》弘道《ひろみち》

2019年4月25日　初版発行

著　者　榎《えの》本《もと》 憲《のり》男《お》

発行者　松田 陽三

発行所　中央公論新社
〒100-8152　東京都千代田区大手町1-7-1
電話　販売 03-5299-1730　編集 03-5299-1890
URL http://www.chuko.co.jp/

ＤＴＰ　嵐下英治
印　刷　三晃印刷
製　本　小泉製本

Published by CHUOKORON-SHINSHA, INC.
Printed in Japan　ISBN978-4-12-206723-3 C1193

各書目の下段の数字はＩＳＢＮコードです。978－4－12が省略してあります。

中公文庫既刊より

え-21-1
巡査長 真行寺弘道　榎本憲男
五十三歳で捜査一課のヒラ捜査員――出世拒否×バツイチ×ロック狂のニュータイプ刑事登場。圧倒的なスケールの痛快エンターテインメント！〈解説〉北上次郎
206553-6

え-21-2
ブルーロータス 巡査長 真行寺弘道　榎本憲男
真行寺弘道は、五十三歳で捜査一課ヒラ刑事という変わり種。インド人の変死体が発見され、インドを専門とする若き研究者・時任の協力で捜査を進めると……。
206634-2

さ-65-5
クランⅠ 警視庁捜査一課・晴山旭の密命　沢村鐵
渋谷で警察関係者の遺体を発見。虚偽の検死をする美人検視官を探るために晴山警部補は内偵を行うが、そこには巨大な警察の闇が――！　文庫書き下ろし。
206151-4

さ-65-6
クランⅡ 警視庁渋谷南署・岩沢誠次郎の激昂　沢村鐵
同時発生した警視庁内拳銃自殺と、渋谷での交番巡査銃撃事件。警察を襲う異常事態に、密盟チーム「クラン」がついに動き出す！　書き下ろしシリーズ第二弾。
206200-9

さ-65-7
クランⅢ 警視庁公安部・区界浩の深謀　沢村鐵
渋谷駅を襲った謎のテロ事件。クランのメンバーは「神」と呼ばれる主犯を追うが、そこに再び異常事件が――書き下ろしシリーズ第三弾。
206253-5

さ-65-8
クランⅣ 警視庁機動分析課・上郷奈津実の執心　沢村鐵
包囲された劇場から姿を消した「神」。その正体を暴く鍵は意外な人物が握っていた。警察に潜む悪との戦いは佳境へ！　書き下ろしシリーズ第四弾。
206326-6

さ-65-9
クランⅤ 警視庁渋谷南署巡査・足ヶ瀬直助の覚醒　沢村鐵
警察閥の大量検挙に成功した「クラン」。だが「神」の魔手は密盟のトップ・千徳に襲いかかり――。迫り来るクライマックス、書き下ろしシリーズ第五弾。
206426-3

さ-65-10
クランⅥ 警視庁内密命組織・最後の任務
沢村鐵
非常事態宣言発令より、警察の指揮権は首相へと移った。「神」と「クラン」。最後の決戦の行方は――。シリーズ最終巻、かつてないクライマックス！
206511-6

す-29-1
警視庁組対特捜K
鈴峯紅也
本庁所轄の垣根を取り払うべく警視庁組対部特別捜査隊となった東堂絆を、闇社会の陰謀が襲う。人との絆で事件を解決せよ！ 渾身の文庫書き下ろし。
206285-6

す-29-2
サンパギータ 警視庁組対特捜K
鈴峯紅也
非合法ドラッグ「ティアドロップ」を巡り加熱する闇社会の争い。牙を剝く黒幕の魔の手が、絆の彼女・尚美に忍び寄る⁉ 大人気警察小説、待望の第二弾！
206328-0

す-29-3
キルワーカー 警視庁組対特捜K
鈴峯紅也
「ティアドロップ」を捜索する東堂絆の周辺に次々と闇社会の刺客が迫る。全ての者の悲しみをまとい、絆が悪の正体に立ち向かう！ 大人気警察小説、第三弾！
206390-7

す-29-4
バグズハート 警視庁組対特捜K
鈴峯紅也
ティアドロップを巡る一連の事件は、片桐、金田ら多くの犠牲の末に、ようやく終結した。片桐の墓の前で死を悼む絆の前に、謎の男が現れるが――。
206550-5

と-26-9
SRO Ⅰ 警視庁広域捜査専任特別調査室
富樫倫太郎
七名の小所帯に、警視長以下キャリアが五名。管轄を越えた花形部署のはずが――。警察組織の盲点を衝く、連続殺人犯を追え！ 新時代警察小説の登場。
205393-9

と-26-10
SRO Ⅱ 死の天使
富樫倫太郎
死を願ったのち亡くなる患者たち、解雇された看護師、病院内でささやかれる『死の天使』の噂。SRO対連続殺人犯の行方は。待望のシリーズ第二弾！ 書き下ろし長篇。
205427-1

と-26-11
SRO Ⅲ キラークィーン
富樫倫太郎
SRO対〝最凶の連続殺人犯〟、因縁の対決再び!! 東京地検へ向かう道中、近藤房子を乗せた護送車は裏道へ誘導され――。大好評シリーズ第三弾、書き下ろし長篇。
205453-0

ひ-35-1
刑事たちの夏（上）
久間十義
大蔵官僚の墜落死を捜査する強行犯六係の松浦警部補は、他殺の証拠を手にした。しかし、大蔵省と取引した上層部により自殺と断定され、捜査は中止に……。
206344-0

ひ-35-2
刑事たちの夏（下）
久間十義
松浦は、北海道のリゾート開発に絡む不正融資事件を追う。鍵を握る、墜落死した官僚の残した「白鳥メモ」は、誰の手元にあるのか——。〈解説〉香山二三郎
206345-7

ひ-35-3
ダブルフェイス（上）渋谷署8階特捜本部
久間十義
渋谷区円山町のラブホテル街で女性の扼殺死体が発見された。外資系一流企業で男たちに伍して働いていた彼女は、誰に、なぜ殺されたのか⁉
206415-7

ひ-35-4
ダブルフェイス（下）渋谷署8階特捜本部
久間十義
捜査一課の根本刑事らが、キャリアOL殺人事件の被害者周辺を調べると、大手電力会社や政治家、銀行をめぐる〈不適切な融資〉疑惑が浮上してきて……。
206416-4

ほ-17-1
ジウI 警視庁特殊犯捜査係
誉田哲也
都内で人質籠城事件が発生、警視庁の捜査一課特殊犯捜査係〈SIT〉も出動するが、それは巨大な事件の序章に過ぎなかった！　警察小説に新たなる二人のヒロイン誕生‼
205082-2

ほ-17-2
ジウII 警視庁特殊急襲部隊
誉田哲也
誘拐事件は解決したかに見えたが、依然として黒幕・ジウの正体は掴めない。捜査本部で事件を追う美咲。一方、特進をはたした基子の前には謎の男が！　シリーズ第二弾。
205106-5

ほ-17-3
ジウIII 新世界秩序
誉田哲也
〈新世界秩序〉を唱えるミヤジと象徴の如く佇むジウ。彼らの狙いは何なのか？　ジウを追う美咲と東は、想像を絶する基子の姿を目撃し……⁉　シリーズ完結篇。
205118-8

ほ-17-4
国境事変
誉田哲也
在日朝鮮人殺人事件の捜査で対立する公安部と捜査一課の男たち。警察官の矜持と信念を胸に、銃声轟く国境の島・対馬へ向かう。〈解説〉香山二三郎
205326-7

各書目の下段の数字はISBNコードです。978－4－12が省略してあります。

ほ-17-5 **ハング** 誉田哲也

捜査一課「堀田班」は殺人事件の再捜査で容疑者を逮捕。だが公判で自白強要の証言があり、班員が首を吊った姿で見つかる。そしてさらに死の連鎖が……誉田史上、最もハードな警察小説。

205693-0

ほ-17-7 **歌舞伎町セブン** 誉田哲也

『ジウ』の歌舞伎町封鎖事件から六年。再び迫る脅威から街を守るため、密かに立ち上がる者たちがいた。戦慄のダークヒーロー小説！〈解説〉安東能明

205838-5

ほ-17-11 **歌舞伎町ダムド** 誉田哲也

今夜も新宿のどこかで、伝説的犯罪者〈ジウ〉の後継者が血まみれのダンスを踊る。殺戮のカリスマvs.新宿署刑事vs.殺し屋集団、三つ巴の死闘が始まる！

206357-0

ほ-17-12 **ノワール** 硝子の太陽 誉田哲也

沖縄の活動家死亡事故を機に反米軍基地デモが全国で激化。その最中、この国を深い闇へと誘う動きを、東警部補は察知する……。〈解説〉友清 哲

206676-2

わ-24-1 **叛逆捜査** オッドアイ 渡辺裕之

捜一の刑事・朝倉は自衛官の首を切る猟奇殺人事件を捜査していた。古巣の自衛隊と米軍も絡み、国家間の隠蔽工作が事件を複雑にする。新時代の警察小説登場。

206177-4

わ-24-2 **偽証** オッドアイ 渡辺裕之

サバイバル訓練中の死亡事故を調べるため、自衛隊特戦群出身の捜査官・朝倉は離島勤務から召還される。ミリタリー警察小説、第二弾。

206341-9

わ-24-3 **斬死** オッドアイ 渡辺裕之

グアム米軍基地で続く海兵連続殺人事件。NCISから召還された朝倉は、異国で最凶の殺人鬼と対決する。自衛隊出身の捜査官「オッドアイ」が活躍するシリーズ第三弾。

206510-9

わ-24-4 **死体島** オッドアイ 渡辺裕之

虫が島沖で発見された六つの死体。謎の孤島に単身潜入した元・自衛隊特殊部隊の警察官・朝倉に襲い掛かる影の正体は⁉「オッドアイ」シリーズ第四弾。

206684-7